MOQUECA DE MARIDOS

Betty Mindlin e narradores
Makurap, Tupari, Wajuru,
Djeoromitxí, Arikapú e Aruá

MOQUECA DE MARIDOS
MITOS ERÓTICOS INDÍGENAS

1ª edição

Paz & Terra

São Paulo | Rio de Janeiro
2014

copyright© 2014 by Betty Mindlin
1ª edição Editora Rosa dos Tempos – 1997
1ª edição Paz e Terra – 2014

Direitos de edição da obra em língua portuguesa no Brasil adquiridos pela EDITORA PAZ E TERRA. Todos os direitos reservados. Nenhuma parte desta obra pode ser apropriada e estocada em sistema de bancos de dados ou processo similar, em qualquer forma ou meio, seja eletrônico, de fotocópia, gravação etc., sem a permissão do detentor do copyright.

Criação de layout e diagramação do encarte: Diana Mindlin
Imagens do encarte: Acervo de Emil Heinrich Snethlage e Franz Caspar

Editora Paz e Terra Ltda.
Rua do Paraíso, 139, 10º andar, conjunto 101 – Paraíso
São Paulo, SP – 04103000
http://www.record.com.br

Seja um leitor preferencial Record.
Cadastre-se e receba informações sobre nossos lançamentos e nossas promoções.
Atendimento e venda direta ao leitor:
mdireto@record.com.br ou (21)2585-2002.

Texto revisado segundo o novo Acordo Ortográfico da Língua Portuguesa.

CIP-BRASIL. CATALOGAÇÃO NA PUBLICAÇÃO SINDICATO NACIONAL DOS EDITORES DE LIVROS, RJ	
M616m	Mindlin, Betty, 1942- Moqueca de maridos: mitos eróticos indígenas / Betty Mindlin. – 1. ed. – São Paulo : Paz e Terra, 2014. 322 p.: il.; 23 cm. Inclui bibliografia ISBN 978-85-7753-298-8 1. Índios da América do Brasil – Lendas. I. Título.
14-10820	CDD: 980.41 CDU: 94(=87)(81)

Impresso no Brasil
2014

A Abobai Paturi Djeoromitxí, Aroteri Teresa Makurap, Biweiniká Atiré Makurap, Buraini Andere Makurap, Erowé Alonso Djeoromitxí, Etxowe Etelvina Tupari, Galib Pororoca Gurib Wajuru, Iaxuí Mutum Makurap, Iniká Isabel Makurap, Kubahi Raimundo Djeoromitxí, Moam Luis Tupari e Überiká Sapé Makurap, com imensa saudade: doze grandes narradores falecidos entre 1997 e 2013. Suas vozes gravadas ainda podem ser ouvidas; metamorfoseadas em letras, constam desta nova edição.

A Emil Heinrich Snethlage e a Franz Caspar (*in memoriam*), que conviveram com os pais e avós dos narradores deste livro, e nos legaram um belíssimo acervo de fotos, música, arte e pesquisas sobre povos então desconhecidos.

Agradecimentos

Às famílias de Emil Snethlage e de Franz Caspar, que com grande generosidade abriram seu acervo de fotos e documentos em grande parte inéditos e os puseram à disposição para publicar neste livro, no qual foi possível reproduzir 37. É imperioso publicar toda a obra destes dois grandes pesquisadores, tanto na língua original, o alemão, como em português.

A Gleice Meire, que vem se dedicando a estudar esses dois grandes etnólogos, e a divulgar seu patrimônio; a ela devo o contato com ambas as famílias, e a descoberta dos arquivos que foram preservados. Gleice, com seu marido Tanúzio de Oliveira, acompanhou Franz Caspar Filho à Terra Indígena Rio Branco, para que este pudesse conhecer os povos que seu pai fotografou em 1948 e 1955; e no trajeto inverso, promoveu uma viagem de representantes das terras indígenas do Rio Branco e do Guaporé à Europa em 2009, para conhecer museus da Suíça e da Alemanha, que guardam gravações musicais, fotos e objetos de cultura material de seus antepassados.

Não sigo o caminho dos antigos
Busco o que eles buscaram.

Bashô

As fotos do livro

As fotos do livro pertencem aos acervos de Emil Heinrich Snethlage e Franz Caspar. Foram preparadas em alta resolução por Gleice Meire, curadora de ambos no Brasil, que vem há anos se dedicando a apoiar a sua preservação e publicação.

Ornitólogo e etnólogo, Emil Heinrich Snethlage (1897-1939) fez pesquisa no Nordeste do Brasil entre 1923 e 1926. Entre 1933 e 1935 voltou ao país, desta vez ao Guaporé, como pesquisador do Museu Etnográfico de Berlim. O resultado foi uma extensa documentação, quase toda ainda inédita, sobre a vida material e cultural de 13 povos, entre os quais os seis deste livro — Arikapú, Aruá, Djeoromitxí, Makurap, Tupari e Wajuru. Escreveu um diário de campo ainda por publicar, com mais de mil páginas manuscritas. Descreveu em profundidade línguas, cultura, parentesco, economia e sociedade, colecionou para o museu objetos de arte e produção material, fez fotografias, um filme e registros de música. O acervo material está hoje no Museu Etnográfico de Berlim, e os diários, fotos e filme continuam com a família. Toda essa obra teria desaparecido no trágico período do nazismo — pois morreu moço, em 1939 — não fosse a heroica dedicação de sua viúva ao trabalho de preservar o acervo e transcrever os textos.

Franz Caspar, antropólogo (1916-1977), viveu em 1948 por nove meses com os Tupari de Rondônia, quando estes estavam nos primeiros anos de contato com a sociedade não indígena. Voltou em 1955, denunciou ao SPI e a autoridades brasileiras o drama da epidemia de sarampo e gripes que dizimaram os índios da região e protestou contra o regime de barracão que escravizava os povos indígenas em suas próprias terras, superposto o papel do agente do SPI ao de capataz dos seringais invasores.

A resposta ao seu clamor foi ser impedido de continuar a pesquisa. Seu livro *Die Tupari*, publicado em alemão em 1975 e inédito em português, é um modelo de trabalho antropológico, exibindo profundidade em um leque amplo de temas da vida indígena, com dados ainda úteis sobre população, nomes, com fotos e descrição nas quais os sobreviventes de hoje se reconhecem e comentam. Seu acervo está disperso: parte no Museu das Culturas da Basileia (*Museum der Kulturen Basel*), parte no Museu Etnológico de Hamburgo (Museum für Völkerkunde Hamburg), outra ainda em Hannover e o restante com a família. Os Tupari tomaram conhecimento do livro em 1984.

Sumário

Narradores e tradutores	19
Introdução	21
Nota sobre a grafia dos nomes dos narradores e dos povos	27

Parte 1

MAKURAP (MACURAP)

As mulheres do arco-íris, *Botxatoniã*	33
O amante *Txopokod* e a menina do pinguelo gigante	37
Akaké, um noivo de três pinguelos	41
Atrás de festa e de marido	41
Caminho sem volta	42
Um marido dono de chicha de xixi	43
O roubo do pilão e a irmã dos ventos	44
A sobrinha virada em taboca	45
Um marido com mais do que é preciso	45
Muitas redes do amor	46
Os passarinhos de criação	48
A cantiga *koman* ou moqueca de maridos	49
A dona da música, dos sapinhos e do jenipapo	49
Moqueca de maridos	50
A dança macabra	51
A vingança	52

Os homens sem mulheres 53

O outro começo do mundo e a cantiga *Koman* das mulheres 54

As mulheres sem homens, as amazonas, as *kaledjaa-ipeb*, mulheres-pretas 55

A caçadora 55

As donzelas com pai feroz 56

Um marido para todas 58

Professora de caça 58

Vida encantada e saudades de mãe 59

Os filhos das encantadas e o Teimoso 60

A busca e o sumiço das mulheres sem homens 62

O cobra-grande, a jiboia, *awandá* 64

A amorosa independente 64

O irmão artista 66

O noivo invejoso 67

A cabeça voadora, *akarandek*, a esposa voraz 69

O caçador panema ou o namorado do *pau-âmago* 72

Os ovos do *Txopokod*, cinza do invisível 74

Quando as crianças nasciam pela unha do pé 77

O Sete-estrelo, *Watxuri* 79

A piroca de muiratinga e o sapo *páapap* 81

A menstruação, os namorados irmãos, a lua e o jenipapo 83

A mulher do Anta 85

A órfã *Txopokod* 88

A esposa ofendida, a fuga para um marido-Arara e a altura das castanheiras 91

A mulher que namorou o genro 95

Wakotutxé piõ, a namorada mutilada 98

Peniom e a noiva alada 99

Piron, o nambu azul 101

Narradores e tradutores Makurap 104

TUPARI

Os caçadores de cabeças, os *Pawatü* 111

Os *Pawatü* massacram os Tupari 115

Akiã, a mulher tupari mutilada pelos *Pawatü* 118

Piripidpit, a donzela devorada pelos homens	120
Independência e tortura	123
A menstruação dos homens	124
A mulher-de-um-peito-só, *Kempãi*	126
A mulher de barro	128
A babá do nenê-espírito	131
A namorada do espírito *Epaitsit*	134
A velha que comia rapazinhos	136
A namorada do Cobra-Cega	138
O pinguelo de barro	139
A rival da urubu-rei ou a doida assanhada	140
O *Caburé* e o Uirapuru ou a noiva enganada	144
O marido morto	147
O homem do pau comprido	150
Narradores e tradutores Tupari	152

WAJURU (AJURU)

A lua	157
O irmão e a irmã criados pelo Onça	160
A moça encantada	163
O marido-cobra	165
A mulher comilona	167
O sapo, *tororõi*	169
A cabeça voadora, *Nangüeretá*	171
A mulher gulosa	174
Narradores e tradutores Wajuru	177

DJEOROMITXÍ (JABOTI)

A raposa antiga, *Watirinoti*, ou a vingança	181
A falsa amiga	181
A toca da Raposa e a primeira esposa protetora	182
A fuga	183
O casamento com o Onça e o estupro dos parentes	185
Crime e vingança	187

Kero-opeho, o homem castrado, o homem que virou mulher 191
Djikontxerô, a cabeça voadora 193
Tiwawá, a estrela da tarde e *Kurawatin-ine*, a estrela
da manhã, ou a namorada do cunhado 197
Nerutë Upahë 199
Nekohon, o marido-Pico-de-jaca 202
Pakuredjerui aoné, os homens que comiam seu próprio cocô
ou os homens sem mulheres 204
Bedjabziá, o dono dos marimbondos 207
Berewekoronti, o marido cruel e a mulher traidora 209
O Anta 214
Narradores e tradutores Djeoromitxí 216

ARIKAPÚ

Pakukawá djepariá, o macucau 221
A mulher-pote 223
A namoradeira solitária e o marido-jabuti 225
O Anta, *Namwü hoa*, ou os homens sem mulheres 228
Narradores e tradutores Arikapú 230

ARUÁ

Wãnzei warandé, as mulheres que foram embora 233
   O Anta-namorado 233
   A morte e a ressurreição das mulheres, as tabocas e as
   formigas-de-sangue 234
   O Dono dos Porcos 235
   A visita do neto às mulheres sem homens 238
O cupim 240
A cabeça estourada 241
O macaco 243
A rainha das abelhas 245
A mosca, *zakorobkap* 247
Djapé, o bico de flecha, o homem que comia as mulheres 249
A sereia, *serek-á* 253
Narradores e tradutores Aruá 256

Parte 2

Introdução à edição italiana — por *Maurizio Gnerre*	261
O amor e os mitos indígenas	269
Povos indígenas dos narradores	294
As línguas dos narradores	297
A linguagem e o estilo das narrativas	299
Nota sobre direitos autorais	303
Nota sobre autoria dos mitos e crédito aos narradores	305
Glossário	307
Referências	313

Narradores e tradutores

Abobai Paturi Djeoromitxí
Aiawid Valdemir Makurap
Aienuiká Rosalina Aruá
Alberto Wajuru
Alcides Makurap
Amampeküb Aningui Basílio Makurap
Aperadjakob Antonio Wajuru
Armando Moero Djeoromitxí
Aroteri Teresa Makurap
Awünaru Odete Aruá
Biweiniká Atiré Makurap
Buraini Andere Makurap
Erowé Alonso Djeoromitxí
Etxowe Etelvina Tupari
Ewiri Margarida Makurap
Galib Pororoca Gurib Wajuru
Graciliano Makurap
Iaxuí Miton Pedro Mutum Makurap
Iniká Isabel Makurap
Kabátoa Tupari
Kubahi Raimundo Djeoromitxí
Menkaiká Juraci Makurap
Moam Luís Tupari
Naoretá Marlene Tupari

Niendeded João Makurap
Pacoré Marina Djeoromitxí
Rosilda Aruá
Sawerô Basílio Makurap
Sérgio Wajuru
Tarimã Isaías Tupari
Überiká Sapé Makurap
Wadjidjika Nazaré Arikapú
Wariteroká Rosa Aruá

Introdução

Este livro trata do amor — e do desamor: um dos temas mais caros à humanidade. O trabalho, o alimento, o amor, o além, a arte são polos fundamentais da vida. Os mitos aqui reunidos têm a experiência amorosa como fio condutor.

Pares de amantes ou casais em conflito imaginam que sua experiência é única, que sua felicidade ou desgraça provém de suas personalidades, sua história pessoal, dos encontros ou desencontros entre os dois.

Mitos antigos arcaicos, talvez milenares como os desses índios de Rondônia, transmitidos de uma geração a outra, gravados na memória dos que contam e dos que ouvem, despertam-nos para outro ângulo para examinar o amor. Trazem à tona uma substância amorosa eterna, um padrão de embates e acertos entre os sexos, surpreendentemente semelhantes através dos tempos, sociedades diferentes, costumes, condições materiais e linguagens.

Neste lado tão fundamental que é a convivência entre os sexos, o que atribuímos a nós mesmos, ao nosso comportamento ou ao destino, provém em parte de um fundo comum. Construímos a nossa existência, dentro de condições sociais dadas — mas sem o saber, repetindo o que há tantas gerações anteriores já ocorreu. Uma lição que pode ser consoladora ou arrasadora, conforme a maneira de ver.

Pequenas sociedades das aldeias da mata brasileira nos dão um bom material para quebrar a cabeça nessa direção. As histórias são surpreendentes, modernas, poderiam ser o núcleo de romances contemporâneos. Os velhos temas: a sedução; a relação entre mãe e filha, de competição ou solidariedade; a solidão erótica; a voracidade; o sonho do amor aventureiro, para não dizer romântico; a mulher encantada ou o homem encantado encontrado no meio da floresta ou no fundo das águas; o incesto, o amor criminoso; os amantes que se opõem e se matam; a viuvez e a figura do morto; a violência e a vingança, e assim por diante.

O amor aparece bem complicado mesmo, difícil de atingir — noutras horas, dado de presente. Algumas dessas histórias poderiam ser escolhidas como símbolos exemplares do drama amoroso.

Registradas em muitos povos, ao longo dos anos, foram se avolumando. *Moqueca de maridos* faz parte de um conjunto de mitos muito maior, registrado em quinze línguas, traduzido para o português de 1993 em diante. Publiquei dois trabalhos anteriores sobre a mitologia de povos indígenas da mesma região, *Vozes da origem* e *Tuparis e Tarupás*, e outros posteriores, como *Terra grávida* e *Couro dos espíritos*. Ampliando-se as comparações e o campo observado, é inevitável surgirem comentários, explicações, tentativas de teoria, mas é importante não desmanchar, para o leitor, o prazer da surpresa e da descoberta. Os mitos deveriam falar por si; o nosso sistema de ideias não deveria ser indispensável como apresentação. Por outro lado, um esboço de análise pode servir de espécie de fio de Ariadne guiando no emaranhado dos enredos, mostrando como são contemporâneos os conteúdos do imaginário de uma sociedade tão diversa. Para conciliar estes dois impulsos contraditórios, um pequeno ensaio sobre os mitos é apresentado no final deste livro, bem como uma instigante introdução, por Maurizio Gnerre, a *Mariti alla brace*, versão italiana deste livro publicada em 2012.

*

Os mitos de *Moqueca de maridos*, girando sempre em torno do tema do amor, são apresentados segundo os povos dos narradores: Makurap, Tupari, Wajuru, Djeoromitxí (Jaboti), Arikapú e Aruá, todos de Rondônia. São seis povos que falam línguas diferentes e têm tradições distintas.

Os Makurap, Tupari e Wajuru falam três línguas do tronco tupi e da família tupari; a língua aruá é da família tupi-mondé, do tronco tupi; arikapú e djeoromitxí pertencem à família isolada jaboti (ou jabuti). Estes povos vivem em duas terras indígenas, a Terra Indígena Rio Branco e a Terra Indígena Guaporé (esta na fronteira com a Bolívia), com uma população total de aproximadamente 1.500 pessoas em 2013, dos quais uma pequena parte fora das terras indígenas. Em 1997, somavam cerca de 750 pessoas. Alguns têm contato com a sociedade brasileira não indígena desde os anos 1920, outros a partir dos anos 1940. Viveram a experiência de trabalho escravo nos seringais e viram grande parte de sua população dizimada por epidemias de sarampo e outras doenças. A partir do final dos anos 1980, com terras demarcadas e legalmente asseguradas, livres de invasões, recomeçaram a crescer. A maioria falava bastante bem o português, mas os mais velhos só se expressavam com convicção na própria língua. E justamente os narradores mais velhos — dentre os quais muitas mulheres — mais me contaram histórias.

Foram 32 narradores e tradutores tradicionais, que gostavam de conversar, pessoas com dons expressivos e criativos, que depois ouviram a narração gravada. Muitos nasceram na floresta, antes de qualquer relação pacífica com os não índios. Suas histórias eram intocadas por influências urbanas, correspondendo a um período arcaico de vida no mato, em pequenas aldeias.

A tradução é bastante livre, num ou noutro caso quase uma recriação, mas mantendo o espírito com que as histórias são contadas e preservando muito o estilo em português dos tradutores, pessoas mais jovens que dominam nossa língua e são, como os antigos, ótimos narradores.

Havia urgência em registrar e entender os mitos, em estender o repertório, em ouvir o maior número possível de velhos narradores, em penetrar no universo de povos que contavam apenas com poucas pessoas, como era o caso dos Wajuru, dos Aruá, dos Arikapú. Um trabalho como o que foi feito por mim com os mitos dos Suruí Paiter, com transcrição de todas as palavras na língua original, é muito mais lento. Com eles não gravei em português, fiz a tradução com vários intérpretes, com muito cuidado. Eu tinha algum conhecimento da língua, e os narradores não falavam o português. O resultado foi o livro *Vozes da origem*, em coautoria com os narradores indígenas, publicado em 1996 e reeditado em 2007. O mesmo método seria impossível em casos como dos Arikapú e Wajuru, entre os quais não há quem fale fluentemente tanto a língua indígena quanto o português. Tratava-se, além disso, de muitas línguas, muitos povos, muitos mitos, e não tive oportunidade de fazer a transcrição nas seis línguas indígenas. Só transcrevi para o português a tradução oral. Foi, assim, um trabalho de exploração ampla, de quantidade de povos e mitos, o que justificava um grau de liberdade maior na tradução.

Por outro lado, este material é apresentado como uma das maneiras possíveis de escrever, não como um modelo; seria desejável que outras formas de escrita surgissem mais adiante.

Um dos objetivos iniciais deste livro era, inicialmente, que fosse um material de leitura e uma inspiração para a escrita nas línguas em um programa de formação de professores indígenas, multicultural e multilinguístico, com alfabetização e ensino nas várias línguas e em português, promovido a partir de 1991 pelo IAMÁ — Instituto de Antropologia e Meio Ambiente, uma organização não governamental da qual fui cofundadora e pesquisadora até 2000. Neste ano o programa de educação indígena passou para o Estado de Rondônia.

Os leitores indígenas comparavam transcrições literais das gravações dos mitos com redações mais elaboradas, ouviam versões em língua indígena, experimentavam escrever uma narrativa própria, pesquisavam entre os mais velhos. Vêm, desde então, escrevendo com fluência em várias das línguas indígenas, e é provável que *Moqueca de maridos* chegue a edições bilíngues por sua iniciativa.

Nunca é demais insistir, na escola e em outras ocasiões, na importância de manter e estimular narrativas orais, a transmissão do conhecimento pela fala e pela memória, e não apenas pela escrita. Escrever muda o modo de pensar, aprender, conhecer e narrar, mas as letras são hoje parte do nosso mundo, instrumento de domínio da sociedade. Estudar nas escolas é um desejo da maioria das comunidades indígenas. A escrita e a tradição oral não são tão incompatíveis quanto se imaginava há algumas décadas. A sociedade tecnológica é também oral, com rádios, gravadores, discursos políticos, vídeos, que podem ser usados para o renascimento de raízes culturais.

O registro dos mitos é um caminho para a afirmação cultural, para lembrar a riqueza da diferença entre sociedades e o direito de manter tradições diferentes. Alarga-se, para a sociedade brasileira, que conta com mais de 250 línguas e culturas indígenas ainda pouco conhecidas, o campo do imaginário, a matéria-prima com que inventar obras de ficção.

Resta saber pescar nas águas profundas dessas origens brasileiras, também contemporâneas, e não afastar a mitologia como incompreensível. Espantosa, ela é sempre, mas deixa de assustar à medida que vai se tornando familiar e habitual.

O título original da antologia era *A guerra dos pinguelos*, uma forma um pouco elíptica de evocar a liberdade da linguagem sexualizada das narrações. Pinguelo, na linguagem oral, em português regional de muitos dos narradores, é o principal ator amoroso do corpo humano, tanto masculino como feminino, além de ser gatilho de arma de fogo, cujo múltiplo significado encontra-se registrado no *Novo dicionário da língua portuguesa* de Aurélio Buarque de Holanda Ferreira, embora não nas primeiras edições do seu *Pequeno dicionário da língua portuguesa*, assim como no *Dicionário Houaiss da língua portuguesa* (Pinguela, a mesma palavra no feminino, significa pequeno pau, ponte sobre um rio, feita de tronco). Nada mais apropriado para simbolizar o embate entre os sexos. Seria desejável conservar sem preconceitos o livre estilo de se referir ao corpo e a sexo que têm os narradores indígenas, imensa riqueza verbal. Infelizmente, agora, em português, já não ousam expressar-se com a mesma naturalidade, influenciados por novos conceitos repressivos de pudor e vergonha. O título final escolhido, o de um dos mitos, *Moqueca de maridos*, a nosso ver — meu e dos editores — expressa melhor entre todos, com sua violência cômica, o mistério do embate sexual.

O ensaio final sobre a antologia procura atiçar a curiosidade do leitor, já informado por uma primeira leitura, para o universo denso dos mitos, aproximando o que é estranho e pouco habitual de noções mais comuns. Seguem-se bibliografia, glossário e um perfil de cada narrador e de seu povo.

Nota sobre a grafia dos nomes dos narradores e dos povos

Sempre que possível, seguimos nessa edição o site do Instituto Socioambiental (ISA) para padronizar o nome dos povos, admitindo, assim, mudança em relação às edições anteriores: Makurap em vez de Macurap, Arikapú em vez de Arikapu, Jaboti em vez de Jabuti. Devemos lembrar que são ainda usadas essas variantes, com frequência nos documentos de identidade e pelos que escrevem, ou por estudiosos: Macurap, Arikapu, Arikapó, Arikapo, Jabuti.

Com relação ao povo Jaboti, a autodenominação Djeoromitxí tem sido usada desde os anos 1990. No título geral para os mitos deste povo, usou-se Djeoromitxí (Jaboti) para fazer a ligação com as edições e usos anteriores e também porque jaboti é a família linguística e djeoromitxí uma das duas línguas dessa família. No caso dos Arikapú, cuja língua é a segunda da mesma família, não se usou Jaboti para o nome do povo, pois eram conhecidos apenas por Arikapú ou Arikapó, omitido por vezes o acento. Os professores e escritores indígenas djeoromitxí, em seus documentos de identidade, usam Jabuti ou Jaboti, mas preferem autodenominar-se Djeoromitxí. Talvez os mais novos estejam usando agora apenas Djeoromitxí nos documentos, mas não tenho informação. A opção neste livro foi usar Djeoromitxí para os nomes dos narradores desse povo.

Para os Ajuru, grafia usada nas edições anteriores, há variantes: Wayuru, Wajuró, Wajuro, Wajuru, Wajurú, que constam do site do ISA. Usaremos Wajuru, mais próximo do Ajuru anterior.

Quanto aos Tupari e Aruá, continuaram iguais.

Foi usada a letra inicial maiúscula para o povo como substantivo e, minúscula, quando se trata de adjetivo. Adotou-se também a norma usual de manter o nome do povo sempre no singular, embora algumas editoras tenham insistido no plural.

Quanto à grafia das palavras, manteve-se a das edições anteriores, pois a escrita está em processo de construção e mudança contínuas, e novo consenso exigiria uma ampla consulta aos que escrevem, inviável nesse momento. Optou-se por itálico, ao longo das narrativas, todas as palavras do glossário, com exceção daquelas já dicionarizadas do português.

Parte 1

MAKURAP

As mulheres do arco-íris, *Botxatoniã*

NARRADOR: Iaxuí Miton Pedro Mutum Makurap.
TRADUTORES: Niendeded João Makurap e Rosilda Aruá.
OUTROS NARRADORES: Buraini Andere Makurap e Menkaiká Juraci Makurap.

As mulheres se apaixonaram por um ser que vivia no fundo das águas. Chamava-se *Amatxutxé* esse homem ou bicho, que lhes pareceu lindíssimo. Ficaram enlouquecidas, desprezaram os seus maridos, nem cuidavam mais dos meninos. Só pensavam no novo amor.

Abandonados, tristonhos, os homens foram caçar. Agora viviam como solteiros, as que eram suas mulheres haviam passado a viver como moças solteiras, não se deitavam mais nas suas redes, nem os olhavam, não vinham namorar. Pobres guerreiros, só lhes restava andar caçando por dias e dias; tinham também que cuidar dos meninos, que as mães ignoravam. Caçando, procuravam distrair a mágoa da perda, esquecer o espinho dentro de suas cabeças.

Os meninos pequenos ficavam moqueando caça para os homens, circulavam soltos pela floresta, iam banhar-se a toda hora. Um dia, estavam flechando na beira do rio, quando viram um jacarezinho.

— Vamos matar! — gritaram alegres em coro.

As flechas eram tão pequenas, que o jacarezinho nem se mexia, nada de morrer. A criançada resolveu empurrar o bicho imóvel, e tanto empurrou que ele caiu dentro d'água. A meninada caiu no fundo também.

Que surpresa debaixo d'água! Lá havia gente, mulheres que pareciam suas mães — eles até acreditaram que fossem mesmo elas —, que os trataram muito bem, com muito carinho, deram-lhes comida, chicha, tacacá, peixe.

Essas mulheres eram do Povo do Arco-Íris, *Botxatoniã*. Eram encantadas. Depois de mimarem bem a garotada, mandaram-nos de volta para os homens, carregados de panelas de barro transbordando de chicha:

— Queremos que vocês levem nossa chicha para os seus pais! Expliquem bem que essa comida é de gente verdadeira, não é de *Txopokod*, de fantasma, de bicho.

Os meninos tomaram a vereda do tapiri de caça e logo encontraram um dos caçadores, levando um veado nas costas. Este perguntou se traziam mandim, peixinho, e alegrou-se de ver a chicha.

No acampamento, os meninos deixaram as panelas de chicha e a comida nos tocos de árvore, para cada um dos homens, e deram o recado das mulheres do Arco-Íris.

— Nossas mães — assim a molecada chamava as mulheres encantadas — pediram para avisar que essa comida é boa mesmo, é humana, não é de *Txopokod*!

Os homens comeram até fartarem-se, felizes, empanturrados. Só um deles desconfiou da comida enfeitiçada; limitou-se à carne de veado socada com amendoim da roça. Os outros não queriam nem saber a origem das iguarias, fizeram é mandar os meninos voltarem às mulheres das águas para pedir mais.

As mães — não eram as mães de verdade, eram as mulheres do Arco-Íris, mulheres do fundo das águas — mandaram mais chicha, tacacá, peixinhos. Os homens comeram e comeram outra vez, com cabeça de veado e amendoim.

Foi assim todos os dias. Os homens estavam doidos de vontade de ir visitar as mulheres do Arco-Íris. Elas mandavam convidar, diziam que estavam preparando muita chicha.

Depois de muito tempo, o cacique chamou seus homens:

— Amanhã é o derradeiro dia de caçada; já é hora de ir à maloca das mulheres do Arco-Íris. E durante nossa última caçada, meninos, vocês vão avisá-las.

Nesse mesmo dia os caçadores deixaram a *pascana*, o acampamento, e os meninos não puseram chicha atrás dos tocos de árvore. Os homens amarraram a caça com tiras de embira e foram embora carregados. Não estavam voltando para a maloca, a das mulheres mães dos meninos que nem queriam mais namorá-los. Iam para as mulheres do rio, do Arco-Íris.

34

Já de longe, eles ouviram, no fundo das águas, a zoada da festa e da chichada. Dava para ouvir o barulho da palha farfalhando na dança. Lá no fundo, as *Botxatoniã* vomitavam na chichada, e a vomitação fazia borbulhas na água. As mulheres *provocavam*[1] e a água borbulhava.

Os caçadores passaram dias e dias no fundo do rio, só dançando, bebendo, namorando as lindas mulheres encantadas. Quando a chicha acabou, resolveram ir caçar, matar veado, buscar gongo de ouricuri. Elas prometeram esperar, fazer mais chicha, mais comida.

No meio dessa alegria, os homens andavam um pouco desconfiados. As mulheres faziam muita chicha, mas não bebiam. O cacique, alerta, mandou o socó ficar de olho, verificar o que havia.

Enquanto isso, as mulheres apaixonadas pelo ser do fundo do rio, que haviam desprezado seus maridos, faziam colares e chicha, mas parece que *Amatxutxé* não apreciava muito sua comida. Ficaram pensando onde andariam seus homens, seus filhos, o que estariam fazendo durante tanto tempo.

Caminharam e caminharam, as mulheres, e de longe ouviram a festança no fundo da água. Viram na água o borbulho da vomitação lá embaixo.

Voltaram à maloca e concluíram que era melhor desfazer-se de *Amatxutxé*:

— Esse homem que nós achávamos tão belo, por quem nos apaixonamos, é na verdade um velho feíssimo, arriado! E parecia tão bonito! Melhor matar esse entulho.

Livraram-se do seu amor.

O homem desconfiado, o que não quisera beber a chicha do Arco-Íris, ficava sozinho num tapiri, enquanto os outros desciam para dançar com as *Botxatoniã*.

Os homens andavam também pensando em voltar para a maloca, mas ainda havia para beber muita chicha das mulheres do Arco-Íris. Mesmo sabendo disso, o homem desconfiado, que era cacique, decidiu mandar o filho à maloca, para sondar uma possível reconciliação entre maridos e

---

1 "Provocar" é usado na região no sentido de vomitar. Nesse povo e em outros, a bebida diária ou de festa é fermentada durante vários dias. Ingerida em grande quantidade, o hábito é vomitá-la, tem efeito inebriante. O processo de fabricação envolve a mastigação, pelas mulheres, de pedaços de mandioca, inhames ou milho, que são misturados à sopa depois de mascados.

esposas, a volta ao lar. Os homens já estavam virando povo do Arco-Íris, *Botxatoniã*. Era a hora de voltar, ou não daria mais.

Antes da partida do rapaz, o pai recomendou-lhe que não tocasse em mulher alguma, e pedisse à mãe para fazer chicha para a volta dos homens.

O moço foi. Alegrou-se muito a mãe, mas ele fez questão de sentar distante dela, conversando sem se abraçarem. Apesar de discreto, chamou muito a atenção: era lindo, forte, o peito largo musculoso pintado de jenipapo, os olhos compridos brilhantes e doces, os longos cabelos pretos adornados de plumas. Uma das moças da aldeia embeiçou-se assim que o viu, foi se achegando. Não era a única — estavam todas doidas por ele.

— Nem venha perto de mim! Meu pai me recomendou muito que passasse ao largo das mulheres!

Mas que mulher poderia achar que um guerreiro tão formoso ia ligar para um conselho de pai em matéria de namoro? A moça não o deixou, e tanto fez, que quando anoiteceu, insinuou-se na rede dele, e aconteceu o que ele dizia recusar.

No dia seguinte, cabisbaixo, ele procurou a mãe:

— Mamãe, vou-me embora. Meu pai pediu que você preparasse muita chicha para nós, mas namorei, foi transgressão, *kawaimã*, crime, estraguei tudo. Tenho que ir.

Correu para a casa do pai e avisou-o que ia ser seguido por uma moça. Contou que quebrara a regra, sucumbira à jovem. Não demorou muito, ela chegou — mas morreu ao contato com o Povo do Arco-Íris. Seu espírito, porém, ficou morando lá com o rapaz.

Desde esse dia, os homens ficaram encantados para sempre, morando com as mulheres *Botxatoniã*, do Arco-Íris. Estão lá no fundo das águas, para lá das cabeceiras do Rio Branco. Esqueceram-se das suas mulheres da maloca, das mães dos seus filhos.

Quanto a elas, foram procurar maridos noutro canto.

O amante *Txopokod* e a menina do pinguelo gigante

NARRADOR: Iaxuí Miton Pedro Mutum Makurap.
TRADUTOR: Alcides Makurap.
OUTROS NARRADORES: Buraini Andere Makurap e Menkaiká Juraci Makurap.

Uma mulher casada não gostava nem um pouquinho do marido. Achava horrível dormir com ele e o evitava sempre que possível.

Vivia espiando os rapazes da aldeia. Era graciosa, andava leve como uma corça, parecia estar sempre dançando, e não lhe faltavam candidatos a namorados. Um dia, andando pela floresta para apanhar frutos, encontrou por acaso com um dos guerreiros mais valentes. Nem precisaram conversar muito para já estarem rolando no chão entre as folhas, brincando e ardendo.

Agora, à noite, ela vivia em fogo, imaginando estar nos braços dele, alisando suave suas costas, seu peito, suas pernas, misturando peles, agarrando-se um ao outro.

Ao pôr do sol, quando todo mundo costumava buscar lenha ou tomar banho, eles procuravam se encontrar em algum lugar fechado da mata, não muito distante. Mas sempre havia alguém vigiando, principalmente as crianças, e ela tinha que se cuidar para não voltar com terra ou gravetos grudados no corpo. O seu maior desejo seria receber o amado na rede, num silêncio sossegado, sem serem vistos e sem mordidas de formigas ou outros bichinhos do chão.

Para fugir melhor das investidas do marido, a moça pendurava sua rede num canto da maloca, um pouco afastada dos demais, e adormecia encostada na parede de palha.

Um dia, já quase deslizando no sono, ela sentiu mãos que a acariciavam. Começaram pelo rosto, de leve, os dedos desenhando com ternura seus olhos, nariz, boca, as faces e o pescoço. Foram descendo sem pressa, demoraram-se nos seios e nos bicos dos peitos. Ela se lembrou dos gestos do namorado nas escapadas raras demais e ficou caladinha, morta de medo que alguém os interrompesse. As mãos desceram sábias, não deixaram um cantinho sem tocar e se refestelaram na xoxota. Os dedos dos braços misteriosos que haviam atravessado a parede de palha bolinavam e puxavam o pinguelo, enfiavam-se ousados como se fossem uma lança masculina. Ela estremecia em sóis de prazer, procurava tocar o corpo do amado, desejosa de retribuir o dom da magia noturna, mas só encontrava a lisura dos braços, doces como polpa de pariri. Queria furar a barreira da maloca e alcançar o namorado do lado de fora, mas tinha medo de fazer barulho farfalhando a palha.

Todas as noites ela esperava ansiosa, e os braços vinham tocá-la. Já nem corria para o mato atrás do namorado, e ele, durante o dia, quase não lhe falava; era como se não tivessem nada a ver um com o outro. Mas à noite, como sabia usar as mãos, que pareciam substituir com proveito os recursos do corpo de homem proibido de se aproximar, separado dela pela palha! As hábeis mãos pareciam ter gosto especial em encantar o pinguelo, que puxavam e puxavam em carícias de fogo.

Dia a dia, a moça foi percebendo que seu pinguelo vinha crescendo. Vivia repleta de satisfação erótica, mas aquele pedacinho tão pequeno, tão imperceptível aos outros mesmo na nudez da aldeia, começava a perturbá-la. Passada uma semana, já estava do tamanho de um homem nos arroubos do amor. Morta de vergonha, ela se escondia de todos, não andava mais para canto nenhum.

— Por que você vive se escondendo, por que não vem mais conosco à roça, nem senta perto de nós e do seu marido? — estranhou a mãe.

Vendo que era impossível enganar quem quer que fosse, ela confessou a verdade à mãe. Revelou até mesmo a existência do namorado da floresta.

— Como você é ingênua, minha filhinha! Não é um homem, é um *Txopokod*, um espírito, um fantasma, que vem namorar você através da palha! E você pensando que é um dos nossos guerreiros! Se fosse gente chamaria você para te enlaçar às escondidas perto do rio, longe da maloca.

— Ele vem toda a noite, mamãe, como gente, me ama com tanto jeito e carinho!

A moça chorava, chorava, chorava, com o pinguelo se arrastando pelo chão. Solidária, a mãe convocou os parentes para darem cabo do *Txopokod*. O marido traído era o que mais estimulava os outros à vingança:

— Hoje à noite saberemos arrancar os braços desse bicho imundo!

Os homens passaram o dia afiando as taquaras das flechas, suas lâminas de bambu. Esperaram a noite, silenciaram, espreitando a moça encabulada deitada na rede, com o pinguelo pesado.

A noite ia alta quando o *Txopokod* a chamou cauteloso, assobiando. Meteu um braço pela palha, logo alcançou o lugar mais sensível, descomunal e tchok! Ela agarrou o braço, gritou para os homens. Acenderam uma vela de resina de jatobá, correram para ela e zapt! Cortaram o braço.

Houve um estrondo, e o *Txopokod* fugiu para o mato. A maloca inteira cercava o braço esquisito, coberto de pulseiras de tucumã, de dentes, de plumas, enfeitado. Saciados de olhar, jogaram o braço-amante na panela de barro, para cozinhar.

No fogo alto, fervia o caldo de braço, mas nada de mudar o que quer que fosse naquela carne. Não amolecia! Parecia que o *Txopokod* não tinha ossos, a carne não se desprendia.

E, espanto maior: já era hora de amanhecer, mas a noite continuava escura. Nenhuma claridade. A manhã virara noite, a noite estava esticada como o pinguelo da moça...

Não se podia deixar apagar o fogo. É no escuro, sem luz, que os *Txopokods* vêm para comer os homens, e havia muitos *Txopokods*, deviam estar com raiva, querendo se vingar. Foi a correria para buscar lenha. Todo mundo atrás de madeira para queimar.

A lenha se acabou toda, e a escuridão era a mesma. Nada de alvorada. Uma noite que já durava três dias...

Tiveram que entrar nos milhos e na mandioca, para usar como combustível. Tremiam de medo dos *Txopokods*, das sombras soturnas na noite. Mantinham o fogo cozinhando o braço, para o *Txopokod* não poder vir comer a aldeia inteira...

— Joguem fora o braço desse fantasma! — ordenou o cacique. — Para que cozinhar esse bicho esquisito? Nosso milho está se acabando, não temos mais nada para queimar!

Chegou o Coelho, *Kupipurô*. Cantava bonito, como cantamos há pouco. Todo mundo pediu para ele entrar na maloca, vir cantar com eles.

Percebiam movimentos no escuro, eram muitos *Txopokods* no terreiro, rondando as pessoas para um banquete de extermínio.

Os coelhos *Kupipurô* resolveram ajudar os homens, levantaram-se e foram cantar, distraindo os *Txopokods*.

— Joguem fora o braço, para os *Txopokods* não nos comerem!

Juntaram-se para levantar a panela e pôr o conteúdo num pilão de pedra. Tentaram socar o braço com a mão de pilão de pedra, mas era o mesmo que um sernambi — não se desfazia de forma alguma. Também as pulseiras do *Txopokod* não se quebravam...

Terminaram por desistir e jogar o braço no terreiro. O dono, o *Txopokod* namorador, correu e grudou o braço outra vez no próprio corpo. Mais que depressa procurou um igarapé, porque seu braço estava queimando. Jogou-se na água. Dizem que por isso a agua desse igarapé é quente, porque lá é que o braço fervente mergulhou...

O *Txopokod* ia nadando em todos os rios e igarapés que encontrava, para esfriar. Só no último, já perto da cachoeira do Paulo Saldanha, o fogo do braço apagou. Por isso esse igarapé tem água fria.

Quando o calor do braço acabou, a noite comprida se extinguiu, o dia foi amanhecendo outra vez e a paz voltou à aldeia. Muitos dias de luz perdida tinham se escoado, já era de tarde, próximo do escurecer.

Cortaram o pinguelo da mulher e jogaram dentro d'água — virou o poraquê, o peixe elétrico. A cuia onde levaram o pinguelo virou caranguejo. O marido traído não a quis mais, teve medo. Quanto ao namorado, não se sabe se ainda a quis, tudo é segredo... Mas o *Txopokod* nunca mais voltou.

Akaké, um noivo de três pinguelos

NARRADORES: Iaxuí Miton Pedro Mutum Makurap em makurap; Aienuiká Rosalina Aruá em português.
TRADUTORES: Graciliano Makurap; Alcides Makurap.

Atrás de festa e de marido

Duas irmãs e sua sobrinha preparavam-se para visitar um vizinho, dono de uma grande roça de milho. Não sabiam o caminho, mas a cunhada, mulher de um irmão, ofereceu-se para ensinar. A festa ia ser de arromba, com muitos bichos, que então eram gente, como convidados.

As três foram apanhar folhas de tabaco na própria roça, para dar cigarros de presente ao dono da chichada, que era generoso e ia oferecer muita comida.

A cunhada era malvada e não gostava delas. Foi na frente e prometeu deixar sinais de folhas ao longo do caminho, para que elas conseguissem achar o lugar certo. Mas como vivia com raiva no coração, pôs as folhas indicando uma vereda errada — era a dos *Txopokods*, dos fantasmas, dos espíritos maus.

As três aventureiras foram andando descuidadas pela mata, muito alegres. Eram donas do seu tempo e do seu destino; pensavam que nesse passeio e nessa festa, de repente encontrariam um marido para cada uma ou o mesmo para as três. Já era tempo de se casarem.

Já bastante cansadas, passado um tempo, avistaram uma pequena maloca ao longe. No mesmo instante chamou a sua atenção, bem pertinho, um tatu. A sobrinha matou o animal a pauladas, sem a menor dificuldade;

cortou, as três embrulharam a carne em folhas, pensando em levar para o dono do milho, e rumaram para a maloquinha.

Na porta da casa estava uma velha arrumando o paiol de milho. Mal sabia a trinca que o tatu era filho da velha, sua criação.

— Vovó, estamos morrendo de fome, dê umas espigas para nós comermos milho com o tatu que matamos e venha comer conosco!

A velha pôs-se a chorar, percebendo que o seu filho tatu tinha virado caça. Para acalmá-la, as três moças lhe deram pulseiras, colares e cigarros. Sentindo que havia algo de estranho, as duas tias cutucavam a sobrinha; esta pensou que fosse para ela oferecer o tatu, e estendeu um pedaço de carne para a velha. A sobrinha era muito mais doidinha que as tias, sempre fazia o que não se deve.

Mas qual! A velha chorou mais ainda, sentindo o cheiro do filho. De repente calou-se, pensando na vantagem de comer as três.

As tias não repararam, mas a sobrinha viu que a velha fazia o tatu viver de novo, e que os pedaços de carne sumiam das suas bocas e mãos. Observou preocupada a velha subir no jirau onde estavam guardadas as espigas de milho e remexer sem parar. Iria pegar uma borduna para matá-las?

— Vamos embora, titias! Essa velha não é gente, deve ser mãe do tatu, que ela fez reviver! É um *Txopokod*, fantasma!

Caminho sem volta

As tias estavam gostando de estar lá comendo no bem-bom, mal se mexiam. A sobrinha apontou a porta da maloca que começava a se fechar e puxou-as com força para fora... Foi o tempo exatinho de fugirem. A porta fechou e elas se viram no mesmo caminho, só que o trecho por onde tinham chegado virara mata fechada. Encheram-se de medo, percebendo que estavam perdidas e que algum mistério fazia a floresta cobrir a vereda por onde tinham vindo e as empurrava para a frente. Foram obrigadas a seguir, em vez de voltar para casa.

Mais adiante encontraram um outro ser, que parecia homem, mas era bicho. Estava no alto de um pé de imbaúba, cortando fruto.

— Ai, vovô, que fome danada! Nos dê um pouco de comida, desse fruto!

Dizem que ele virou de cabeça para baixo, vinha se arrastando, prontinho para devorá-las. Correram apavoradas: gente não é capaz de virar de cabeça para baixo numa árvore! O caminho continuava fechado para trás, aberto só para diante; era assustador ver a mata surgindo cerradíssima ali onde tinham passado numa trilha limpinha.

Não havia jeito, continuaram a andar. Logo depois viram um outro homem-bicho em cima de uma árvore, cortando ingá. Perguntaram o caminho e pediram fruta — o estômago delas roncava. Quem sabe este seria um marido possível? Mas fugiram ainda mais aterrorizadas que antes, quando viram o homem ou monstro virar de cabeça para baixo e vir rastejando tronco abaixo, com o nariz e a boca escorrendo baba, arreganhando os dentes para elas, contente com o manjar inesperado.

A essas alturas o que desejavam era voltar para a aldeia, mas o caminho atrás se cobria de árvores, espinhos, trepadeiras, cipós, lá de baixo nem dava para ver o céu. Só havia um caminho, cortado na mata, para a frente.

Um marido dono de chicha de xixi

Não sabiam onde iam dormir, as pernas já afrouxavam, quando chegaram na casa da Cobra, que era um homem. Bem na entrada estava o cacique, o Cobra-Cipó, *Txadpunpurim*. Convidou-as para entrar e dormir lá.

Ficaram — aonde mais poderiam ir? O Cobra-Cipó ofereceu-lhes chicha, tratou-as bem e as pôs no jirau no alto para dormir. Era um jeito de escondê-las das outras cobras — o povo ali era só cobra mesmo.

À tardinha chegaram as cobras da maloca. A sobrinha, doidinha, via que não era gente, e reclamava alto.

— Fica quietinha! Por sua causa mesmo é que estamos nesse apuro! Você matou o tatu e deu para a velha! — exclamavam as tias.

Ficaram ouvindo as conversas das cobras. O outro cacique, o Cobra-Cascavel, *Baratxüxá*, queria ajeitar o jirau, consertá-lo e limpar, para armazenarem mais milho. O Cobra-Cipó, *Txadpunpurim*, procurava dissuadi-lo, para suas protegidas não serem descobertas. Sugeriu uma caçada conjunta — que tal fazer uma festa com muita carne nesses dias?

Ninguém resistia à ideia de caçar. Foram à noite, ficariam alguns dias. Foram todos, menos o Cobra-Cipó; o último a ir embora foi o Cobra-Preto. Antes de seguir os outros, o Cobra-Preto examinou todas as panelas de chicha: estavam vazias, secas. O Cobra-Preto foi fazendo xixi e enchendo os potes todos.

Escondida lá em cima, a sobrinha o observara o tempo todo. Quando amanheceu, o Cobra-Cipó chamou-as para descerem do esconderijo e tomarem chicha.

— Titias, eu não vou beber nada dessa chicha. É xixi de cobra...

O protetor insistia para elas comerem e beberem. As tias tomaram chicha, a sobrinha fechou a boca.

— Pode tomar, a chicha que bebemos é assim mesmo... — gentilmente oferecia o Cobra-Cipó.

Mas ela não quis mesmo. Esse Cobra-Cipó é que não servia de marido...

Foram embora, antes que as cobras voltassem da caçada. O Cobra-Cipó, generoso, indicou-lhes o caminho — mas nem era preciso, pois não havia outro, para trás tudo era densa mata sem retorno.

O roubo do pilão e a irmã dos ventos

Andaram, andaram, chegaram à casa de uma mulher com um pilãozinho de pedra. Já de longe a ouviam socando o milho: "tak, tak, tak...".

O pilão era lindo, de dar vontade de levar embora. A sobrinha ficou louquinha por ele. As tias desaconselhavam.

A dona do pilão, que se chamava *Piribubid*, era irmã dos ventos. Chamou-os aos gritos:

— Meus irmãos, venham me socorrer! Estão vindo três mulheres que vão querer roubar nosso pilão...

As tias tentavam segurar a sobrinha, mas quando a dona do pilão parou de gritar e se distraiu um pouco, ela correu e pôs o pilão no *marico*. Fugiram as três.

Pensando já estarem livres, escutaram um temporal daqueles de meter medo. Vinha um vento que derrubava até as árvores maiores, caíam umas por cima das outras com estrondo, quase esmagavam as mulheres. Os ventos as perseguiam.

— Jogue fora o danado desse pilão, os ventos já estão pertinho! — imploravam as tias.

A menina tirou o pilão do *marico*, carregou-o no ombro um pouco e quando viu umas rochas, atirou-o com toda força. Espatifou-se.

Os ventos vinham pelos ares e a irmã deles, a dona do pilão, *Piribubid*, corria no chão. Pararam desolados ao ver os caquinhos, mas conseguiram grudar todos e reconstituir o pilão, que levaram de volta.

A sobrinha virada em taboca

Aliviadas, as moças seguiram viagem. Ouviram uma batida — "tok, tok, tok..." —, era o Pica-pau tirando gongos de dentro de uma árvore. Quis comê-las, fugiram.

A doida furou o pé no espinho da taboca, mais adiante. Virou taboca, depois de dois dias, a sobrinha.

As tias ficaram tristes, sem saber o que fazer, quando viram o homem tirando bicho do ouricuri:

— Vocês chegaram?

— Chegamos! — disseram tristes, porque a sobrinha virara taboca. — Nossa sobrinha virou taboca!

O homem deu bichos do ouricuri para as tias comerem. Elas só pensavam em reaver a sobrinha, mostraram para ele a taboca em que ela fora encantada. Ele quis ajudar:

— Olha aqui. Vocês fecham os olhos, vou fumar. Vou experimentar.

As duas fecharam os olhos, enquanto ele fumou, fumou. Quando abriram os olhos a sobrinha apareceu. Virou gente.

Um marido com mais do que é preciso

Exauridas, quase desistindo de encontrar pousada, encontraram um velho sentado, *Akaké*. Tirava gongo de ouricuri.

— Oh vovô, *awatô*! Queremos comer gongo!

— Pois comam, mocinhas bonitas! Tem pamonha e um bocado de gongo! Podem comer, depois tiro mais!

Empanturraram-se. Estavam gostando de ter um homem que as alimentasse, pena que fosse tão velho.

Akaké mandou-as tomar banho no igarapé, avisando que lá havia um bagaço com que lavava os olhos, uma folha de urucum, boa para elas também.

Foram, passando pela mãe de *Akaké* que varria o terreiro.

— Que bom estas mulheres fugindo, vou ter quem varra o terreiro do meu filho... — foi logo chamando as três de noras.

A mãe do *Akaké* não parecia mulher, as três nem a viram. Era igual a um pote. Sentaram ali juntinho, a sobrinha arranhou o pote com a unha. Saiu sangue, o pote gritou.

— Minhas tias, esse pote tem sangue, é gente!

O velho *Akaké* se aproximou, chamando-as já de esposas. A sobrinha não o chamava de marido, não queria saber de uma feiura daquelas.

Mas a mãe de *Akaké*, o pote-Mulher, prometeu que ia dar um banho de cinza e água quente nele, que ia rejuvenescer, virar um mocinho de verdade.

Dado o banho, a velha avisou:

— Ele vem aí, mocinho lindo, mas não olhem para o corpo, só para os pés!

A sobrinha ficou se indagando por que seria tão proibido olhar o corpo, se ele agora era jovem, e resolveu que ia olhar mesmo.

Pouco depois ele veio vindo ao longe, tocando taboca para anunciar a presença. As tias, obedientes, só olharam os pés, de cabeça baixa. A sobrinha, disfarçadamente, levantou os olhos — e Oh susto! Moço ele era, nada do velho feio de há pouco, mas que cofo enorme, que estojo peniano descomunal entre as pernas, para esconder o seu triplo dote! Pudera, deu para ela perceber que em vez de uma só, ele tinha três picas, três pinguelos! Só então ela se deu conta que *Akaké* quer dizer cofo, estojo peniano.

Muitas redes do amor

Anoiteceu e *Akaké* chamou-as para a sua rede imensa — cabiam os quatro abraçados. A sobrinha recusou — como ia casar com um monstro desses, como seriam em riste três dardos duros? Um só a faria feliz, três juntos exigiam demais. Enquanto as tias deitaram e adormeceram, saiu procurando outra rede.

Encontrou uma rede bem perto e era de um homem-árvore, cheio de raízes retorcidas, de sapobembas. Estirou-se para descansar, mas os galhos e ramificações a apertavam, quase estrangulavam, impossível dormir.

— Que homem esse, tenho que fugir!

— Sou assim mesmo, sou da turma do *Akaké*!

Ela pulou da rede e foi experimentar dormir em outras, cada vez com um homem diferente. Nenhum dava certo. Um deles era quentinho, mas era um macaco — dava tanta mordida que não conseguia dormir.

— Não gosto de homem que morde!

— Sou da turma do macaco, não sou homem!

O homem-friagem, *Pitig, Pitigboré*, chamou-a para sua rede. Aliviada, adormeceu. Mal deu para cochilar e acordou com um frio gélido.

— Que homem fui escolher!

— Sou assim mesmo, sou friagem!

Tiritando, ela voltou à rede do *Akaké*:

— Titias, estou com frio!

— Façam fogo para ela, deitem vocês duas entre eu e ela, para ela não ter medo! — alegrou-se o *Akaké*.

A sobrinha continuava com medo:

— Esses homens que trabalham para *Akaké* e sua mãe não são gente, cada um é mais estranho que o outro, titias! Vamos embora — implorava Deitada longe de *Akaké* na rede, achava que não ia ser alcançada, mas a imagem das três ameaças a punha em pânico.

Até então, ele nem tinha tentado namorar. Vendo as três tranquilas, já no sono, despiu seu *akaké*, seu cofo, a proteção de palha que cobria seu tríplice tesouro e penetrou as três ao mesmo tempo — mesmo a sobrinha, que estava mais longe. Como isso é possível, como foi o abraço dos quatro, ninguém sabe — os falos eram um ao lado do outro, mais ou menos no lugar onde deve estar o único que um homem comum tem.

Pronto, já eram suas mulheres, todas ao mesmo tempo. Amanheceu e as três, que nunca tinham tido homem antes, disseram uma para outra:

— Estou menstruada!

— Eu também!

— Eu também!

A sogra mandou as três fazerem chicha. Tinham que ficar o dia inteiro na fumaça, sem parar nem um pouquinho de socar a mão do pilão para moer o milho, em seguida girando a colher no fogo, cuidando dos panelões de chicha. A sogra vigiava para trabalharem sem interrupção alguma, para a comida ficar bem gostosa.

As três engravidaram, buchudas a um só tempo. Até a sobrinha doida aquietou-se um pouco. Por fim tiveram nenê as três.

Os passarinhos de criação

Antes de viajar, elas tinham deixado uns passarinhos que criavam com a mãe, na aldeia. Um dia, ao voltarem da roça do *Akaké*, quando estavam buscando água para cozinhar chicha, viram uns passarinhos muito parecidos, cantando bonito.

— Titias, estes passarinhos não serão os nossos?

— Que nada, são do mato mesmo, aqui é tão longe!

Os passarinhos vinham nas mãos delas sem medo, elas davam de comer nos biquinhos. Eram mesmo os delas, voaram de volta à aldeia da mãe.

— Onde estão as donas de vocês? — a mãe perguntava.

Passarinho não pode falar, só sabe pular... iam e vinham de um lugar ao outro. Foi assim umas três vezes. A sobrinha doidinha resolveu-se:

— Vou acompanhar os passarinhos, vou-me embora daqui...

As tias não queriam, mas um dia foram todas, os passarinhos como guias. Iam com meninos nos braços, foi grande a alegria de encontrar a mãe.

Um moço da aldeia gostava da sobrinha, queria namorar. Pegou um tição de fogo, ateou em folhas de taxi, e pôs debaixo da rede do nenê da moça. A criança pipocou, pipocou até morrer...

A cantiga *koman* ou moqueca de maridos

NARRADORES (em makurap e em português): Überiká Sapé Makurap; Iaxuí Miton Pedro Mutum Makurap.
TRADUTORES: Biweiniká Atiré Makurap; Alcides Makurap.
OUTROS NARRADORES (em makurap e em português): Buraini Andere Makurap e Menkaiká Juraci Makurap.

A dona da música, dos sapinhos e do jenipapo

As mulheres mandaram as meninas pegarem sapinhos e peixinhos numa lagoa, para assarem e comerem. A meninada obedeceu contente, viram as águas nas margens escurecerem de tantos bichinhos nadando de um lado para o outro.

Já estavam apanhando grandes bocados de sapinhos novos quando, no meio da lagoa, apareceu uma velha hedionda boiando, chamada *Katxuréu*. Viu as meninas catando peixinhos:

— Minhas netinhas, vocês estão estragando nossa música e nosso jenipapo!

— Não estamos estragando nada, vovó! Nossas mães nos mandaram pescar para comermos!

— Vocês estão pensando que apanham peixinhos e sapinhos, mas essa é nossa música, nosso jenipapo de pintar o corpo! Vou ensinar vocês a cantar.

A velha *Katxuréu* pôs-se a cantar e a música era tão linda que as meninas mal respiravam, seduzidas, tentando aprender.

— Agora vão chamar as mães de vocês para aprenderem também os meus cantos, minhas mocinhas, expliquem que vocês estavam roubando, não os sapinhos novos da lagoa, mas nossa música e nossa tinta de pintar!

As meninas voltaram à maloca e as mães resmungaram ao ver que não traziam nada.

— Como podíamos ter pescado? — explicaram. — Lá nas águas há uma velha chamada *Katxuréu*, que mandou buscar vocês para aprenderem umas cantigas belíssimas, e nos avisou que os sapinhos novos eram sua música e seu jenipapo e não devíamos levar nada embora!

As mães, curiosas, acompanharam as filhas na visita à velha *Katxuréu*.

— Elas falaram a verdade, minhas filhas — confirmou a dona da lagoa. — Nadando nas minhas águas está a nossa música e o nosso jenipapo, não são peixes. Venham, vou ensinar vocês.

Meninas e mulheres foram dançando e cantando em roda horas a fio, transportadas a uma esfera encantada. Tão entretidas estavam, possuídas pela música, que nem viam o tempo passar — mas foram sentindo fome.

A velha *Katxuréu* aparecia quase inteira boiando na água, ensinando os cantos numa voz forte. Os cabelos dela eram pretíssimos, compridos até os pés, assustadores de tão bastos, mas muito bonitos. A velha viu que estavam gostando e ordenou:

— Amanhã vocês vêm de novo para cantar bem afinada comigo a cantiga *Koman*. Antes, matem os maridos de vocês, um a cada dia, para comermos enquanto cantamos. Essa é a verdadeira comida, não os nossos peixinhos e sapinhos.

As mulheres ficaram chocadas, mas foram pensando, pensando, lembrando da música, e em pouco tempo ficaram animadíssimas para começar a matar os homens.

— Quem vai ser a primeira a matar? Quem vai matar hoje?

— Sou eu, sou eu! — várias vozes responderam ao mesmo tempo.

Escolheram uma delas.

Moqueca de maridos

De madrugada, uma mulher matou o marido adormecido, botou-o no *marico* e tampou com palha. Cedinho, disse que ia para a roça com as outras. Levaram o cesto, cozinharam o marido num panelão de barro, e comeram com a velha da lagoa.

Assim foi acontecendo todas as noites. Cada vez outro homem desaparecia, e as mulheres passavam o dia na lagoa, cantando com a velha e comendo a carne dos maridos.

Os homens não entendiam o que estava acontecendo, por que iam sumindo um a um. As mulheres diziam para eles que iam para a roça, mas demoravam tanto, voltavam tão estranhas, que eles começaram a desconfiar que elas andavam mentindo.

Combinaram entre si que precisavam descobrir qual era o mistério. Não podiam mais deixar acontecer tanto sumiço sem fazer nada. Cada vez que um deles ia buscar palha para fazer o cocar com que se enfeitavam durantes as festas de tomar chicha, acabava desaparecendo para sempre. E enquanto isso as mulheres saíam para fazer a chicha e ir à roça... Seria verdade? Daqui a pouco não ia restar homem nenhum, só as mulheres! Elas não sentiriam falta de namorar, de deitar com aqueles-com-quem-sempre-brincavam? Teriam outras brincadeiras?

Ficou assentado que iriam todos caçar, para elas ficarem bem desprevenidas, e que só um rapaz ia ficar na maloca, tentando desvendar o segredo.

Quando todos saíram para a caçada, o moço fingiu que estava com febre e deitou-se perto do fogo, tiritando. As mulheres, com pena, cuidaram dele — mesmo as mulheres que já tinham matado o próprio marido. Puseram para ele uma panela de chicha e o deixaram estirado na rede. Vendo-o largado, saíram da maloca.

A dança macabra

A mulherada matara o marido de uma delas na véspera, escondendo o corpo numa *sapopemba* bem próxima da casa. Foram correndo buscar, antes de ir cantar com *Katxuréu*. Supunham estar a salvo dos olhos masculinos, pois só havia por perto o rapaz doente, incapaz de se mover.

Ele, no entanto, assim que se viu sozinho, trepou no jirau de armazenar milho e entreabriu as palhas do telhado, procurando enxergar lá de cima as recém-saídas. Viu muito bem a mulher retirar o marido morto do esconderijo, jogar no *marico* e carregar nas costas.

Desceu mais que depressa e foi procurar os homens no acampamento da caçada.

— São mesmo elas que estão acabando conosco, nos matam um a um!

Uma fúria sem tamanho tomou o grupo. Prepararam as aljavas, que encheram de flechas de *mamuí*, e seguiram pelas trilhas atrás das mulheres, prontos para destruir.

— Vamos matar essas desgraçadas!

Pelos sinais e pegadas no chão, logo chegaram à lagoa, caminhando num silêncio propositado, ameaçador.

Ainda na mata, cercaram as mulheres. Estavam todas em roda, dançando e comendo, bem cozidinho, um dos homens que haviam matado. Cantavam, tomadas por uma alegria feroz, ao som da taboca da velha *Katxuréu*. Mesmo em meio ao ódio e à dor, os homens ficaram impressionados pela força da música, a da cantiga *Koman*, a da velha. Ela dançava também, soprando a taboca, o cabelão preto bem solto, cobrindo o peito enrugado.

Os ossos dos homens mortos estavam pendurados em fios, ou enfeitavam as pernas das velhas e das dançarinas. De longe se ouvia a zoada dos pés no chão, na roda: pá, pá, pá...

— Quem vai matar hoje? Quem quer dar um marido para comermos?

A vingança

Nesse minuto, em meio à dança, a corda dos ossos se quebrou. Foi como se adivinhassem que estavam cercadas, ao receberem o aviso repentino. Os homens a um só tempo flecharam a mulherada, mataram todas.

Os homens reuniram os cadáveres das mulheres e chamaram *Katxuréu*, que conseguira escapar para a água:

— Vovó, saia da lagoa, venha nos ensinar a cantar! Achamos a sua música tão bonita!

Chamavam e chamavam, mas a velha nada de aparecer. Não era boba; caíra no fundo do poço onde morava. Os homens insistiram e rogaram tanto, que ela acabou boiando, com água pela cintura, levando suas tabocas muito bem-feitas.

— Cante para nós ouvirmos!

A velha cantou a mesma música para a mulherada, e os homens também a ouviram em êxtase. Queriam mais e mais, mas se lembraram do que acontecera:

— É lindo esse canto, vovó, mas você matou muitos homens, temos que nos vingar!

Katxuréu abria a boca, arreganhava os dentes e se gabava:

— É com esses dentes afiados que eu comi vocês, comi muitos homens!

Os dentes branquinhos luziam no meio da lagoa, quando um homem, com pontaria certeira, atirou uma flecha na dentadura e quebrou-a. Mesmo assim a velha não morreu, continua viva até hoje.

Os homens sem mulheres

Os homens voltaram para a maloca, agora sem mulheres para cozinhar e namorar.

Na hora em que as mulheres foram flechadas, só havia sobrado duas menininhas, abrigadas atrás de um tronco. Apenas o cacique as viu — eram suas irmãs. Percebeu que choravam, e elas disseram que era pelo irmão e pelo tio que a mãe e a tia tinham matado.

— Vocês comeram seu tio, seu irmão?

— Não, mamãe não deixou a gente comer, não!

O cacique conseguiu levar as duas e esconder num jirau alto. Só elas escaparam da vingança. Ninguém sabia delas, foram crescendo.

Agora os homens é que cozinhavam a chicha, mascavam o milho, cará ou mandioca para fermentar a bebida. O gosto era muito ruim, sem doce, mas que outro jeito haveria sem mulheres? Reclamavam, cuspiam a chicha, mas não havia outra.

Iam se revezando, cada vez um ficava na cozinha em vez de ir fazer as tarefas de homem, caçar ou ir à roça. Por fim o cacique se ofereceu para cozinhar. Mandou todo mundo ir caçar no outro dia.

Sozinho na maloca, sabendo que todos estavam no mato, desceu as duas irmãs do esconderijo. Queria que o ajudassem a cozinhar, mascassem pedacinhos de milho para adoçar a chicha, o que os homens não sabiam fazer.

Desceram contentes, trabalharam e voltaram à sua toca no alto. O cacique varreu bem todos os restos de farelo ou casca para não deixar vestígios.

Todos adoraram a chicha:

— Que diferente! Agora, sim, está uma delícia! O nosso cacique faz chicha doce, gostosa, enquanto a nossa não presta.

— É que sei fazer, aprendi, meus amigos — respondia modesto.

Não sabiam que estavam tomando chicha de mulher de verdade.

O cacique passou a mandar que caçassem sempre que era preciso fazer chicha, a cada três ou quatro dias. As meninas, já grandinhas, desciam, faziam o tempero, mascavam para adoçar a chicha. Os outros bebiam com gosto ao chegar.

Tanta caçada os fez, por fim, desconfiar de algum segredo:

— Deve ter mulher por aí, que o cacique está nos ocultando!

O cacique terminou por contar a verdade.

— Não deixei matarem minhas irmãzinhas, que não tinham comido carne de homem!

— É bem verdade que chicha feita por homem não tem esse gosto especial!

O outro começo do mundo e a cantiga *Koman* das mulheres

Desceram as meninas, duas mulherzinhas. Casaram e o povo foi aumentando outra vez. O irmão, o cacique, não arrumou família logo — só bem mais tarde, quando já havia mulheres que não eram mais suas irmãs, quando suas sobrinhas cresceram.

Se não fossem essas duas irmãs, não haveria mais gente Makurap no mundo. Elas não esqueceram, ensinaram às mulheres a cantiga *Koman*, que tinham aprendido com a velha *Katxuréu*. Até hoje cantamos a cantiga *Koman*.

As mulheres sem homens, as amazonas, as *kaledjaa-ipeb*, mulheres-pretas

NARRADOR: Iaxuí Miton Pedro Mutum Makurap.
TRADUTORES: Niedended João Makurap e Rosilda Makurap.

A caçadora

Era no tempo da seca. Hoje em dia, diríamos que era agosto — mas naquela época não contávamos os meses, apenas falávamos em inverno e verão.

Havia um caçador belíssimo vagando pela floresta, atrás de queixadas e mutuns. Aproximava-se do igarapé, quando ouviu um farfalhar de folhas. Esperançoso de encontrar alguma presa, aproximou-se em silêncio, mas quase soltou um grito de admiração. Inclinada sobre as águas, só havia uma moça encantadora, com o corpo pintado, e enfeitada de colares de tucumã, batendo timbó e recolhendo os peixes que iam morrendo na água escurecida. Criou coragem para perguntar:

— Quem é você? Por que está sozinha na mata? Não acha perigoso vir sem companhia onde há tantos bichos?

— Vim pescar de timbó. E você, que anda pelas nossas terras, quem será?

— Vim caçar e acabei andando bem longe da minha aldeia.

— Pois agora você não vai mais caçar, deve me ajudar a juntar os peixes que vão ficando tontos com o veneno das águas!

O caçador não podia sonhar com nada melhor que ficar junto dela, na brincadeira de ir enchendo as *capembas* de peixinhos, rindo, roçando, como se fosse sem querer, o seu corpo no dela.

Assim passaram o dia todo, esquecidos do sol se pondo, amontoando os mais variados peixes. Paravam de vez em quando para ela moquecar alguns para comerem, no fogo que acenderam nas margens. Por fim, de tardezinha, ela insistiu que ele a acompanhasse à sua aldeia — e já foi propondo, para espanto do caçador, que ficasse morando por lá.

Ao chegar às malocas, o caçador viu que só havia mulheres e meninas. Sua nova amiga tinha contado que era solteira — mas ele não sabia que ela era uma *Kaledjaa-ipeb*, uma das mulheres negras que jamais possuíram homem, que vivem só com outras mulheres, fazendo todas as tarefas de roça, de caça, de pesca, de construir casas, como se fossem homens valentes. O único homem da aldeia era o pai da moça e de suas irmãs — mas estava fora, fora buscar taquaras para as flechas.

As meninas estavam sentadas em esteiras, reunidas no interior de uma das malocas, e a mãe estava deitada numa rede.

As donzelas com pai feroz

— Quem é que nossa irmã estará trazendo? — perguntaram curiosas umas às outras. Ao ver que era um homem, dançaram de alegria em volta dos recém-chegados:

— Nossa irmã veio trazer um marido para nós todas!

Abraçavam o rapaz, alisavam sua cabeça, seus braços e costas, com espontaneidade e carinho. Ele encabulou, disse que ia embora — estava sendo esperado na outra aldeia. As moças o cercaram rindo, oferecendo peixe moquecado, gongos, inhames, castanha, chicha, não houve jeito de conseguir sair.

Ataram uma rede para ele. Dormiu sozinho, com as redes de todas elas penduradas à sua volta, em cima, por baixo, dos lados, encostando-se a ele o mais possível.

No outro dia ele repetiu que precisava ir embora.

— Espere mais uns dias, nosso pai deve estar chegando carregado de taquaras que não existem na sua terra, e que queremos dar de presente para você! E você pode ficar aqui e ser nosso marido!

— Seu pai vai querer é me comer, tenho medo!

Elas prometeram não deixar o pai fazer qualquer mal a ele. Foi ficando, mimado por tantas moças lindíssimas, mas sempre aterrorizado ao pensar no pai feroz.

Dois dias depois, de tardezinha, ouviu-se a zoada do pai anunciando sua chegada já desde longe. Trazia as taquaras mais estranhas, que o rapaz nunca vira e logo cobiçou.

As filhas ofereceram ao pai muitas cuias cheias de chicha, mas ele nunca ficava de barriga cheia — era um *Txopokod*, espírito, não se empanturrava como gente. Arrotava, arrotava e sempre queria mais.

— Minhas filhas, que cheiro de gente por aqui! — resmungava.

— Engano seu, papai, não há ninguém diferente por aqui — elas disfarçavam.

Escondidinho num canto, o rapaz murmurava para as moças que ia ser morto pelo pai assustador, mas elas respondiam que era mais fácil elas matarem o próprio pai.

O *Txopokod* pai continuava insistindo no cheiro de gente, elas negando.

Anoiteceu. As moças dormiram preparadas para matar o pai se necessário, cada uma com um machado na mão. Como nos outros dias, rodeavam com suas redes o caçador, bem pertinho, protegendo-o.

Bem sabiam que ninguém iria dormir aquela noite, na expectativa de um golpe violento do pai. Com medo e tudo, o caçador se deixava levar pelo aconchego do mulherio e sossegava um pouco no balanço da rede.

O pai fingia dormir, roncava, mas elas continuavam atentas, não acreditavam. Ouviram muito bem quando levantou e foi observar as redes das filhas, uma a uma. Mal se mexiam, até uma gritar:

— O pai vai matar nosso marido!

Pularam das redes como uma só pessoa, para surrar o pai.

— Está bom, minhas filhas, não vou fazer nada, me deixem em paz!

Elas só o deixaram quando já estava estatelado, machucado.

No outro dia a cena repetiu-se. O pai fez de conta que dormia a sono solto, num ronco escandaloso. Quando parou de roncar, preparando-se para um ataque ao genro invisível, elas gritaram a uma só voz que era preciso matá-lo. Dessa vez bateram nele com mais violência, mas ele não morria, pois era *Txopokod*. Apanhava, sangrava, e continuava vivo.

As mulheres não dormiam mais. Passavam todas as noites lutando com o pai, extenuadas. Por mais que o ferissem na cabeça e no corpo todo, continuava tentando aniquilar o sedutor das filhas.

Um marido para todas

Depois de alguns dias, roxo de golpes, com dores insuportáveis, o pai rendeu-se:

— Bem, minhas filhas, percebo que vocês não vão mesmo largar o homem que encontraram ao acaso na mata. Deixem ao menos que ele faça flechas para mim, que trabalhe para mim.

A partir de então, o caçador passava muitos dias fazendo flechas, as meninas ao seu redor, implorando para que ficasse. Faziam muitos fogos para ele poder chamuscar as taquaras, sentavam-se com ele enquanto talhava as flechas e as enfeitava com pelo de queixada, pintando-as com capricho com tinta de jenipapo, com desenhos elaborados.

Fez flechas durante muitos dias, até que a primeira *Kaledjaa* que ele encontrara, a sua amiga, insistiu para irem caçar. Argumentou que não havia comida nenhuma, que era preciso irem atrás de carne. Foram os dois sozinhos para o mato, as irmãs ficaram esperando por eles.

Professora de caça

Andaram, andaram, andaram, ele ia fazendo tocaia, arremedando nambu e outros bichos para chamar a caça. Não vinha animal algum — o caçador ia ficando cada vez mais envergonhado. Não seria capaz de caçar para a sua companheira?

Ficavam os dois na tocaia. Ele acabou perguntando, ao lembrar que as *Kalejaa-ipeb* caçavam sozinhas, se ela possuía a mesma técnica de caçar que ele, se usava o mesmo chamado para os nambus e outros pássaros.

Com ternura, ela o ensinou a caçar de um jeito diferente. Pegou uma folha, assobiou, e como por encanto aproximaram-se todos os pássaros, nambus, jacus, mutuns, tucanos.

Assim mesmo as flechas dele não atingiam animal algum, foram logo se acabando. Foi ela que matou muitas aves.

Puseram os bichos mortos num *marico* bem grande — mutuns, jacus, tucanos, nambus. Rumaram para a aldeia, para as irmãs depenarem e moquecarem a caça. A moça levava o *marico* nas costas como se fosse uma pluma. Embora houvesse muita caça, para ela o peso parecia não ter significado algum.

Passaram-se alguns dias de muita fartura de carne, com os pedaços expostos no moquém ou guardados cozidos nos panelões de cerâmica. Todas as mulheres comiam, e o pai também recebia porções generosas. O rapaz dizia que agora poderia ir embora, mas a *Kaledjaa* sequer admitia a hipótese. Quando acabou a iguaria, convidou-o para caçarem outra vez, e assim foram fazendo sempre.

Foi nas andadas no mato que começaram a namorar — até então ele havia dormido sozinho na rede, sempre com medo do pai terrível, e da mãe que também era muito brava. Agora, na floresta, apaixonadíssimo, abandonou-se aos encantos dessa mulher tão diferente, que sabia caçar e pescar melhor do que ele, era forte e tão bela, amando com a mesma perícia e segredos com que fazia o resto.

Era sempre ela a chamar a caça; quando ele tentava, os animais sumiam. Um dia, ela matou todos os pássaros, deixando apenas o tucano.

— Mate pelo menos o tucano!

Dessa vez o caçador acertou. Ela pegou a ave morta e chupou só o olho do tucano.

Vida encantada e saudades de mãe

À noite, na aldeia, as irmãs preparavam a caça para comerem. O pai já aceitava o genro, não se importava mais com sua presença e, bem-humorado, chegava a brincar com o que acontecera:

— Minhas próprias filhas quase me mataram! Que desejo de ter um marido, o dessas danadinhas! Vou deixar ficarem com o homem que acharam.

O caçador vivia muito feliz, intoxicado de mulheres, mas lembrava dos seus, da sua mãe que devia estar pensando que morrera. Avisou a mulher e cunhadas que ia em visita à sua maloca. Elas concordaram, desde que não ficasse muito tempo. A *Kaledjaa* sua mulher recomendou-lhe muito que não falasse delas para ninguém.

Caminhou vários dias, até reencontrar sua maloca. A mãe perguntou onde tinha estado, mas apenas explicou que fora visitar alguns parentes.

Obedeceu à risca as recomendações das *Kaledjaa*. Passou alguns dias matando a saudade de todos, mas logo se lembrou que tinham pedido que voltasse sem demora.

Havia muita chicha esperando por ele, todas as mulheres faziam questão de oferecer muita comida. O pai queixou-se da falta do genro naqueles dias — ninguém tinha ido caçar e pescar, não havia nada para comer.

Sempre a mesma moça, a sua mulher, ia com ele, caçava e pescava. As outras não paravam de fazer chicha para o pai.

A caçadora adorava sair com ele pela floresta, prometia ensinar ao povo do caçador vários segredos para uma tocaia eficiente. Mostrou que a tocaia feita de palhas de palmeira, usada para o caçador se esconder dos bichos, não precisava ser tão cerrada como paredes, poucas folhas bastariam. Dizia que ia também ensinar como se deve chamar os bichos, que folhas do mato usar para atraí-los. Nunca mais ia faltar carne para ele.

O sogro o mandava acompanhar as mulheres à roça, para abrir novas clareiras na mata para o plantio. Elas o levavam para a roça, aproveitavam para fazer chicha.

Uma segunda vez o moço, com saudade, foi à maloca de sua gente, por alguns dias, mas voltou sem empecilhos às mulheres *Kaledjaa*.

Chegou ao pôr do sol, como sempre fazia. O pai chamou as filhas:

— Vão caçar com meu genro!

Os filhos das encantadas e o Teimoso

O moço já fazia roça, já andava com elas todas, namorando.

A moça que ele encontrara primeiro no mato, sua mulher, apareceu grávida.

— Já estou grávida! — avisou às irmãs, toda contente. — Agora vocês vão andar com ele.

Outras começaram a ir para o mato com ele, caçar e pescar. Foi namorando uma a uma, todinhas muito felizes. A primeira ganhou nenê, outra ficou grávida. Assim iam se revezando, só iam andar pela floresta quando não estavam grávidas.

O nenê que nasceu era um menino, cresceu rápido, pois as *Kaledjaa* davam banhos de folhas secretas, que faziam uma criança crescer em poucos dias o que para nós leva anos.

Nas outras visitas que fez à maloca de sua mãe, o caçador se via assediado pela curiosidade dos parentes. Perguntavam onde estivera, por que demorara tanto. Apenas respondia que tinha ido visitar primos distantes, mas ninguém se satisfazia com a resposta. Queriam saber de tudo.

Havia um teimoso que não o deixava em paz, atormentando-o o tempo todo. O caçador se concentrava na lembrança do filho que já tinha entre as *Kaledjaa* negras, do outro que em breve iria nascer, e resistia — não queria contar. Mas o Teimoso tanto insistiu e prometeu que ele acabou revelando sua vida paralela entre as mulheres.

— Quero fazer filho com uma dessas mulheres, como você fez. Suas mulheres são bicho, *Txopokod*, e não gente! Como deve ser extraordinário ter filhos com mulheres *Txopokods*! — começou a repetir o Teimoso. E tanto amolou, tanto fez, tanto apoquentou, que o caçador acabou por ensinar o caminho da aldeia das mulheres, só para ter paz.

Mais que depressa o Teimoso seguiu as instruções do caçador e chegou sem dificuldade à aldeia das *Kaledjaa-ipeb*. Viu o menino muito vivo brincando no terreiro; era o filho do caçador, que sempre recebia o pai com a maior alegria, pulando no seu colo, jogando e cantando, morto de saudades.

Ao ver o Teimoso, o garoto ficou indiferente, interrompeu suas brincadeiras, calado, pois não o conhecia. Se fosse o pai, que festa faria!

As mulheres receberam o desconhecido com polidez, mas não com gosto, como com o caçador. O Teimoso desapontou com a frieza geral.

O menino falou para a mãe:

— Já descobriram onde estamos, tem gente estranha vindo para cá.

As *Kaledjaa*, temerosas de serem descobertas e apanhadas, disseram o mesmo para o pai. Assim mesmo ataram a rede para o Teimoso, perto de uma pedra que havia no interior da maloca. Quando ele adormeceu, elas comeram o homem — mataram com pedra, pois não era o pai do filho delas. Também, quem mandou ele ser teimoso?

A busca e o sumiço das mulheres sem homens

O pai do menino logo pensou que tivesse acontecido algo, algum crime, pois o Teimoso não voltava. Foi então que contou à mãe sua verdadeira história, mencionando o filho já grandinho e o outro que ia nascer, evocando as mulheres e o garoto com saudades pungentes.

Cada vez mais saudoso e tristonho, foi procurar suas mulheres. Mas quando chegou no lugar de sempre não encontrou nada — apenas um descampado inóspito. Tudo em silêncio, não havia sequer a maloca, e em vez do menino que o recebia sempre com tanta alegria, apenas abelhas zumbindo em enxame.

As mulheres *Kaledjaa* tinham levado consigo tudo o que havia antes, até as malocas. Só restavam no chão os ossos do Teimoso, sinal evidente do que ocorrera.

Voltou para a maloca desolado, chorando. A mãe procurava reanimá-lo.

— Que farei sem meu filho? — lamentava-se o caçador.

— Mas ele não é gente, é *Txopokod…* — a mãe tentava sacudi-lo.

Nada o consolava, quando pensava na vida encantada que levara entre as mulheres acolhedoras, amantes, hábeis caçadoras e pescadoras, mães dos muitos filhos que poderia ter. Embora tivessem um pai monstruoso, só recebera delas amor e ensinamentos, e nos últimos tempos, até mesmo o sogro o tratava bastante bem.

Triste, triste, continuou perambulando pelas muitas trilhas, até um dia encontrar o filho brincando. Um caminho enfeitiçado, reto e não sinuoso como o dos meandros da floresta é que o levou ao menino, que ficou na maior felicidade.

O caçador pediu à mulher *Kaledjaa* que o deixasse levar o filho para a outra aldeia, lembrou-a que jamais quisera ficar com elas, que aos poucos fora seduzido a ir-se deixando ficar A *Kaledjaa* recusou-se terminantemente a separar-se do menino. O caçador quis matar o sogro, mas as mulheres o impediram.

Só lhe restou voltar à aldeia, mais triste que nunca. Com um sentimento de vingança satisfeita, contou à mãe que do Teimoso só sobravam os ossos — nada mais justo que a morte de quem acabara com sua felicidade dividida entre os dois mundos.

Assim os homens, por causa da interferência do Teimoso, perderam os ensinamentos das mulheres sem homens, que iam revelar ao marido, quando estivesse bem acostumado com elas, quando tivesse os filhos como companheiros, os segredos das folhas, da caça e da pesca abundante.

A cobra-grande, a jiboia, *awandá*

NARRADORES: Überiká Sapé Makurap; Iaxuí Miton Pedro Mutum Makurap.
TRADUTORES: Biweiniká Atiré Makurap; Alcides Makurap.
NARRADORAS EM PORTUGUÊS: Wariteroká Rosa Makurap; Aienuiká
Rosalina Aruá.

A amorosa independente

Havia uma moça que não se apaixonava por homem algum. Era linda,
trabalhadeira, e muitos rapazes a cortejavam, mas ela se afastava de todos.
Acabou se casando, por insistência da mãe e da família — não é possível
as mulheres ficarem solteiras.

Não queria saber do marido, sentia asco quando se aproximava. À noite,
acendia o fogo de *breu*, a luz de resina, para iluminar a maloca e evitar que
ele a procurasse. Assim mesmo, o marido entrava na rede, tentando um
abraço — e a moça o empurrava com força para o chão:

— Já disse que não gosto de você! Não é capaz de acreditar?

— Há tanto tempo você me repele, como fez com outros homens! Vou
achar um meio de me vingar, você vai ver! — respondeu o rapaz, furioso
e humilhado.

Foi conversar com um companheiro, contando como era jogado da rede
com violência sempre que queria namorar, que não sabia mais o que fazer
para não viver em brasas, desprezado.

— Minha mulher não me quer! Como posso fazer mal a ela?

O amigo o chamou para cortarem leite de várias árvores, de seringa, de
caucho, de açaí e paxiúba-barriguda. Misturaram os líquidos, pisaram bem
e despejaram numa taboquinha oca, bem fechadinha com palha e resina.

— Quando tua mulher puser você para fora da rede, e virar as costas para nem te ver no chão, escorra esse líquido nas costas dela! — ensinou o companheiro.

Assim fez o marido, na mesma noite. Tirou a taboquinha escondida nas paredes de palha e só foi procurar a mulher quando já estavam todos dormindo. Ia se deitar — levou um safanão, caiu. A moça virou as costas e ele esparramou o leite no corpo dela.

A moça acordou com uma coceira insuportável e queixou-se para a mãe. Esta logo adivinhou:

— Ah, minha filha, você não aceitou nosso genro, ele deve ter inventado uma maldade para você!

A moça passava o tempo todo roçando as madeiras e palhas para se coçar, banhava-se no rio, usava folhas, e nada a aliviava.

A mãe tentou ajudar, sem sucesso. Ouviu aflita os gemidos infelizes da filha, à noite, mas acabou cochilando. Despertou ansiosa, os queixumes haviam cessado, a moça parecia ter se calado, ter conseguido dormir.

A mãe acendeu o fogo, soprou, para cuidar melhor da filha. Quando olhou, que horror! Só havia uma jiboia na rede, a moça desaparecera.

Não havia dúvida, percebeu a mãe, o marido rechaçado a enfeitiçara em cobra. O pai e o irmão da moça vieram e viram a jiboia, *awandá*.

O irmão da moça foi quem mais se desesperou com o que ocorrera, tomou-se de ódio pelo cunhado.

Para a irmã ter um lugar apropriado, abriu um buraco na parede de palha e fez um poço de água ali perto, para ela ficar.

Começou a andar tristonho pelo mato; como era possível alguém fazer tal maldade à sua irmã?

Nos novos passeios, topou com uma árvore de jenipapo. Nesse tempo, os índios não tinham uma boa pintura de corpo — usavam o carvão, que sai facilmente com a água. O irmão preparou a tinta de jenipapo verde, ainda desconhecida na aldeia, e resolveu levar para a irmã cobra lhe fazer uma bonita pintura.

Ao chegar à lagoa, chamou-a com doçura:

— Mana, mana! Vim te visitar!

Ela demorou um pouco, mas veio à tona; ele lhe mostrou a nova invenção, a tintura. Ela mandou que pusesse a tinta na sua boca, depois enfiasse um braço dentro dela.

— Vai entrando dentro de mim devagarinho, na minha boca, vai deslizando que eu lambo você de leve com a língua e os dentes, você vai sair pintadinho, lindo e feliz!

— Quero que você me pinte no corpo todo, não deixe um pedacinho sem tocar, vou bem de mansinho!

Com os dentes, a irmã pintou-o de jenipapo com motivos maravilhosos. Primeiro um braço, depois o outro, passou para as pernas. Ordenou então que se pendurasse num galho e entrasse quase inteiro dentro dela, para pintar até o peito. Quando ela terminasse, daria um sinal, e o irmão deveria urinar dentro dela — a única forma de ser expelido pela cobra.

Ele fez tudo como ela foi dizendo. Ia aproveitando a pintura, estremecendo dentro da cobra, cuja língua sutil soltava afagos de jenipapo. No auge da felicidade, urinou — e saiu deslumbrante, prontinho para a chichada, a festa que ia haver essa noite.

O irmão artista

Apareceu em plena dança e a aldeia inteira o admirou. Os que estavam pintados, com tinta de carvão, até foram se lavar, para não levar tanta desvantagem. O moço parecia um espírito vindo dos céus; todos ficaram se perguntando onde teria arranjado aquela maravilha.

Compareceu pintado a várias festas, mas não foi só a pintura que ele inventou. Depois do jenipapo, passou a saber caçar muito melhor. Ia fazer tocaia nos pés da árvore de fruta, do jenipapo, onde subiam muitos macaquinhos-de-cheiro. As onças vinham atrás deles — era onça que não acabava mais. Da tocaia, ele observava, planejando voltar para matá-las no outro dia. Não contou para ninguém qual era o local.

Voltou no outro dia, e as onças reapareceram atrás dos macaquinhos. Em vez de matar a onça mais bonita, ele começou por matar uma mais insignificante — as outras comeram a primeira que morrera. Fez assim com a segunda e a terceira, o que amansou as feras. Só então ele matou algumas onças belíssimas, e com o couro fez chapéus fantásticos para as festas.

Também apanhava muitas araras, comendo frutinho. Não as matava de chofre — dava comida a elas, depois que se amansavam o deixavam tirar as plumas.

Ficou, assim, o guerreiro mais cobiçado das festas. Ia pintado, com o chapéu de couro de onça que ninguém possuía ainda, com cocares de penas coloridas de arara, outras plumas nos braços e pernas. Os outros homens, envergonhados, jogavam fora os seus chapéus e enfeites.

O noivo invejoso

O cunhado, o que transformara a mulher em cobra, morria de inveja. Vivia atormentando o irmão dela para descobrir como fizera tal obra de arte no corpo, mas aí estava alguém que sabia guardar segredo.

Um dia o cunhado o seguiu disfarçadamente, viu como preparava a tinta de jenipapo, viu a jiboia pintando o irmão. Observou com cuidado todos os passos da pintura e noutro dia foi sozinho tentar imitar.

Na beira da lagoa, chamou a cobra. Como que adivinhando que não era o irmão, ela não vinha. Mas ele tanto insistiu, que a cobra acabou por boiar. Pôs a tintura na boca da jiboia e foi enfiando os braços e as pernas. Por fim segurou-se numa árvore e enfiou o corpo dentro da ex-mulher. Só que queria ser pintado inteirinho, incluindo o pescoço e o rosto. Não urinava para ser expulso — ou não estava com vontade, ou tinha se esquecido de que devia ser assim, ou a língua e os dentes da cobra não despertavam nenhuma sensação... A jiboia o engoliu.

Na aldeia, deram por falta do cunhado. O irmão, desconfiado, dizia para a mãe que o outro devia ter ido à lagoa. Foi atrás da irmã e chamou-a suavemente durante muitas horas — mas ela fora embora, fugira com o homem na barriga.

Os homens da aldeia foram atrás para matar a cobra. A mãe chorava e a água da lagoa ia aumentando. A cobra ia fugindo. Num igarapezinho, pariu uma cobrinha. Mais adiante vomitou o homem morto, todo pintado de jenipapo. Os da aldeia o encontraram.

A cobra prosseguia, foi fugindo para os lados do rio Guaporé. Por lá os homens da aldeia a viram no meio do rio, tentaram flechar, mas não conseguiram. Vive até hoje por lá, ou no rio Amazonas, em rios de muitas águas.

A cabeça voadora, *akarandek*, a esposa voraz

NARRADOR: Iaxuí Miton Pedro Mutum Makurap.
TRADUTORA: Ewiri Margarida Makurap.

Um homem gostava muito de sua mulher, que desde criança era sua namorada. Caçava para ela, fazia uma roça grande, viviam bem, dormindo sempre abraçadinhos na mesma rede.

Eram felizes, apesar de um hábito estranho da mulher. Todas as noites, sua cabeça se separava do corpo e ia procurar carne de caça nos moquéns de outras malocas ou aldeias. Por mais que o marido caçasse ou arrumasse comida abundante, ela queria sempre ir comer mais em outros lugares. Parece que ela tinha tantos piolhos, não deixava catar, que eles é que queriam carne, cortavam o pescoço dela; pelo menos assim é que alguns contam

Seria gulosa demais? A caça que o marido com tanto amor providenciava não bastava? Também não dá para entender como a cabeça comia, como o que engolia não saía pelo pescoço.

A verdade é que, de madrugada, a cabeça colava-se de novo ao corpo, que ficara agarrado ao do marido na rede. Nada se percebia, a não ser sinais de sangue no pescoço dela, ou alguns respingos no peito do rapaz.

Ninguém sabia de nada, nem sequer a família, apenas o marido, que não protestava. Um dia, porém, a mãe dela resolveu ir, ainda na noite escura, colher inhames na roça, para uma festa importante que pretendia fazer. Se não saísse antes da madrugada, não teria tempo de fazer bebida em quantidade. Quis chamar a filha, para ter companhia no caminho e alguém que ajudasse a carregar a colheita.

Chamava, chamava, a filha não respondia. Aproximou-se da rede, horrorizada viu o corpo mutilado, sem cabeça, nos braços do genro.

Gritou, acordando a maloca inteira, pedindo vingança contra o genro pela morte da filha. Apontava o sangue no pescoço.

— Claro que não matei sua filha, eu sou louco por ela! — protestava o marido inocente. — Espere só mais um pouco, até amanhecer, e vai ver como a cabeça dela chega e gruda outra vez nesse corpo.

Ninguém acreditou, arrancaram o corpo do seu enlace desesperado e enterraram. O marido chorava inconsolável.

De madrugada, lá veio a cabeça voando rápido, assobiando. Buscava o próprio corpo, voava e andava de um canto para outro da maloca, e não encontrava o resto de si mesma. Aflitíssima, foi pousar no ombro do marido.

— Não disse que ela viria? — berrou o marido extenuado.

A cabeça da mulher não o largou mais. O marido ficou sendo um homem com duas cabeças. Onde andasse, lá estava a outra cabeça, falando, observando, mandando, parte dele. O pior é que a carne da cabeça da moça ia apodrecendo, porque estava cortada do restante; cheirava mal, tornava-se insuportável. E não havia mais o lindo corpo que sempre o esquentava na rede, a cada noite, quando a cabeça voraz ia passear!

O rapaz foi ficando doido. Ninguém mais queria chegar perto dele, por causa do cheiro; ele, também, vivia com náuseas. Não tinha a mulher por quem se apaixonara, apenas uma cabeça fedorenta.

Depois de muito sofrer, resolveu matar caça para a cabeça-mulher. Caçou muito e deixou a carne já moqueada um pouco longe — mandou, então, que a cabeça fosse comer.

Conseguiu, assim, que a cabeça se desprendesse do seu corpo e fugiu.

A cabeça, desnorteada, andava atrás dele, caía a toda hora. Vendo que não achava mais o ombro amigo, fez um ninho no caminho da roça, onde ficava a maior parte do tempo. Se alguém se aventurasse por aqueles lados, a cabeça comia. Era o caminho mais curto, mas evitado por todos.

Um dia um rapaz estava com pressa e não quis fazer um caminho mais comprido para escapar da cabeça — não acreditava no perigo. Já estava quase a salvo, quando a cabeça o perseguiu, querendo devorá-lo; mas ele era um corredor de muito fôlego, conseguiu escapar para a aldeia e avisar os outros. Os homens pegaram suas espadas e se prepararam — já sentiam o cheiro da cabeça se decompondo.

Ela veio rolando pelo chão; desde que virara só cabeça era um *Txopokod*, espírito. Nem botava mais sangue — só o cheiro infernal.

Os homens conseguiram quebrar a cabeça em pedacinhos. O cheiro persistiu, tinham que tampar as narinas, ficavam impregnados do odor fétido como uma peste. Foi preciso que os pajés curassem os restos mal cheirosos e jogassem fora.

O caçador panema ou o namorado do *pau-âmago*

NARRADOR: Iaxuí Miton Pedro Mutum Makurap.
TRADUTORA: Ewiri Margarida Makurap.

Era uma vez um homem solteiro panema. Não conseguia matar caça alguma; também não conseguia namorar. As meninas fugiam quando o avistavam. Era um moço forte, bonito, sem nada de errado. Não havia nenhuma razão aparente para tanto azar — mas vivia cobiçando as mulheres, de longe, com ar abandonado. Como sempre voltava da floresta de mãos abanando, não tinha carne para oferecer a elas.

Chamava-se *Ateab* o caçador panema e era muito amigo de *Pibei*, um caçador de sorte. Saíam sempre juntos para o mato, atrás dos bichos.

Pibei costumava ficar na tocaia e *Ateab*, o panema, seguia um pouco mais adiante.

Pibei logo conseguia matar vários nambus. Tirava as tripas, jogava no caminho, seguia mais adiante. Assim que desaparecia, o panema ia lá, flechava as tripas e acendia um fogo para moquecar. Quando o caçador de sorte reaparecia, *Ateab* oferecia-lhe as tripas embrulhadas em folhas, como se fosse um pedaço de carne moquecada de nambu.

Pibei comia e achava amargo. Um dia desconfiou — abriu o assado embrulhadinho e viu que eram só tripas mesmo, nenhuma caça.

Ateab saía sozinho, sem acertar flechas em nenhum animal. Andava desesperado para namorar.

Um dia achou uma árvore, um *pau-âmago*, komabo na nossa língua, que tinha uma rachadura forradinha de orelhas-de-pau, parecida com uma periquita, uma boceta. O *pau-âmago* é uma madeira muito dura; caem as cascas, fica a abertura, protegida pela moleza suave das orelhas-de-pau. Pensou que a árvore tinha jeito de mulher — orelha-de-pau não é igualzinha a uma vagina? — e pôs-se a namorar, usando a rachadura na madeira, roçando o pênis na orelha-de-pau, bem safado. Dentro da árvore cresciam mais orelhas-de-pau — ele ficava é mais satisfeito.

Para ele, a árvore estava virando gente. Passava horas com ela, em carícias e dengos, dizendo palavras ternas, como se fosse mesmo uma mulher.

Pibei estranhou os passeios prolongados do amigo. Foi espiar às escondidas o que se passava e surpreendeu *Ateab* dando uma surra violenta na sua árvore-namorada.

— Você está me traindo com *Pibei*! — berrava *Ateab* enfurecido, louco de ciúme, para a sua amada.

Batia com muita força, virava as costas para a árvore, com ar de birra e ciúme, e depois... namorava de verdade, pela fenda no tronco. Ao mesmo tempo gritava, para fingir que era uma mulher com dor e com prazer, respondendo aos seus excessos.

Pibei aproximou-se do amigo, olhando silencioso. Quando *Ateab* se deu conta de sua presença, quis sumir no chão de vergonha.

Os ovos do *Txopokod*, cinza do invisível

NARRADOR: Iaxuí Miton Pedro Mutum Makurap.
TRADUTOR: Alcides Makurap.

Dois amigos foram, certa vez, andar pela floresta para colher coquinho de tucumã. Instalaram-se na *pascana*, na clareira, para passar o dia todo. O tempo corria alegre, com muita conversa, quando se aproximou deles um *Txopokod*, um espírito. Os dois, espertos, logo perceberam de quem se tratava.

O *Txopokod* perturbou-os com mil perguntas, pedindo coquinhos, perguntando como viviam, querendo tudo que já tinham. Um verdadeiro tormento.

— Que posso fazer para nos livrarmos dessa peste? — disse um dos homens baixinho para o outro. — Já sei, vou fingir que vou espocar meu ovo.

Escondeu um coquinho de tucumã entre as pernas, sem deixar o *Txopokod* ver. Quando este começou com as perguntas incômodas — poc — arrebentou o coquinho com um estalo.

— Que você está fazendo, que barulho é esse? — indagou o *Txopokod*.

— Nada, estou espocando meu ovo.

— Também quero experimentar!

— Muito bem, mas aperte com toda a força!

O bobo do *Txopokod* obedeceu:

— Está doendo, é assim mesmo?

— Faça mais força, assim é pouco!

O *Txopokod* apertou com mais força, estourou os testículos, morreu.

— E agora, companheiro, que vamos fazer? — perguntaram os amigos um ao outro.

Resolveram queimar o *Txopokod*, ficou só a cinza.

— Que vamos fazer com essa cinza? Deve servir para alguma coisa!

Fizeram uma cruz com a cinza e desapareceram. Estavam invisíveis.

Encantados com o novo dom, pensaram em visitar outras malocas para comer à vontade — não precisariam mais caçar nem trabalhar.

Guardaram a cinza em dois cofinhos para levar nos passeios que fizessem.

Ficaram sabendo de uma festa, de uma chichada. Era a hora de experimentar. Passaram a cinza em cruz no corpo e ficaram invisíveis como no dia da morte do *Txopokod*.

Lá se foram eles invisíveis para as malocas vizinhas. Havia uma quantidade enorme de carne de caititu, tatu, mutum nos moquéns, para ser oferecida aos hóspedes. Eles comeram muito, abraçaram as moças que não entendiam o que lhes acontecia, dormiram com elas nas redes — elas gostavam, mas achavam que estavam imaginando. Empanturrados, alegres com a malandragem, carregaram nos *maricos* tudo o que podiam de carne e voltaram para a própria maloca.

Na aldeia, ofereceram carne para todo mundo. Pensavam em ensinar os outros, mais tarde, a arte da invisibilidade com a cinza. Poderiam roubar dos inimigos e parar de se preocupar em conseguir comida.

A aldeia passou muito tempo comendo só a carne que traziam. Era uma festa permanente, com tanta fartura — só risos e cantigas.

Um certo Teimoso pôs-se a espicaçar os outros:

— Como será que esses dois trazem tanta caça para nós?

Os outros recomendavam discrição e respeito, talvez os dois fossem lhes ensinar mais tarde. O Teimoso insistia, não conseguia controlar a curiosidade.

Um dia, quando todos saíram para passear e tomar banho, escondeu-se para vigiar os dois donos da cinza do *Txopokod*. Viu quando iam passar a cinza.

Na hora em que o Teimoso os viu e descobriu o segredo, a cinza perdeu o encanto. Passaram três vezes e nada de ficarem invisíveis.

Tiveram que jogar fora a cinza preciosa, agora imprestável. O Teimoso tudo estragara, pensando que ia levar alguma vantagem com eles. Iam ensinar a todo mundo, mas o Teimoso quis saber antes da hora. A cinza perdeu o efeito.

Quando as crianças nasciam pela unha do pé

NARRADORA: Überiká Sapé Makurap; Aroteri Teresa Makurap.
TRADUTORES: Biweiniká Atiré Makurap; Sawerô Basílio Makurap.

Antigamente os homens só namoravam as mulheres pela unha do pé. Elas não tinham xoxota. Era pelo pé que engravidavam, e por aí mesmo que tinham filho. Iam andando a pé pelo mato e descansavam, pariam, pela unha. Não tinham barriga grande, nem dor durante o parto.

Foi sendo assim muito, muito tempo.

Havia uma mocinha casada com *Caburé*, o Coruja, que nós chamamos de *Popôa*, e naquele tempo era gente. O *Caburé* namorava a menina pela unha do pé. Ela não tinha nem xoxota nem peito.

Um homem chamado *Djokaid* ficou gostando da mulher do *Caburé*. Fez nela um buraco, uma xoxota, e namorou do mesmo jeito que fazemos hoje. Desde então, ela passou a menstruar.

O *Caburé* saía noite adentro para apanhar borboletinha, que é a comida dele, para levar para a mulher. Enquanto isso, ela ia atrás do namorado.

O *Caburé* esparramava cinza debaixo da rede da mulher, para seguir as pegadas se ela saísse escondida; mas *Djokaid* ia por cima, por uma corda, até deitar com a namorada na rede, não deixava nenhum rastro.

Caburé acabou por saber o que se passava, e ficou enciumadíssimo, furioso. Antes namorava a mulher pelo pé, agora havia essa novidade, que não o encantou nem um pouco. Só queria é se vingar de *Djokaid*.

Mandou fazer uma festa, uma chichada bem farta, e convidou o rival. Em segredo, pediu ao Morcego que embriagasse *Djokaid* durante a festa e contou-lhe a desfeita da invenção do namoro pela xoxota.

Dito e feito. Embriagaram *Djokaid* e quando não se aguentava mais, tonto, jogado no chão, os morcegos chuparam o seu sangue, fazendo furinhos no corpo inteiro. Foi uma sangueira danada, manchas e poças pela maloca.

Desde então as mulheres passaram a ter criança pela xoxota, e os partos começaram a doer. O peito da mulher do *Caburé* cresceu, as mulheres passaram a ter seios. As unhas do pé perderam o encanto anterior.

O Sete-estrelo, *Watxuri*

NARRADORA: Überiká Sapé Makurap.
TRADUTORA: Biweiniká Atiré Makurap.

Era uma vez um homem velho, velhíssimo, parecia mais velho que o mundo. Seu nome era *Watxuri*, o Sete-estrelo. Era todo engelhado, no rosto, nas costas, no couro, enrugadíssimo.

Era muito trabalhador e forte, apesar da idade imemorial. Fazia roças grandes, derrubava sozinho árvores de tronco muito largo. Só que nunca ia trabalhar de dia, para não aparecer. Era à noite que ia com seu machado fazer a derrubada.

A sua atividade noturna despertava imensa curiosidade na aldeia. Como seria esse homem que jamais vinha vê-los à luz do dia? Deveria ser feíssimo, um monstro, um ser perigoso, embora sua roça fosse tão bonita. Decidiram que era preciso ver sua figura, e que o melhor jeito seria embriagá-lo.

Mboapiped, Boariped, o cacique (*Boariped* quer dizer chefe), convidou-o para uma festa e foi oferecendo bebida até o velho ficar tonto. *Watxuri* a cada momento queria se retirar para ir cuidar da roça, mas recebia mais chicha. Seria feio recusar, ia tomando. A noite foi se escoando, amanheceu o dia e lá estava o velho sentado, os olhos vidrados, sem forças para levantar.

Foi uma fila de gente que vinha olhar para conhecer, curiosa. Murchinho, murchinho como um maracujá, risquinhas a mais não poder na pele. Eram exclamações de espanto de cada observador que passava.

O velho ficou com vergonha de ser tão encarquilhado, forte como era. A bebedeira passou e foi para a roça, dar machadadas com energia, para esquecer a humilhação. Continuava com o coração pesado; achou melhor ir embora para o céu.

As Três-Marias são *Watxuri*, o velho. Seu filho é que é o Sete-estrelo, e apareceu assim.

Quando o velho *Watxuri* foi para o céu, deixou o filho numa panela emborcada, escondido.

As mulheres passavam pela panela e ouviam:

— Eta eu enfiado nessa xoxota, nessa *txaniá*! Que gostosura!

Cada dia ouviam outra sem-vergonhice, sem saber de onde vinha a voz. Tantas vezes disse suas gracinhas, que as mulheres o escutaram:

— Quem tem coragem de falar assim conosco?

Foram atrás do som das palavras e viram que vinha da panela. Viraram o panelão para cima e descobriram o filho de *Watxuri*. Era pequeno, mas velho também, como o pai.

Ele não se deu por achado:

— Eta eu nesses bocetões quentinhos!

Mas em vez do lugar desejado, foi embora para o céu, junto com o pai.

A piroca de muiratinga e o sapo *páapap*

NARRADORA: Überiká Sapé Makurap.
TRADUTORA: Biweiniká Atiré Makurap.

Havia uma moça que não gostava de homem nenhum. De dia, nem olhava para eles, por mais gentilezas que dissessem, mesmo quando traziam frutas ou presentes. Quando a procuravam na rede, eram rejeitados com um empurrão violento. Parecia ter nojo dos homens.

Dizia para a mãe que não precisava dos homens para namorar. Tinha feito de um galho de *muiratinga* um pinguelo bem-feitinho, igualzinho ao de um homem. Era com essa piroca que se virava e se deliciava cada noite. Durante o dia, guardava-a cuidadosamente num cofo de palha enfiado na parede da maloca.

A rapaziada ficava danada. Que desperdício uma menina tão bonita, com um corpo tão dengoso e firme, balançando provocante de um lado para outro quando ia buscar água ou quando dançava nas festas, não querer saber de nenhum deles, nem dos mais galantes e amáveis… Tinham que descobrir a causa de tanto desprezo.

Um dia, as mulheres foram todas à roça, a moça foi junto. Os rapazes aproveitaram e remexeram em todos os pertences das mulheres para ver se descobriam algum amante escondido ou algum segredo. Acabaram dando com a piroca de muiratinga, entalhada diretinho na madeira, com prepúcio, glande, uretra e tudo. Até os testículos ela tinha esculpido.

— Ah, então é por isso que ela não precisa das nossas picas, a bandida! Despreza nossos pinguelos! — exclamaram enraivecidos. — Já vamos dar um jeito em quem não quer nos namorar.

Passaram pimenta vermelha, a mais ardida que havia, no precioso objeto e guardaram de novo no cantinho, dentro do recipiente de palha.

À noite, a moça foi se deitar toda feliz, levando a piroca de madeira. Ciumava, falava com a escultura como se estivesse com um homem, dizia palavras de amor:

— Ah, meu benzinho, que saudade! Como quero você! Entre logo no meu *txaniá* quentinho!

Estava com tanta pressa que nem alisou com os dedos e com a língua a muiratinga, como sempre costumava fazer. Abriu as pernas e enfiou no *txaniá*, na xoxota — e como ardeu! Mordeu os lábios para não gritar, guardou o seu amante inanimado no invólucro de tucumã e ficou quieta na rede, tentando suportar a dor. Por fim pediu socorro:

— Mãe, *nhã*! Parece que sentei em cima da pimenta, meu *txaniá* está em fogo! Vou morrer queimada!

— Lave logo, despeje muita água!

Foi para o porto às carreiras. Agachou-se dentro da água fria, ia se lavando e esfregando, enquanto gritava:

— *Nhã*! Mamãe! Dói, dói, dói!

O banho não trazia nenhum alívio. Continuava berrando de dor. De tanto gritar, acabou virando sapo.

No dia seguinte, os homens viram o sapo (*tamacoré* em português, *páapap* em makurap) pulando no pátio, voltando para a rede da mãe.

— Ah, menina orgulhosa, é isso que você queria?

A menstruação, os namorados irmãos, a lua e o jenipapo

NARRADORA: Überiká Sapé Makurap.
TRADUTORA: Biweiniká Atiré Makurap.

Antigamente, os homens é que ficavam menstruados. Ficavam em reclusão numa maloquinha, sentados, com o sangue escorrendo do pênis. Assim era, e as mulheres bem sossegadas, andando por aí. Um dia, uma mulher casada foi namorar o seu xodó que estava menstruado; ele jogou o sangue na xoxota dela. Desde então, as mulheres é que passaram a ficar menstruadas, em vez dos homens.

Conta-se a história da menstruação também de outro jeito.

Havia uma moça solteira, bem menina, que de um dia para outro começou a receber em sua rede, à noite, a visita de um apaixonado. No primeiro dia ela estava semiadormecida, e ao abrir os olhos na escuridão percebeu um corpo forte que a abraçava. O desconhecido pediu que ficasse quieta e tantas palavras lindas lhe disse, revelando como há tempo gostava dela e estava doido para namorarem, tanto a afagou com delicadeza e perícia, que ela se deixou levar. Era impossível ver o rosto do namorado — não havia nem sequer um breu aceso.

Passado um tempo, a menina começou a ficar curiosa para saber quem era o seu amado. Contou para os parentes e para a mãe que estava muito feliz, mas não sabia com quem. A mãe a aconselhou a pintar o rosto do sedutor, para no outro dia descobrir a sua identidade.

A menina tinha muito urucum para pintar seus cintos. Depois do amor, pintou o rosto do namorado. No dia seguinte, observou o rosto de todos os homens — não havia nenhum pintado. É que o rapaz levantara cedinho e lavara o rosto no rio.

Pensando que o banho poderia ter apagado a pintura, a menina resolveu experimentar outra tinta — a de jenipapo, que não sai por muitos dias, mesmo com água. Deixou uma cuiazinha com tinta ao lado da rede, e quando o namorado adormeceu, pintou-o suavemente, evitando que acordasse.

No outro dia de madrugada foi se esquentar na fogueira com todos os habitantes da maloca. Olhava os homens, procurando a tinta — não via nenhum rosto pintado. Notou que estavam todos, menos o irmão, e um frio percorreu sua espinha.

Daí a pouco veio chegando o irmão para junto do fogo. Fora banhar-se no rio gelado, e voltava sem perceber que o seu rosto ainda estava pintado.

— Então é meu próprio irmão o homem por quem me apaixonei no escuro! — lamentou-se a menina, num choro desatado.

O irmão afastou-se, morto de vergonha e tristeza. Ficou escondido no mato, e chamou um amigo para avisar o que pensava fazer:

— Vou embora para o céu, só me resta sumir! Aqui não tenho mais lugar, fui criminoso com minha irmã. Vou ser *Uri*, a Lua. Vou aparecer dentro de alguns dias; você avisa os nossos companheiros que devem sair da maloca para me ver, e que quando eu aparecer no céu devem me chamar de *Uri*, meu novo nome.

Foi assim que o irmão partiu da terra. Durante três dias, as noites foram escuríssimas e ninguém o viu. No terceiro dia, o céu se iluminou, à noite.

O amigo chamou todo mundo para o pátio:

— Venham ver *Uri*, a Lua!

A irmã foi junto. Já sabia que era o seu amado proibido.

Olhou só um pouquinho e entrou na maloca. Mesmo assim, ficou menstruada.

E desde então as mulheres ficam sempre menstruadas.

A mulher do Anta

NARRADORA: Überiká Sapé Makurap.
TRADUTORA: Biweiniká Atiré Makurap.

Uma moça solteira não se engraçava com rapaz algum. Todos lhe pareciam insossos, desprezava a corte e a gentileza que faziam.

Um dia houve uma festa com muita chicha. Vieram visitantes de muitas aldeias vizinhas; o último a chegar deslumbrou a mocinha exigente. Era forte, pesado, o rosto comprido e o nariz grande; era muito cabeludo, tinha mais pelos que os homens que ela conhecia.

A menina, só de olhar de longe, já se apaixonou. Não o largou mais. Vinha trazer chicha, punha a esteira para sentar ao seu lado, arrumava cajus e castanhas para ele. Ficou sabendo que ele era o Anta — naquele tempo os animais eram gente.

Pegou a rede mais bem-feita que a avó tinha tecido e pendurou para ele deitar na sombra. Levou milho torrado quentinho na cestinha de tucumã e tanto fez que acabou sentando junto com ele para conversar, foi abraçando, deitando com ele. Gostou muito do homem-Anta, não queriam se largar.

— Que desgraça foi acontecer com a nossa menina bonita! Em vez de namorar um de nós, vai grudar num animal feioso! — reclamava a rapaziada com despeito.

O homem-Anta andava feliz nos braços dela, esquecido do mundo; mas lembrou-se de avisar que o amor deles era impossível:

— Quero você, mas você não pode viver comigo, ir morar na minha casa. Não sou gente, sou do mato, e você não vai aguentar a minha rotina.

Ela não acreditava, chorava quando ele falava que ia embora, dizia que queria mesmo ir junto, por mais difícil que fosse.

— Não venha comigo, minha amada. Não sou do seu mundo, sou da floresta, você vai sucumbir.

— Aguento qualquer vida para ficar com você, vou te acompanhar.
— E desde então não o largava, sempre abraçada.

— Bem, se é assim mesmo, vamos embora.

Chegou o dia de deixarem a maloca. Logo no final da roça, o Anta quis dormir — pois anta dorme de dia e anda de noite. Dormiu o dia todo, a menina esperando.

— Bem feito para mim, bem que ele avisou — pensou a menina —, mas tenho que acompanhar assim mesmo.

Ele dormia de dia e ela andava à toa, procurando frutos, pensando, com saudades da mãe. À noite, iam os dois atrás de frutas do mato. No começo, ela não comia, porque não estava acostumada, mas foi emagrecendo e tinha que comer qualquer coisa.

Foram muito longe, davam voltas, ela já não sabia bem onde estavam. Um dia, viu uma roça e reconheceu a do seu pai, viu o aceiro que a protegia do fogo.

— Veja, meu marido, a roça do meu pai!

— Não é, mas se você quiser, vá ver!

A menina foi e era mesmo do pai dela, ela reconheceu cada lugarzinho onde tinha plantado e colhido. Aproveitou para tirar muito cará, mindubim, milho, comeu à vontade.

Agora ela já tinha um filho do Anta. O homem-Anta tirava o filho de dentro dela, de dentro do útero, e punha de novo, para não deixar crescer demais, para ela não sofrer durante o parto. Nasceu um nenê com cara de antinha, com focinho, com bastante cabelo. Até a menina já estava ficando parecida com anta, de tanto viver do mesmo jeito que o marido.

O irmão da moça começou a perceber que alguém estava estragando sua roça. Avisou o pai e começaram juntos a vigiar para descobrir.

— Ah, minha irmã! — reconheceu o rapaz, apesar da forma animal que ela estava tomando. — E quanto cabelo ela tem no braço! É você que vem nos visitar, minha irmã?

— Sou eu, penso sempre em vocês todos! — respondeu a moça, mostrando o filhote focinhudo.

— Convide seu marido para o recebermos com carinho, para a gente conversar muito! — disseram o pai e o irmão, sabendo muito bem que ela era casada com um bicho, com certeza tramando alguma maldade contra o parente do mato.

Enquanto ela ia para o mato, para persuadir o marido-Anta a se aproximar, eles convocaram todos os homens da aldeia para esperarem o casal. Fizeram um buraco no chão, como uma sepultura de cemitério.

Era já de madrugada quando a menina convenceu o marido que poderia vir sem perigo:

— Estou morta de fome, minha família quer me dar tanto cará e mandioca!

Pegou a antinha no colo e foi indo na frente. O homem-Anta ia atrás, desconfiado, batendo o pé com força. Queria desistir a cada instante, mas estava tão habituado a andar sempre com a menina que foi indo.

Já perto da roça espetou-se nos estrepes que os contraparentes tinham lhe preparado e caiu na armadilha-buraco. Os guerreiros da aldeia flecharam imediatamente o homem-Anta e a antinha filhote.

O irmão chamou a moça para voltar para a aldeia, tentando consolá-la. Na maloca, a mãe havia preparado um banho bem quente com cinza para jogar na cabeça dela, para acabar com os carrapatos e com os pelos que já cobriam todo o corpo da moça.

Os carrapatos e pelos caíram — mas depois de três dias, a moça morreu de tristeza. Já se habituara a viver no mato e chorava por sua antinha morta.

A órfã *Txopokod*

NARRADORA EM PORTUGUÊS: Wariteroká Rosa Makurap.

Os caçadores makurap andavam muito pelo mato, para juntar carne e poder oferecer numa grande festa, uma chichada.

Deixavam a carne nos moquéns, num tapiri, mas perceberam que em vez de aumentar, todo o dia a quantidade de carne diminuía. Alguém estava roubando. Moqueavam macaco, porco, anta, todos os bichos — à noite a carne sumia.

O cacique foi ficando enjoado, como é que não conseguiam armazenar provisões para a festa? Era preciso vigiar quem vinha tirar o que era deles!

— Hoje vou cuidar, espiar, hei de saber quem vem pegar o que é nosso. Vamos hoje apagar os fogos e ficar no escuro escondidos, para descobrir! — anunciou.

Juntaram-se vários caçadores em silêncio, em volta do moquém. No meio da noite viram o *Txopokod* chegar com um *marico* grande para pôr a caça, aproximar-se do tapiri e apanhar toda a carne. Bem que o *Txopokod* percebeu que estavam por lá, porque ainda saiu rindo, irônico:

— Apanhem o ladrão, flechem também o brinco de quem roubou a nossa carne! — (o *Txopokod* fingia que era um deles, bem sem-vergonha).

O *Txopokod* parecia gente, era um ladrão danadinho. Correu para sua casa, num oco da árvore apuí, mas não deu para os caçadores verem onde era. Resolveram ir espreitar mais uma vez na noite seguinte.

O *Txopokod* chegou na mesma hora, sentou em cima do telhado do tapiri. Balançava-se, pesadíssimo. Guardou todo o moqueado no *marico* e saiu correndo.

Mais que depressa, os caçadores foram atrás. Viram quando entrou na árvore do apuí, carregada de frutos, comida de *Txopokod*. As cascas de árvore no oco do apuí pareciam portas.

Os caçadores pediram para todo mundo juntar uma pimenta bem sequinha e forte, um tempero muito usado na maloca. Apareceram logo *maricos* cheinhos de pimenta, trazida pelas mulheres. Puseram a pimenta no buraco do apuí e tocaram fogo, para o *Txopokod* e sua família morrerem.

Foi uma nuvem de fumaça, e o *Txopokod*, que odeia pimenta, não aguentou. Tentou fugir, mas morreu, logo em seguida morreu também a sua mulher. Num dos galhos mais altos havia um buraco, a filha dele saiu, vivinha, moça forte e bonita.

Os olhos do filho do cacique brilhavam, ele ficou doido por ela, uma mulher tão dengosa, a pele e os cabelos brilhantes como quem saiu do banho de rio, os olhos assustados. O pai já ia flechá-la, mas o rapaz pediu:

— Você vai acabar com uma mulher tão bela? Dê então para mim, morta não vai servir para nada…

Levou a moça, foi logo namorando e casando. Ela pareceu se acostumar e gostar de dormir com ele.

O sogro, o cacique, muitas vezes mandava o pessoal buscar milho na roça e pedia para ela fazer chicha. A moça obedecia, mas não tomava a própria chicha, não comia a mesma comida que os outros. Pedia para o marido ir buscar fruto do mato, que é comida de *Txopokod*:

— Ó, marido, vai buscar fruta para eu mascar enquanto cozinho a chicha de vocês, mas traga logo, antes de eu mascar pedacinhos de milho para fermentar a bebida!

Apaixonado, ele ia atrás da comida dela, mas ela nunca se contentava:

— Você só trouxe isso?

— Amanhã tiramos mais!

Um dia, ela devorou num instante todos os frutos, fez chicha com a maior rapidez e foi tomar banho no rio, chamando o marido. Já anoitecia:

— Vem, meu marido amado, vem pegar mais fruto para mim que ainda estou com fome!

— Não posso, está escurecendo, a tua árvore fica muito para dentro do mato!

Mas ela tanto insistiu, fez um arzinho tão sedutor, que ele concordou — estava embeiçado mesmo.

Foram andando, cada vez mais longe, o sol já se escondera. Ela queria afastá-lo da aldeia, queria matar o marido.

Chegaram numa clareira onde havia muitas árvores do fruto cobiçado pela moça. Ela ia comendo sem parar, sempre pedindo para ele apanhar mais — queria que escurecesse antes de irem embora.

Não se sabe bem que fruto é esse — é como feijão, mas ardidíssimo. Nós também usamos hoje, não é só comida de *Txopokod*, mas queima a língua, tem que comer pouquinho.

O rapaz ficava no alto da árvore, colhendo, enquanto ela, no chão, aparava os frutos. Comeu até o moço limpar a árvore, e por fim deixou-o descer. Ele veio vindo, querendo abraçá-la, nem acreditou quando ela disse que ia matá-lo. Quando viu que era verdade, ainda tentou voltar a trepar na árvore — mas não conseguiu mais escapulir, ela comeu o marido inteirinho, ficou com a barriga imensa.

Já anoitecera. A família do rapaz percebeu que ele não voltara.

— Eu bem temia alguma desgraça... — dizia o pai. — Ela não é gente, é *Txopokod*...

O rapaz morreu porque não resistira a ela. Era linda como mocinha em idade de casar, parecia gostar dele, mas os homens da aldeia tinham matado seu pai e sua mãe, ela guardara ódio, agora se vingava.

No outro dia os homens da maloca foram atrás da *Txopokod* assassina, acharam traços da sua bosta. Encontraram a moça e mataram.

Só que *Txopokod* não morre mesmo com flecha. Só pimenta é que o mata. E quando morre, não vai ficar junto com os espíritos *dowari*, que são os espíritos de quem morreu. Fica vagando pela terra, por aí mesmo...

A esposa ofendida, a fuga para um marido-Arara e a altura das castanheiras

NARRADORA EM PORTUGUÊS: Wariteroká Rosa Makurap.

Havia uma moça já casada, com dois filhinhos, mas muito jovem. O marido a chamava sempre para passear no mato: provavelmente era um jeito de namorar mais vezes.

— Vamos embora tirar castanha, mulher? Já deve estar madura...

Antigamente, a casca da castanha era mole, e a árvore era baixinha. O marido mandou a mulher subir na árvore, colher e jogar do alto os ouriços.

— Repara aí! Apanha e me diz se está gostosa! — exclamava curiosa, com vontade de experimentar também.

— Está gostoso demais, como o teu pinguelo! — respondeu o marido.

A moça jogou de novo a castanha:

— Está bom?

— Gostosíssimo como teu pinguelo! — ele repetiu.

Em vez de achar bom, ela se irritou. É feio falar assim! A brincadeira do marido era sempre a mesma, gostava de comer castanha e o pinguelo dela.

Talvez ele fosse muito mais velho que ela, pode ser que ela não tivesse muita vontade de namorar. O fato é que a moça enjoou e disse para si mesma:

— Vou matar esse velho!

Jogou mais uma vez a castanha em cima do marido, bem na cabeça — matou-o.

Ficou esperando o marido viver de novo, sentada no galho de castanheira. Fosse outra, sairia correndo, com medo dele... mas ela ficou esperando. Ele acordou, ela estava sentada.

— Você vai sofrer — o marido ameaçou.

O marido mandou a castanheira subir, ficar alta. Agora seria impossível ela descer.

O marido ia observá-la todos os dias, esperando ela descer. Ela não sabia o que fazer, exausta, imaginando um jeito de sair lá de cima.

— Como ele me fez tamanha maldade?

Todos os dias o periquito, o papagaio, a arara, pássaros de toda a espécie iam chupar néctar da flor de castanheira. Os mosquitos atraídos pelo perfume não a deixavam em paz, provocando uma coceira insuportável, tornando ainda piores a fome e a sede.

Papagaio gosta de comer fruto bem cedo. Um dia ela disse:

— Bem que eu queria que esse papagaio me levasse daqui, estou com fome, estou com sede... Queria que eles fossem gente para me levar daqui, para casar comigo...

O Papagaio e o Periquito silenciaram, escutando a palavra dela. O Arara cacique apareceu:

— O que você está falando aí?

— Eu não disse nada!

— Não negue, você falou sim!

— É verdade, eu falei mesmo, tomara que o papagaio e a arara virem gente e me levem daqui!

— Nós somos gente, aqui nós comemos como arara, mas somos gente, temos maloca, temos casa. Eu vou te levar para ser minha mulher! Você vai ficar comigo.

Foi o Arara quem quis casar com ela. Acabou de comer a flor de castanheira, com pressa de levar a noiva encontrada. Sentaram, o pai do Arara e o Arara-pretendente, e a puseram no meio dos dois. Ela abriu os braços para segurar nas asas.

— Você agarre em nós, vamos te levar! Feche os olhos. Não abra, para não cair. Só pode abrir os olhos quando descer.

Foram...

— Agora pode abrir os olhos...

Os Araras eram iguaizinhos a gente.

Três dias depois do casamento, o sogro pediu chicha. Ela foi botar milho para cozinhar. Cozinharam.

Enquanto isso, o marido que fazia piada foi ver o pé de castanheira, não encontrou mais a mulher. Ficou imaginando como poderia ter descido de uma árvore tão alta. Mandou os filhos procurarem a mãe.

— A mãe de vocês foi embora, sumiu…

Ninguém tinha visto o Arara voar com ela, não descobriam. O marido estava desapontado — queria ir vê-la todos os dias, acompanhar como iria morrendo aos poucos e eis que sumira.

— Se vocês não procurarem a mãe de vocês, mato os dois…

Foram embora, cantando, chegaram ao igarapé onde a mãe costumava buscar água para fazer chicha. Já de longe, ela escutou a cantiga dos filhos.

— Onde estas crianças estarão cantando? — ficou pensando. — Deixa ir lá! De repente o velho sem-vergonha mandou os meus filhos me procurarem!

Ficou esperando. Vieram andando, cantando.

Foram andando, chegaram até o porto da mãe.

— Mamãe, papai mandou nós procurarmos a senhora. Papai falou que quando achássemos a senhora era para avisá-lo.

Entraram; a mãe, bem contente, deu comida para eles até se fartarem.

— Não contem para seu pai que estou aqui!

— Está bom, não vamos contar não!

Voltaram pelo mesmo caminho de ida. O certo, mesmo, seria ela não deixar os filhos voltarem!

Chegaram em casa e o pai logo perguntou pela mãe; responderam que não sabiam. Mas tinham trazido moqueca que a mãe dera, ela queria os filhinhos bem alimentados.

Os meninos mentiram, disseram que outro parente é que dera.

— É mentira! Foi a mãe de vocês que deu a moqueca! Se vocês não me contarem onde ela está, mato vocês imediatamente!

Ficaram com tanto medo que contaram para o pai.

— Achamos mamãe, que está fazendo chicha na casa do Arara, agora tem marido… É bom o senhor não ir lá.

Furioso, o marido resolveu ir atrás da fujona. Foi como mulher velha, virado em velha. Não sei como disfarçou o pau para parecer mulher, parece que pôs cera. Ficou igual a mulher. Acho que não cortou o pênis... não sei como, mas conseguiu disfarçar.

Pegou um *marico* velho. Era direitinho um homem virado em mulher.

Bem tarde, a velha chegou na maloca dos araras.

— Vem vindo uma velhinha! Pode entrar, vovó!

Vinha vindo como mulher velha, com bengala. A velha sentou, e a moça, mulher-do-que-virara-velha, sentou juntinho.

A velha-marido dormiu por lá, na maloca dos araras. O terreiro era igualzinho ao nosso.

Os Araras tinham pé como de gente, não pés de ave como hoje.

A mulher da velha estava sentada com o outro marido, Arara.

O primeiro marido, virado em velha, tinha levado um *pau-âmago*, pontudo, bem apontado. Levou. Chegou e foi convidado para sentar. Não quis sentar. Foi andando e arrodeando, pelejando com o pé do Arara. Cutucava com o *pau-âmago*, com força — o Arara, amável, ia afastando o pé, fazia de conta que não era nada. De repente a velha acertou em cheio o pé do Arara, do marido da sua mulher, machucou de verdade.

Os Araras avançaram, derrubaram a velha-marido no chão, comeram inteirinha, não ficou nem pedaço. O Arara comeu o ex-marido-velha, porque estava pisando o seu pé, tinha furado com o *pau-âmago*.

Assim o pé do Arara virou como é até hoje, virou para trás.

No outro dia, os Araras ficaram pensando que não seria bom continuar a morar no mesmo lugar. O marido-velha tinha morrido, era agora um *Txopokod*, podia aparecer e querer comer o povo dos Araras, vingar-se... Podia aparecer para matar o marido-Arara.

As araras pensaram, pensaram, foram embora.

— Tem que procurar outro lugar, senão vai acontecer conosco... *Txopokod* revive, não morre inteirinho...

No outro dia, mudaram o local da aldeia, levando a mulher junto. Ela continuava vivinha, não pensava mais no velho. Ninguém ficou morando na maloca velha.

A mulher que namorou o genro

NARRADORES: Iaxuí Miton Pedro Mutum Makurap; Wariteroká Rosa Makurap.
TRADUTORA: Ewiri Margarida Makurap.
OUTROS NARRADORES EM PORTUGUÊS: Buraini Andere Makurap e
Menkaiká Juraci Makurap.

Iarekô, um moço makurap muito trabalhador, e sua jovem mulher *Paiawi* formavam um casal muito unido, feliz.

Katxuréu, a mãe dela, ficava olhando o genro com olho comprido. Não tinha mais marido, e vendo a filha sempre tão contente, exalando plenitude dos sentidos, pensava nos segredos noturnos que os dois estariam vivendo na rede, ali pertinho dela. Bem que poderia estar ela no lugar da filha...

Inventou um passeio com a filha para catar tucumãs no mato e, quando passaram perto do paiol de milho da roça velha, jogou a filha num buraco fundíssimo. Voltou para a aldeia e se fez passar por ela. Eram parecidas, no escuro *Iarekô* nem percebeu que estava dormindo abraçado com a sogra.

Agora era a velha quem mascava milho ou mandioca para fazer a chicha. Não tinha dentes, sua gengiva sangrava quando mastigava, manchando a bebida de gotas vermelhas.

Iarekô trazia muita caça para ela, nambu, mutum, e a velha tinha que disfarçar, pois não podia comer com osso e tudo como a filha — banguela, só conseguia chupar a carne. *Iarekô* cismava, vendo a mudança de hábitos.

Um dia, *Iarekô* foi caçar como de costume, fazendo tocaia para os nambus. Atirou, e sua flecha caiu no chão, bem pertinho. Foi procurar, e não achou; estranhou, nunca perdia flechas no mato. Atirou de novo, errou e também desta vez nada de flecha nas folhas do chão.

95

Era sua mulher, *Paiawi*, lá dentro do buraco, que ia puxando a flecha para o fundo, para ver se ele a encontrava. Tantas flechas caíram, que na busca derradeira, quando *Iarekô* foi apanhar a flecha desgarrada, *Paiawi* conseguiu agarrar o braço dele:

— Você pensa que sou eu que você namora na nossa rede, todas as noites? Você agora está é com a minha mãe!

Iarekô chorou de tristeza ao descobrir a verdade, ver como a mulher estava mal, toda mordida por bichos, arranhada, com vermes que roíam a sua carne. Não conseguia tirar a mulher lá de dentro — era muito fundo.

Ela o aconselhou a ir chamar todos da maloca, para que fizessem uma festa, uma chichada.

Iarekô voltou para a aldeia, e antes mesmo de falar com os outros correu atrás da sogra e bateu nela até tirar sangue. Sua irmã, que estava perto, protestou:

— Não machuque minha cunhada!

Iarekô contou a verdade, e ela parou de reclamar da surra da velha. Esta, enquanto apanhava, gritava, sem saber que fora desmascarada:

— Por que você está me batendo, meu marido amado? Tem ciúme de mim? Não estou namorando ninguém!

A velha se lembrou que deveria ter acabado com a filha, comido a filha para ninguém saber que era uma impostora. Mas era tarde: quando foi procurar *Paiawi* no buraco, já não havia mais ninguém.

Foi a caba preta, que chamamos cavalo-do-cão, que conseguiu tirar *Paiawi* do buraco. O Arco-Íris, *Botxatô*, tinha segurado a menina dentro do buraco. A caba fininha mandou a caba preta ferrar *Botxatô* para que soltasse a menina. A caba usava o arco-íris amarrado na cintura.

O Arco-Íris, *Botxatô*, uma cobra, ensinara cantos belíssimos para *Paiawi*. Lá no fundo de sua prisão, *Paiawi* aprendera cantigas que na aldeia ninguém sabia, "gravava" os cantos de *Botxatô*.

À noite o marido voltou para passar cinza na mulher, como se fosse um sabão para limpá-la. Coaram a cinza, lavaram a moça. Tinha perdido o cabelo todinho enquanto ficara na armadilha.

Iarekô jogou a sogra no buraco, no mesmo lugar em que ela havia posto a filha. Levou *Paiawi* para a maloca, para se recuperar, ficar forte outra vez, engordar.

Na mesma noite tomaram chicha, mas *Iarekô* não quis que a mulher saísse ainda, estava muito fraquinha.

Estendida na rede, *Paiawi* ouviu os homens cantando no pátio, enquanto bebiam, e disse que era muito feia aquela cantiga, que estava toda errada, que ia ensinar os cantos verdadeiros.

Nesse tempo ninguém sabia ainda cantar uma música de verdade, aprenderam com *Paiawi*, que por sua vez aprendeu enquanto ficou presa na armadilha da mãe.

Dois ou três dias depois, *Paiawi* saiu para a chichada e ensinou a todos. Cantava com voz belíssima, caçoando do marido que namorara a sogra sem perceber, vivera com a mãe do seu amor e nem se dera conta. A cantiga de *Paiawi* escarnecia do marido. Ficavam todos ouvindo admirados, sem entender onde ela aprendera tanta beleza.

Wakotutxé piõ, a namorada mutilada

NARRADORA: Aroteri Teresa Makurap.
TRADUTOR: Sawerô Basílio Makurap.

A mulher noivava com o rapaz. Mas namorava outro. Andava longe, não aceitava o noivo. Um dia, o noivo enjoou.

Levou-a para o mato e fez um cofo. Correu e pegou a moça. Ela gritou, pensando que ele ia namorar. O noivo cortou a vagina, a orelha e pôs num cofo. Em seguida amarrou bem amarrada a moça e a jogou para cima de uma árvore, dentro do cofo, ainda viva, deixou lá. Voltou para a maloca e entregou a moqueca com o que cortara da moça para a mãe dela, falou que tinha caçado macaco preto, que era tripa, que não trouxera o corpo todo. A mãe comeu, estava escuro, não viu o que era.

Nada da moça chegar. O namorado foi procurar, nada de achar. Acabou achando o ouricuri de onde o noivo tirara capemba para o cofo. Olhou para cima e viu a moça pendurada, muda. Fez uma escada, desatou a moça. O pai e a mãe estavam embaixo esperando. Desceu com ela, abriram o cofo, ainda estava viva.

Ela falou que não ia mais com eles, que ia virar *wakotutxé piõ*, um passarinho que canta quando chega o verão. Conseguia falar, mesmo sem boca. Os pais choraram com pena, com grande dor.

Ela disse para o pai:

— No dia que começar o verão bem quente, toque fogo na sua roça, no dia que eu cantar!

O namorado ficou triste.

Peniom e a noiva alada

NARRADORA: Aroteri Teresa Makurap.
TRADUTOR: Sawerô Basílio Makurap.

Um moço chamado *Peniom* era solteiro. Viu um passarinho, *tocororô*, cantando no meio do terreiro, teve a ideia:

— Eu queria que você virasse mulher para casar comigo!

Dormiu, quando acordou viu uma mulher linda ao seu lado na rede.

— O que você falou ontem? — ela perguntou.

— Disse que queria que o *tocororô* virasse mulher!

— Pois sou eu mesma!

Na outra noite, ela desatou a rede e o levou, sem que percebesse. Atou a rede no meio do rio. Quando *Peniom* quis descer, não deixou, avisando que estavam por cima d'água.

— Não estamos na maloca?

Ouviu o barulho da água. Dormiu de novo. Na outra noite, já estavam em terra.

— Já estamos em terra? Não estávamos no meio do rio?

Estavam no mato, noutra maloca. Foram andando. Encontraram um pé de tucumã.

— *Omeré*! Marido! Tira tucumã para mim! — pediu a *tocororô*-mulher.

Peniom tentou puxar os coquinhos mais próximos do chão, ela pediu que subisse no pé. O pé de tucumã é cheio de espinhos; *Peniom* só subiu porque ela insistiu muito. Arrancou os coquinhos, descendo cheio de espinhos.

Mais adiante, andaram mais, achou um pé de inajá. Este não tem espinho.

— Marido, pega esse fruto para mim!

Peniom subiu, derrubou, a esposa esperando embaixo. Ela dizia:

— Corta, mas cuidado para a árvore não cair e me matar!

— Come, que vou cortar devagar!

Cortou, cortou, ela comendo. Cortou mais, o pé estourou em cima dela, morreu. Não morreu mesmo, era *Txopokod*.

O homem desceu, foi embora para a maloca. A mãe estava preocupada, se perguntando se ele não andara com *Txopokod*, pensando que fosse mulher.

Levou muitos dias para tirarem os espinhos. Estava todo inchado, no peito, na perna.

Ficou bom, foi fazer tocaia no mato. Logo apareceu a *tocororô*-mulher, tentando namorar outra vez, não conseguiu, foi embora.

O moço contou para a mãe. Esta pensou o que poderia fazer para protegê-lo:

— Já sei! Vamos te pelar!

Raspou bem raspadinha, bem careca a cabeça do filho. No outro dia, quando a *tocororô* apareceu no mato, namoraram...

— Como você está bonito! — Ela notou a careca.

Peniom não gostava dela, porque não era gente, não queria mais namorar. Ao voltar, contou para a mãe.

— Ela achou bonito? Não ficou com medo?

A mãe mandou que levasse um machado no outro dia e disse o que devia fazer.

— Você diz para ela que rapou a cabeça no sauveiro; ela vai querer imitar, pôr a cabeça lá dentro, é hora de você estourar o pescoço dela.

Quando se encontraram, a moça só agarrada, abraçada, passando a mão no cabelo do rapaz. Ela quis rapar também, enfiou a cabeça no sauveiro.

— Está doendo!

— É assim mesmo que eu fiz! — encorajou o moço. E então cortou o pescoço da *Txopokod*. Esperou, esperou, nunca mais ela apareceu.

Piron, o nambu azul

NARRADORES EM MAKURAP E PORTUGUÊS: Buraini Andere Makurap;
Menkaiká Juraci Makurap.
TRADUTOR: Aiawid Waldemir Makurap.
OUTROS NARRADORES EM MAKURAP: Amampeküb Aningui Basílio
Makurap; Iniká Isabel Makurap.

Um caçador foi para o mato com vários companheiros. Chegaram num
acampamento, fizeram *pascana*, dormiram. Mataram caça.

Um dos caçadores tinha filhinho recém-nascido e não podia comer caça
alguma — acompanhou os outros, mas não comeu carne. Não matou
caça alguma, não podia.

Encontraram *Piron*, um nambu azulão, um tipo de nambu, com mais
de dez ovos.

O Nambu Azul, *Piron*, encantava os caçadores, os fazia adormecerem
por magia. Um dos caçadores quis matar o Nambu Azul, fez tocaia. Quando
já estava quase caçando, cochilou, sem querer. O Nambu avoou.

— Como não vi o nambu?

No outro dia foi fazer tocaia outra vez. Adormeceu, o Nambu voou.
Assim vários dias.

— Ah, vou levar os ovos do nambu para o pessoal comer, já que não
consegui matar nada! — resolveu.

Contou para os outros que cochilava cada vez que ia matar, que não trouxera caça. Mostrou os ovos; cozinharam, comeram. Anoiteceu. Ouvia-se
longe o pio do pássaro: *"piron, piron…"*

Piron, um casal de nambus azuis, vinha atacar os caçadores no acampamento. O rapaz com nenê novo, que não comera os ovos, porque é proibido

para quem acabou de ter filho, tentou acordar os outros, avisando que o *Piron* vinha atacar — mas dormiam pesadíssimo. Resolveu salvar a si mesmo, atar sua rede fora, longe dos outros, ficou acordado.

O casal de *Piron* veio, cheirou a boca de todo mundo:

— Esse comeu, aquele comeu...

Quando sentiam o cheiro dos ovos, os dois *Piron* comiam os olhos dos caçadores — só dos que tinham comido os ovos.

Quando os caçadores acordaram de manhã — cadê os olhos para enxergar? Estavam todos cegos. O estranho é que começaram a fazer os ruídos do macaco preto, em vez de falar.

Só o que não comera os ovos enxergava.

— Como vou fazer? Vou levar todo mundo para a maloca, dando a mão? Vão tropeçar pelo caminho!

Ficou um dia pensando. No outro dia foi fazer cocô, ficou sentado imaginando uma saída. Veio perto o besouro enrola-bosta, pequenininho.

— Este serve!

Levou o besourinho. Arrancou pedacinhos do enrola-bosta e pôs nos olhos de cada cego.

— Está enxergando?

— Bem pouquinho mesmo, mas melhor que antes!

Voltou para o mato, ficou sentado pensando. Pegou outro besouro, pôs no lugar dos olhos dos cegos.

— E agora, que vamos fazer? — perguntaram uns aos outros!

— Vamos virar macacos pretos, *arembô*!

Pegaram o arco e puseram como rabo.

— As mulheres não vão nos querer mais! — disseram.

Enrolaram as redes, que jogadas no mato viravam galhos para eles se pendurarem.

— Nós vamos ficar aqui, você vai para a maloca e faz flecha, arco bom; depois volta, ata rede, bota a tua mulher na rede e fica com a perna por cima dela, bem firme. Pode nos chamar, então, para ter caça.

O homem que enxergava obedeceu. Voltou com a mulher, atou a rede, sentou bem firme em cima das pernas abertas dela. Chamou os companheiros:

— *Arembô, arembô*! Macaco, macaco! Vem namorar minha mulher!

Os macacos, que eram só homens, os antigos caçadores que haviam deixado as mulheres na maloca enquanto caçavam, queriam mulher. O caçador levava muito milho, dava para eles, era a primeira coisa que fazia. Os macacos vinham atrás da mulher dele, querendo namorar. Tentavam pegar a periquita dela, ela se protegia com a mão, com o marido firme montado em cima, aproveitando para flechar uma porção de macacos e conseguir muita caça.

Voltava para a maloca, carregado de macacos gordos para todo mundo comer.

Assim foi muitas vezes.

Havia um homem teimoso que quis matar macacos também, não queria que só este caçador matasse. Tanto insistiu que o homem que enxergava concordou:

— Vai lá, mando cozinhar milho para você!

O atrevido chegou, atou rede, botou a perna por cima da sua mulher, ela debaixo, chamou os macacos.

Os macacos perceberam que era outro caçador. O Teimoso, em vez de esperar os macacos comerem o milho, como o primeiro caçador ensinara, foi logo atirando flechas para matar. Enquanto estava flechando, muitos macacos vieram, arrancaram a mulher, fugiram com ela, sem que ele conseguisse se defender.

O Teimoso voltou chorando para a maloca, sem mulher. E assim os Macacos-*Piron* conseguiram a mulher, que virou macaca.

O primeiro caçador, o que enxergava, resolveu caçar como antes, levando a mulher, mas desta vez, por mais que chamasse, só vinha um macaquinho pequenino, que comeu o seu milho cozido.

O caçador pegou o macaquinho pequeno e jogou num galho — ficou lá até hoje.

Narradores e tradutores Makurap

Aiawid Waldemir Makurap
Filho de Amampeküb e Iniká Isabel Makurap, agente de saúde, ajudou a traduzi-los.

Alcides Makurap
Traduziu várias histórias de Iaxuí Miton Makurap, a exemplo de sua mulher Ewiri, fazendo parte do pequeno grupo de ouvintes entusiastas, sempre que podia, no Posto da Terra Indígena Guaporé.

Amampeküb Aningui Basílio Makurap
Apelidado Niika ou Anigui. Devia ter entre sessenta e setenta anos; habitava na Terra Indígena Rio Branco, depois de um tempo passado na Terra Indígena Mequens. Foi dele que ouvi as primeiras compridas histórias makurap, contadas em língua indígena em conjunto com sua mulher Iniká Isabel, mais velha que ele, traduzidas pelo filho de ambos, Waldemir, agente de saúde.

Aroteri Teresa Makurap
Viúva inconsolável de Doroidom, mãe de Sawerô Basílio Makurap e madrasta de Meinkaiká Juraci Makurap. Vivia na Baía das Onças, na Terra Indígena Guaporé. Chorando de saudade, contou histórias em makurap, traduzidas por Sawerô.

Biweiniká Atiré Makurap
Traduziu com muita graça e gosto as histórias de sua mãe, Überiká Sapé, com quem se parecia muito, dada a pequena a diferença de idade entre elas.

104

Buraini Andere Makurap

Filho do famoso Andere Makurap, que liderou, nos anos 1930, uma revolta dos índios escravizados contra a crueldade dos seringalistas e matou capatazes e moradores do seringal instalado em seu território. Buraini nasceu na maloca de seus pais, no mato, provavelmente por volta de 1940. Sua mãe morreu quando era recém-nascido, diz-se que enfeitiçada; o pai, mais tarde, de sarampo. Buraini sabia toda a história makurap. É a ele que os Makurap devem o feito de ter conservado o atual território no Gregório, que é sua área tradicional. Tanto o SPI como a FUNAI, esta nos anos 1970, tentaram levá-los inúmeras vezes de lá para o rio Guaporé, liberando suas terras para a ocupação por seringais. Algumas famílias cederam, mas Andere recusou-se.

Ewiri Margarida Makurap

Traduziu boa parte das histórias de Iaxuí Miton Makurap, sempre com um filho no peito e com a maior paciência, num português muito bonito.

Graciliano Makurap

Filho de Buraini e Meinkaiká, morador da Terra Indígena Guaporé, ajudou nas traduções.

Iaxuí Miton Pedro Mutum Makurap

Nasceu antes do contato, numa das malocas makurap, talvez entre 1925 e 1930. Teria uns dez anos quando o chamaram para trabalhar no seringal. Quando o antropólogo Franz Caspar veio para o Rio Branco, os Makurap já haviam deixado a maloca, estavam no São Luís. Mutum foi quem o guiou à maloca dos Tupari. Era jovem, ainda não era pajé. Talvez seu aprendizado de pajé não tenha sido completo, pois nunca o vi tomar rapé ou participar de uma cerimônia de cura. Era, porém, um dos Makurap mais respeitados quanto ao conhecimento, descrevendo livremente o mundo das almas e as origens. Sua pele curtida, de quem se dedicava à roça no sol escaldante, era toda marcada como se tivesse tido varíola, a pele dos braços descascada como a de uma cobra, o que Odete dizia ser atributo de um dos demiurgos dos Aruá. Falando muito pouco o português, todas as suas belíssimas histórias foram contadas em makurap, dias e noites seguidos, traduzidas na hora por várias pessoas.

Menkaiká Juraci Makurap

Menkaiká e seu marido, Buraini Andere, foram um teimoso estandarte da cultura makurap, insistindo em manter a língua, alguns costumes; lamentando em cada festa e cantoria da pequena aldeia do Gregório o desaparecimento de uma era, de uma visão antiga que só eles e mais um punhado de pessoas do seu tempo, não muito idosos, entre cinquenta e sessenta anos, ainda conservavam. Filha de Doroidom Wenceslau, falecido em 1994, nasceu no São Luís, já no ciclo do trabalho escravo do seringal, talvez por volta de 1940. Sua mãe morreu de sarampo; desde então foi criada longe do pai, pela irmã mais velha, tanto nas colocações distantes do Rio Branco quanto no Colorado. Quando mudou para o Laranjal, para trabalhar como cozinheira dos patrões dos índios, conheceu velhas primas makurap; foi então que aprendeu bem a língua enterrada com a mãe e se reconheceu como índia makurap, orgulhosa de suas origens. A mulher do seringalista Rivoredo (que foi também, ao mesmo tempo, funcionário do SPI) quis mandá-la para Minas, para trabalhar na cidade como empregada. Doroidom, seu pai, não deixou, chamou-a para o São Luís, e ela redescobriu o pai, que julgava morto pelo sarampo. Foi então que casou com Buraini Andere, com quem teve sete filhos e muitos netos, vários criados por eles. Ainda conheceu a maloca do sogro, Andere Makurap.

Niedended João Makurap

Um dos chefes makurap, ajudou em várias traduções.

Rosa Wariteroká Makurap

Filha dos falecidos Alfredo Dias Makurap, que chegou a me contar algumas histórias no São Luís, e de Madalena Aruá, que também conheci. Cresceu no seringal São Luís, e ouvia as histórias, tanto dos mais velhos Makurap, quanto dos Aruá, como do velho Chapchap, na época do trabalho escravo. Sabendo muito, ensinando aos filhos, foi uma conversadeira adorável. Magra, altaneira, bonita, com uma postura elegante e sensível, embora se considerasse velha, fazia lembrar uma Jeanne Moreau. Hospedou-me, juntamente com o marido Anísio Aruá, em sua casa na colocação São Luís, hoje Posto da FUNAI na Terra Indígena Rio Branco.

Rosalina Aienuiká Aruá

Filha de Rosa Makurap e Anísio Aruá, bonita como a mãe, boa falante em makurap (não em aruá), conhecedora das histórias, ajudou a traduzir e a contar. Casou com Naru Fernando Kanoé, professor na aldeia do São Luís, que escreveu para seus alunos lerem histórias makurap que dela ouvira.

Rosilda Aruá

Outra filha de Rosa e Anísio, casada com Rui Kanoé, hospedaram-me no Posto Ricardo Franco da Terra Indígena Guaporé. Falando tão bem o makurap como o português, traduziu com muita graça.

Sawerô Basílio Makurap

Filho de Doroidom e Aroteri Makurap, morava numa pequena colocação perto da Baía das Onças, na Terra Indígena Guaporé, e ajudou a mãe a contar histórias, traduzindo para o português e acrescentando sua própria versão.

Überiká Sapé Makurap

A mais velha dos Makurap, viúva de Marripe, um famoso cantador makurap, que conheci, mas infelizmente não cheguei a gravar. Foi quem primeiro abriu o mundo makurap, contando em sua língua, traduzida por sua filha, que deve ser mais jovem que ela uns doze anos, a belíssima mitologia de seu povo. Morava no Manduca, colocação da Terra Indígena Rio Branco, próxima ao Palhal, a aldeia de Etxowe Tupari, na Reserva Biológica do Guaporé.

TUPARI

Os caçadores de cabeças, os *Pawatü*

NARRADORA EM PORTUGUÊS: Etxowe Etelvina Tupari.

Uma mulher sem marido engravidou, não se sabe quem era o pai.

Durante a gravidez, tinha uma vontade enorme de comer piolho, mas só comia a cabeça. Cabecinhas de piolho até fartar-se, da própria cabeça e da dos outros. Finalmente o nenê nasceu: era um menino forte.

Com dois ou três anos o menino já saía sozinho por aí, caçando com seu arco e flecha miniaturas. Matava gafanhotos, grilos, e tirava a cabeça. Levava para a mãe só a cabeça, não o corpo, e ambos se deliciavam com a guloseima.

Cresceu um pouco mais, ganhou um arco maior e passou a atirar nos passarinhos. Cortava a cabeça das aves mortas e jogava o corpo fora. Trazia para a mãe a moqueca feita de pura cabeça — mais nada. A mãe adorava, ambos comiam.

Já rapazinho, com tamanho de homem, munido de arco e flecha verdadeiros, tinha ótima pontaria e acertava nos animais de porte, antas, veados, macacos. Trazia com orgulho para a mãe, a tia, o tio, a avó comerem. O tio reclamava indignado:

— Por que você só traz a cabeça?

— Ah, o corpo não presta para comer!

Adulto, homem feito, tornou-se um grande caçador. Guaribas, macacos, caititus, queixadas — trazia cestos de cabeças moquecadas para a família. Comia com milho torrado, com macaxeira. Sua comida, bem como a da mãe, era diferente da dos demais — carne dos animais, só do peito para cima.

— Esse índio vai ser bravo, feroz na guerra! — comentavam.

Tinha sempre cabeças de bichos para dar de presente a todos — de veados, porquinhos, anta, mutum. A mãe é que o ensinara a gostar de cabeças, a valorizar só o que não é corpo... Comiam, achavam bom, só o tio sempre protestando.

Ofendia-se com os murmúrios e mexericos ao seu respeito; era considerado estranho, marginal, o tio estimulava um jeito torto de lidar com ele. Pensou em deixar a aldeia.

— Mãe, vou embora por aí dormir no mato. Não me espere em dia certo, não fique ansiosa. Vou fazer um varadouro e volto depois de alguns dias para você vir junto comigo — resolveu.

Sumiu na floresta e deixou a mãe perdida de saudades. Voltou depois de um tempo, pedindo à mãe que fosse com ele para fazer comida, pois sozinho no mato não dava conta de cozinhar a caça. Prometia a ela que voltariam depois para a aldeia — mas era mentira, não tinha mais intenção de viver com os parentes.

A mãe avisou o irmão que estava indo com o filho por um tempo.

Ao chegar no mato, a mãe ouviu gente conversando. Assustou — quem seria?

— É um outro povo que veio morar comigo! — explicou o filho, cujo nome era *Haüwud*, tentando tranquilizá-la.

Mentia. Os falantes da língua estranha não eram humanos como nós. *Haüwud* tinha cortado troncos e galhos da árvore laranjinha, uma árvore do mato, parecida com laranjeira, mas sem frutos, para fazer gente. As árvores tinham virado pessoas para serem seus irmãos — todos, homens. Homens sombras, homens espíritos.

Falavam outra língua, eram fortes, gordos, altos. A mãe sentiu calafrios de pavor. Deveria estar ali, longe do irmão, da mãe, dos outros parentes?

Haüwud talhou uma mulher belíssima da árvore-laranjinha para casar com ele. A mãe viu a nora surgir do tronco e começar a falar outra língua, cozinhar, deitar na rede com *Haüwud*, acariciá-lo e acompanhá-lo a toda parte.

Começaram a nascer crianças do povo-laranjinha. A população aumentava, parecia uma cidade, um eterno burburinho de conversas e brincadeiras. Eram espíritos, não seres humanos.

Haüwud começou a matar gente para tirar a cabeça, assim como fazia com os animais de caça.

Um dia, disse para a mãe que ia à aldeia buscar o tio, irmão dela, para morar com eles, para alegrá-la. Era mentira — queria matá-lo para comer a cabeça, e assim fez. Antes de matar o tio, pingou nos olhos dele umas gotas para fazê-lo virar espírito *Pawatü*, parte do povo que estava criando, os seres da árvore-laranjinha. Matou-o e levou a cabeça para comer.

Chegou à aldeia dos *Pawatü* com o tio, apenas um espírito, cuja cabeça estava escondida no *marico* para servir de repasto. A mãe estranhou, não caiu no engodo:

— Meu irmão não é assim, não. Você o matou! Este rosto não é o dele, tem uma expressão soturna, cinzenta, de quem não é vivo! Vejo bem que esse é apenas seu espírito, sua sombra! Não tenho mais irmão!

Chorava desesperada, dividida entre o amor pelo irmão e pelo filho. Ia tentar abraçar o irmão e era apenas uma imagem, sem consistência, impossível de tocar, sem carne. Angustiada, não tinha mais em quem pegar, a não ser no filho.

Os *Pawatü* comeram a cabeça do tio de *Haüwud*, como comiam as de outras pessoas que matavam. A aldeia da floresta era só de espíritos, apenas *Haüwud* e sua mãe eram gente.

Uns dias depois *Haüwud* avisou a mãe que ia buscar a avó para viver com eles entre os *Pawatü*. Ela estremeceu, imaginando o que ia acontecer, implorou, mas nada o demoveu.

Haüwud foi conversar com a avó, que ficou feliz de rever o neto, pobrezinha, sem saber o que a esperava. *Haüwud* pingou gotas nos olhos dela — virou-a em espírito, matou-a, levando a cabeça e deixando o corpo. A mãe de *Haüwud* chorou muito outra vez, vendo que agora, de sua própria mãe, só restava um espírito e a cabeça que todos iam saborear.

Haüwud e os seus espreitavam os habitantes das malocas para cortar cabeças e comer. Preferiam os pratos com carne humana das cabeças, em vez de caça. Só ensinavam suas crianças a matar e comer gente, nunca a trabalhar, fazer roça, construir casas.

Quando criavam espíritos das árvores ou dos cadáveres dos inimigos mortos, os velhos *Pawatü* zuniam rabos de arara vermelha para os espíritos terem sangue. Quando a pluma vermelha girava, o sangue ia pingando nos espíritos, circulando no corpo imaterial.

Os *Pawatü* punham estrepes e espinhos molhados em sangue para matar quem passasse. Sapecavam o cabelo das cabeças dos mortos com fogo, como se fossem macacos no moquém, e então assavam. Aproveitavam o miolo da cabeça dos inimigos, que não tinha praticamente carne alguma.

Comiam também o peito de homem ou mulher, mas abandonavam os corpos, sem enterrar.

Quando o espírito de um cacique de outro povo virava *Pawatü*, ao ser assassinado, tinha também que andar atrás de gente para matar — se um Tupari fosse morto por eles, esse era o seu destino.

Haüwud não queria saber de contato com os *Tarupás*, os *brancos* que queriam estabelecer laços com os Tupari. Aconselhava o povo a ser sempre feroz com os estrangeiros que vinham de longe, proibia a todos que seguissem o exemplo dos Tupari, que lá estavam trabalhando com os *Tarupás* nos seringais, recebendo presentes deles, facões, roupas, alimentos — e adoeciam e morriam aos magotes. *Haüwud* não fazia concessões, era feroz mesmo com os índios: atacava as malocas tupari, e certa feita mataram minha bisavó na roça.

Com sua mulher de tronco-laranjinha, com a mãe, mesmo amedrontada, com os espíritos do tio e da avó, *Haüwud* se sentia feliz, realizado. Havia muita cabeça de gente para comer, podia ir atrás dos Tupari e outros índios para fazer novo estoque. Os *Pawatü*, os caçadores de cabeça, tinham fartura de carne.

Ia aumentando o povo, ou porque nasciam mais *Pawatü*, Caçadores de cabeça, ou porque *Haüwud* cuspia nas árvores para virarem gente-espírito. Todos comiam cabeça de gente. Faziam flautas dos ossos da cabeça ou dos dedos do pé, fabricando buzinas, chamando os seus de muito longe, numa linguagem musical de apitos.

Quando atacavam outros índios, em expedições guerreiras, cortavam a cabeça dos inimigos. Vinham carregando as cabeças no ombro e ao chegar ao pátio da aldeia, alegres, jogavam-nas zunindo no ar, prrrrr... prrr. O chefe, o cacique, aparava-as no ar, rezava e fazia rituais para comer com saúde a carne, cozinhava um mingau dos inimigos que tinham matado. Essa era a comida de todos os *Pawatü*, os caçadores de cabeça: apenas as cabeças.

Os *Pawatü* massacram os Tupari

NARRADORA EM PORTUGUÊS: Etxowe Etelvina Tupari.

Os *Pawatü* sempre nos aterrorizaram; eram nossos principais inimigos. Desde pequena ouço contar como morreram nossos bisavôs, massacrados por eles. Foi assim.

Um homem jogava bola, o jogo tradicional dos Tupari, um jogo com a cabeça e não com os pés. A bola era feita de leite de mangaba soprado numa forma.

Adorava jogar bola, assim passava quase o seu tempo todo. Sua filhinha chorava de fome e sua mulher pôs-se a praguejar:

— Minha filhinha com fome e esse marido imprestável, em vez de caçar, só pensa em jogar bola!

O jogador agarrou a espada e deu uma surra na mulher — batiam muito nas esposas.

— Canalha! Deixe minha filha em paz! — o sogro veio em defesa da filha.

O jogador não fez por menos — bateu também no sogro com violência.

O sogro prometeu vingança.

— Você vai ver que castigo virá!

Convocou uma caçada na floresta com todos os homens, incluindo o genro. Saíram de madrugada, para vários dias de andança.

O sogro conhecia umas folhas doidas usadas pelos *Pawatü*. São folhas, ao que parece, que provocam acontecimentos desejados por seu possuidor. O sogro viu a árvore e arrancou um punhado de folhagem para usar no plano vingativo. Sua cabeça doía muito, por causa da pancada que levara. Misturou a folha com a casca de ferida, soprou e aplicou no machucado aberto.

Por causa das folhas em mistura explosiva com o ferimento, a expedição dos Tupari aproximou-se de um bando de *Pawatü* acampados numa clareira. Os caçadores não conseguiam abafar os ruídos, os *Pawatü* perceberam que havia estranhos na floresta. Estavam reunidos, os Caçadores de cabeça, em torno do fogo, esperando moquear a cabeça de uma mulher que haviam acabado de matar.

O sogro e seus homens aproximaram-se cautelosamente dos tapiris dos *Pawatü*, em silêncio, disfarçados no verde denso da selva. Os jacamins e mutuns gritavam, avisando os Tupari da presença inimiga. O sogro, sonhando com a vingança, mesmo à custa da própria vida, avisava seu povo que iriam morrer, que os *Pawatü* não poupam ninguém nem deixam os invasores escaparem.

Os Tupari, porém, não lhe davam muita importância. Depois de identificarem o local dos *Pawatü*, afastaram-se muito, montaram um acampamento a uma distância considerável, sentindo-se a salvo.

Caçaram e dormiram por lá, aliviados. Dia após dia faziam tocaias para os animais, matavam guaribas, veados, empanturravam-se de carne.

Sua felicidade durou pouco. Estavam tirando mel, um belo dia — os *Pawatü* chegaram de supetão, pularam misteriosamente de dentro do silêncio e quietude da mata. Flecharam todo mundo, até os que estavam no alto das árvores extraindo o mel.

Mataram, mataram, o grupo todo jazia por terra. Só escaparam três pessoas que estavam longe — um deles com a cabeça raspada, porque ia tornar-se pajé. Estes três ouviram o ataque e se esconderam debaixo de uma capemba.

Os *Pawatü* juntaram os Tupari mortos, longas fileiras de cadáveres. Cuspiram em todos para virarem espíritos e cortaram as cabeças para levar como caça. Entre os mortos estavam o sogro e o genro.

O sogro era parente de *Haüwud* e por isso aprendera o segredo da folha que faz acontecer o futuro, como a desgraça que invocara para se vingar, à custa da própria vida.

Quando os *Pawatü* sumiram no intrincado das árvores, os sobreviventes Tupari saíram do esconderijo e voltaram tristemente para a maloca para relatar a tragédia. Choravam sem parar:

— Os *Pawatü* nos mataram.

Akiã, a mulher tupari mutilada pelos *Pawatü*

Narradora em português: Etxowe Etelvina Tupari.

Foi num dia em que os pajés amanheceram preparando rapé, mistura de tabaco e pó de angico. Ouviram os passarinhos agourando a presença dos *Pawatü*.

Quando as mulheres foram cortar lenha, entre elas *Akiã*, minha bisavó, os pajés alertaram:

— *Akiã*, fique em casa hoje, não saia por aí, pois os passarinhos estão adivinhando os *Pawatü*, os comedores de cabeças!

— Preciso de lenha para fazer fogo, vou levar meu cachorro e os *Pawatü* não me farão mal!

— Você está errada de não nos ouvir, hão de matar primeiro o cachorro e depois você!

Akiã, minha bisavó, teimosa, saiu sozinha para tirar lenha com seu machado de pedra, o cachorro atrás. Os *Pawatü* arrodearam, todos armados de flechas. Ela nem teve tempo de gritar. Mataram o cachorro primeiro; acertaram *Akiã* no estômago. Caiu ali mesmo. Cortaram a cabeça e o peito; levaram; o corpo ficou jogado, com um *marico* por cima.

Um dos pajés, chamado Huarí, fora caçar, embora fosse dia de tomar rapé. Nos dias de ritual não é costume saírem os pajés para o mato, mas sua filha estava com fome e ele decidira caçar algum animalzinho para ela, antes da sessão de rapé. À escuta dos macacos que queria apanhar, ouviu os *Pawatü* gritando, ao ensinarem suas crianças a matar. Escondeu-se e viu o chefe *Pawatü*, *Kiribô*, passar carregando uma cabeça recém-cortada. Horrorizado, julgou reconhecer *Akiã*.

Louco de raiva, sem raciocinar, *Huari* flechou o *Pawatü Kiribö*. Este gritou, alvejou *Huari* em fuga, mas não acertou, sua flecha atingiu um cipó. Pouco adiante, *Kiribô* morreu.

Huari chegou ofegante na maloca, contando que matara um *Pawatü*. Como era sempre muito brincalhão, ninguém acreditou no que dizia.

— Não é mentira, matei *Kiribö*, o chefe! E creio que vi a cabeça de *Akiã* levada por ele! Onde está ela, já voltaram da roça as mulheres?

Amedrontados, os homens, desistindo da sessão de rapé, foram ver se era verdade. Acharam apenas restos de *Kiribô*, que os *Pawatü* tinham retalhado em pedacinhos, deixando apenas sua rede no chão, uma rede diferente, parecida com a dos *Tarupás*. Tinham levado a cabeça de *Akiã*.

Agora já acreditavam em *Huari*; as mulheres haviam chegado da roça e faltava minha bisavó, *Akiã*.

Os guerreiros Tupari acharam sua cabeça sapecada mais adiante, largada pelos *Pawatü*. Estes estavam tão perto, que os nossos homens chegaram a ouvir o pai de *Kiribô* esbravejando com os seus:

— Covardes! Não têm flechas, não são fortes, não matam os inimigos? Vocês deixaram morrer meu filho! Vocês, que só viviam atrás de cabeças, agora vão ter que trabalhar como os outros índios!

Por causa da morte de *Kiribô*, os *Pawatü* deixaram de perseguir os Tupari, e agora não sabemos mais deles.

Piripidpit, a donzela devorada pelos homens

NARRADORA EM PORTUGUÊS: Naoretá Marlene Tupari.

Piripidpit, uma mocinha firme e de muita força de vontade, devia casar com o guerreiro *Moroiá*, mas não o suportava. Doido por ela, *Moroiá* a perseguia por todos os cantos, sonhando em ter na sua rede a jovem belíssima e altiva. Pedia para ela fazer chicha e cozinhar para ele, mas *Piripidpit* o tratava com desprezo e não escondia a imensa raiva pelo noivo.

Ao ser rejeitado mais uma vez, *Moroiá* não se continha de ódio e jurou vingança. Convidou os amigos para fazerem uma tocaia para ela.

— Deixa eu chamar meus amigos e você vai ver que surra vai levar!

Piripidpit tinha ido tomar banho. Veio do rio tiritando de frio, de madrugada, e foi se esquentar na beira do fogo, sonolenta ainda. Levantou o rosto e viu os guerreiros armados cercando a fogueira.

— Trouxe meus primos para baterem em você! — gritava *Moroiá*.

Apontavam as flechas para ela, giravam em roda ameaçando. *Piripidpit* quis fugir, mas *Moroiá* se aproximou e segurou-a com força. Deu um sinal e as flechas zumbiram — eram tantas, que quase o acertavam também.

Piripidpit deu uma arrancada sobre-humana, conseguiu escapar da roda, voou para o macaxeiral — mas levou um tropeção e ficou estirada em terra. Só uma flecha a ferira nas costas.

O noivo cruel mandou que a matassem com as espadas, com golpes na cabeça, para não estragar o corpo. Prometia moquear e comer a carne da mulher que o desprezara.

Levantaram do chão o corpo sem vida daquela moça linda, que nem tivera tempo de amar e ter filhos. Moquearam, tiraram a tripa, fizeram moquém.

Enquanto moqueavam, cantavam músicas ferozes ao redor do fogo. A carne chiava igualzinha a um bicho gordo assando devagarinho. Era gorda a menina nova...

Moqueavam em fogo lento, cantavam, cantavam... como estou cantando agora.

É uma cantiga triste, macabra. Cada vez que ouço, é como se tivesse morrido um dos meus parentes mais queridos. Desde menina ouço a história e o canto de *Piripidpit*. Tremo de pavor, choro pela menina castigada só por não querer casar com o noivo que a família arrumara...

A carne já estava quase sequinha, pronta para comer, quando veio vindo o espírito de *Piripidpit*, andando, pingando sangue, chorando e cantando a vida perdida, urrando de dor, apontando as feridas e a flechada no corpo rijo que há pouco dançava e brincava no terreiro...

Já amanhecia quando terminaram de moquear; o espírito, lamentando-se e ameaçando vingança, foi se esvanecendo com a claridade.

Moroiá retalhou o corpo defumado da amada orgulhosa. Os pedaços ficaram expostos no moquém e os homens assassinos vinham pegar aos poucos, levando o seu quinhão para comer na maloca. Serviram-se todos, mas ainda restaram porções da caça especial.

Vieram chegando visitantes, índios de outra aldeia, de um grupo vizinho.

Os anfitriões ofereceram caça a *Arekuainonsin*, um dos guerreiros visitantes. Este nunca havia comido carne humana, e achou gostoso, aprendeu a apreciar.

Koiaküb, outro hóspede, participou do banquete, sem saber o que estava comendo. Só lhe disseram quando já engolira uma boa parte — porque carne de gente não é para comer assim à toa.

— Coma mais, compadre, como é gostoso, parece carne de macaco! — dizia *Arekuaionsin*.

— Tem razão, compadre, é uma delícia, é o mesmo que estar comendo porco-do-mato.

Arekuiaonsin foi-se embora para casa cantando uma nova música improvisada:

> "O que vocês me derem eu como,
> não enjeito, frio ou quente...
> Carne de caça do mato eu como,
> mesmo sendo carne de gente..."

Arekuaionsin anda por aí, comendo os *brancos* sempre que pode.

Ainda hoje, quando uma moça não quer casar, contam-lhe a história de *Piripidpit*. Antigamente, mandavam matar a moça que não quisesse casar.

Independência e tortura

NARRADORA EM PORTUGUÊS: Naoretá Marlene Tupari.

É perigoso para uma mulher recusar o casamento.

Havia uma outra menina que resistia ao casamento. O namorado abandonado vingou-se com uma crueldade nunca vista — sem ajuda de ninguém, sozinho.

Convidou-a para tirar mel no mato, os dois sozinhos. Ninguém resiste à ideia de cabaças de mel; mesmo sem intenção de ceder, a moça foi.

Andaram, andaram, nada de aparecerem abelhas, ela já estava estranhando. A certa altura do caminho, o moço mandou-a tirar corda de envira para fazer um *marico*, para depois levar as cabaças de mel.

Com boa vontade, a pobrezinha obedeceu, sem saber que estava sendo enganada. Tirou a envira, fez a corda e deu para ele.

Mais forte que a moça, o rapaz a amarrou numa árvore com a envira recém-fabricada. Pôs a pobrezinha em forma de cruz — as pernas dela abertas, os braços abertos, atada com toda a força. Sem piedade, cortou o beiço e a xoxota. Por mais que ela gritasse, não se impressionou — terminou de matá-la como se fosse um bicho.

O noivo malvado fez uma moqueca do beiço e da xoxota e levou para a maloca. Ao chegar, jogou no colo da mãe da menina:

— Aí está, quem mandou não aconselhar sua filha a ficar comigo? Guarde o que sobrou dela!

A menstruação dos homens

NARRADORA EM PORTUGUÊS: Etxowe Etelvina Tupari.

Antigamente os homens é que ficavam menstruados. Isolavam-se num tapirizinho perto da aldeia. Só tomavam banho nas horas de lusco-fusco, de madrugada ou ao entardecer. Deviam ficar fora do alcance dos outros, principalmente dos pajés, que jamais poderiam tocar um homem menstruado.

Um jovem guerreiro estava menstruado, em reclusão no seu tapirizinho. Guardava o sangue que escorria num potezinho de barro. De quando em quando se agachava, pingava o sangue numa tanguinha de palha, *tamará* em tupari, e derramava na panelinha.

Passavam ao largo as mocinhas para ir ao rio tomar banho, espiando curiosas. Uma delas caçoava, sarcástica:

— Bem feito para os homens, têm que ficar aí fechados, escorrendo sangue, menstruados, com inveja de nós que passeamos à vontade... Nós ficamos livres, ninguém no nosso pé, e eles humilhados, enxugando sangueira...

O rapaz ficou tão vermelho de raiva quanto o sangue que juntava no potinho.

— As coisas não podem ficar assim, nós sempre sofrendo com a menstruação, trancados aqui! Vou dar um jeito nisso... — resmungou.

Passou um companheiro seu do lado de fora e ele pediu que trouxesse um talo do capim *punhakam*.

No outro dia a mocinha passou de novo e zombou dele ainda com mais desprezo:

— É, seu infeliz, como vai você por aí, cheio de sangue escorrendo, sem poder ver a luz do sol? Bom é estar como eu, limpa e pingando gotas de água cristalina, andando por onde quiser...

O moço pegou o talo de capim, encheu-o de sangue como se fosse uma colher e jogou no corpo dela — acertou em cheio, bem no meio das pernas.

Nesse dia as mulheres todas ficaram menstruadas, as novinhas, as pequenas, as velhas, sem exceção. Desde então, as mulheres é que passaram a ficar menstruadas, em reclusão cada mês. No começo até as meninas e velhas tinham menstruação — depois só na idade madura.

Agora os homens é que zombavam delas.

A mulher-de-um-peito-só, *Kempãi*

NARRADORA EM PORTUGUÊS: Etxowe Etelvina Tupari.

Havia uma velha que só tinha um peito, o esquerdo — nascera assim mesmo.

Chamava as mocinhas que passavam, uma a uma, inventando que tinha um espinho no peito, pedindo ajuda para arrancar:

— Minha neta! Venha me fazer um favor, tire um espinho do meu peito?

— Onde é, vovó?

A menina se aproximava, levantava o peito da velha, procurando uma farpa. Enquanto ficava assim distraída, a velha pingava o leite nos olhos da menina, esta morria. O peito servia para matar meninas para a velha comer.

A velha levava a menina morta para o porto e carregava água para cozinhar sua carne. Picava, cozinhava, comia todinha. Quando acabava e tinha fome de novo, ia chamar outra menina.

As meninas eram bobas, acreditavam, vinham.

Lá estava outra ingênua espiando o peito, supondo achar um furo:

— Onde, vovozinha?

— Bem aqui, procure bem, minha netinha!

Mais uma espirradinha de leite e outra menina morta.

Um dia a velha levou a caça humana para o porto e desceu ao rio para buscar água. Deixou o cadáver da mocinha na margem; ia cortar quando acendesse o fogo.

O Cobra-Grande, *Kenkat*, passou nadando e viu o cadáver da menina, antes que a velha partisse para refogar.

126

— Tanta menina-moça bonita que a mulher-de-um-peito-só vive matando! Lindinha assim, essa garota, pernas fortes, peitinhos nem bem crescidos, um rosto tão suave! Era para ser minha mulher essa lindurinha e outra vez a velha horrenda resolve comer uma figurinha graciosa!

Kenkat, o Cobra-Grande, fez reviver a menina. Levou-a vivinha para ser sua mulher.

A Velha-de-um-peito-só voltou do porto e nada de achar sua caça.

— Onde está minha comida que matei hoje, minha carne de gente? Quem carregou? Quero cozinhar minha comida, será que levantei o peso da água à toa, vou passar fome?

A criação da velha, pássaros, pica-pau, cara-suja, *cao-cao*, estava observando, achando um pouco de graça.

— Ah, bandidos, foram vocês que contaram na aldeia que matei a menina, só para roubarem de mim! — A velha estava tão furiosa que matou seus próprios animais.

Enquanto isso o Cobra-Grande, *Kenkat*, estava no rio com a menina noiva.

— Você tem pai e mãe, tem família, se você estiver com saudade eu levo você de volta!

O Cobra-Grande tinha pena da menina, vendo-a chorar sem entender onde estava.

— Não chore, fui eu quem fiz você tornar de novo, por minha obra é que você está viva, e não vou te maltratar. Levo você à casa de seu pai — prometeu a Cobra generosa.

Cumpriu a promessa. Pediu à menina que contasse ao pai e à mãe que fora salva pelo Cobra-Grande, depois de morta pela Velha-mal-vada-de-um-peito-só. Deixou-a então quase na porta da maloca.

O pai e a mãe ainda estavam chorando, certos de que nunca mais a veriam.

— Eu estava mortinha mesmo, morri com um pingo de leite da Ve-lha-de-um-peito-só, que me pedira para tirar um espinho do seu seio, mas o Cobra-Grande passou e teve pena de mim; me fez tornar de novo e desistiu de casar comigo, me trouxe de volta para vocês!

E assim o Cobra-Grande avisou às mocinhas que deviam fugir da Velha-de-um-peito-só, que gostava de comer as mocinhas, não as mulheres maduras ou as velhas.

A mulher de barro

NARRADORA EM PORTUGUÊS: Etxowe Etelvina Tupari.

Nesse tempo, as mulheres ainda não tinham potes para cozinhar.

Uma moça casada lamentava-se por não ter onde cozinhar a chicha. A mãe ficou com pena dela, prometeu dar um jeito:

— Minha filha, não quero ver você triste por faltarem panelas. Vou virar barro para você poder fazer um pote. Você me emborca de cabeça para baixo. Minha xoxota vai ser o gargalo do pote. Você me lava bem por dentro e depois me põe no fogo para cozinhar a chicha. Quando a água secar, filhinha, eu aviso e você põe mais, para meu coração não queimar.

A moça obedeceu direitinho à mãe. Pôs a mãe de cabeça para baixo, e esta ficou sendo uma panela de barro. A moça lavou-a bem pelo gargalo, sabendo que era a xoxota da mãe. Buscou lenha, acendeu o fogo e pôs a mãe-pote para cozinhar com chicha. Cada vez que a sopa fervia, punha mais água, tinha medo de esquentar demais o corpo da mãe, de queimar seu coração. Quando a chicha estava bem cozidinha, já no ponto, tirava do fogo e botava no jirau para esfriar.

Esvaziava a panela, aguava bem aguada e a mãe virava gente de novo, igualzinha a quem fora.

— Ai, filhinha, sou uma mulher cansada de tanto ferver água no fogo!

Sentava e coava a chicha para a filha.

O marido da moça, genro da mãe de barro, adorava a nova chicha, achava gostosa demais. Pedia sempre, e quando saía para a roça, mãe e filha repetiam a receita de virar barro e cozinhar.

— Você quer fazer chicha outra vez, minha filha? — oferecia a mãe. — Vire-me de cabeça para baixo para eu ser de barro, lave para eu ser o pote da sua comida, cozinhe com bastante água!

Acontece que o marido da moça tinha um xodó, uma namorada. Esta espiou escondida mãe e filha e ficou sabendo como as duas faziam a chicha mais gostosa da aldeia. Despeitada, foi fazer intriga. Correu para a roça atrás do namorado, o genro da mãe de barro:

— Você gosta mais da chicha da tua mulher que da minha, mas ela cozinha a sua comida dentro da periquita da tua sogra!

O moço ficou em dúvida: como podia ser?

— Você não acredita, vá ver! Não tem nojo de comer o que sai da xoxota, da periquita da tua sogra?

O rapaz ficou desconfiado, matutando. Acabou por acreditar na versão da namorada, ficou furioso. Correu para a maloca e esbravejou com a mulher, acusando-a de lhe dar uma comida vergonhosa:

— Eu pensando que sua chicha era gostosa, feita num pote limpinho, bem lavado, e você cozinhando dentro da periquita da tua própria mãe! Como pude comer uma sujeira dessas!

Deu um chute na panela-sogra, posta a cozinhar no fogo, com chicha até a borda. O pote quebrou-se em uma porção de pedacinhos, pobre da sogra.

A moça juntava os cacos, aos prantos. Tentava colar, refazer a mãe. Esta gemia de dor:

— Minha filha, não posso mais morar por aqui. Teu marido me esmigalhou, lembrar a ofensa dói tanto quanto o meu corpo machucado. Quero ir embora, morar onde há barro, para continuar a fazer potes para você.

A mãe de barro, dizem, foi morar no igarapé. Virava barro mesmo, e do barro fazia bacias, potes, panelas, todos os utensílios para a comida.

A mulherada da aldeia a descobriu e foi tirar o barro tão bonito para fazerem elas próprias a sua cerâmica. Tiraram, tiraram barro, mas esqueceram da moça, da filha da mãe de barro.

A moça estava grávida, bem barriguda. Vivia chorando, com saudade e com pena da mãe.

— Vocês estão sovinando barro, não me dão nem um pouquinho — queixou-se —, mas o barro é minha mãe. Vou ter panelas bem mais bonitas que as de vocês.

As outras se foram, a moça ficou chorando solitária, horas a fio. A mãe veio, apareceu em forma de gente. Consolou-a, dizendo que o barro que as outras tinham levado era a cinza do seu fogão, que para a filha daria a mais linda louça do mundo. E que as outras iam ver, pedir, com inveja, mas que ela não devia dar a ninguém.

A mãe voltou à forma de barro, a moça entrou no lamaçal, tirando panelas belíssimas já prontinhas, de todas as formas e tamanhos. Pôs todas no *marico*, despediu-se da mãe, que novamente lhe recomendou que não desse para ninguém, e tomou o caminho de volta à maloca. Antes da aldeia, escondeu os presentes de barro no mato.

Na maloca, as mulheres lhe perguntavam onde fora, mas ela só chorava. Sabia que depois de lhe dar tanta cerâmica, a mãe iria para bem longe, não se veriam mais. Como barro, só restava a cinza do fogão, era essa que as mulheres iriam usar para fabricar as próprias panelas. Quanto a ela, aos poucos vinha trazendo do mato os potes magníficos, verdadeiras obras de arte, que as outras invejavam e cobiçavam.

A babá do nenê-espírito

NARRADORA EM PORTUGUÊS: Etxowe Etelvina Tupari.

O guerreiro *Paküa* era casado com *Tereü*. Amavam-se muito. *Tereü* ficou doente, morreu; um pajé levou seu espírito para o além. Pouco depois, o marido, de tristeza, morreu também. Tinham poucos parentes, que foram desaparecendo, idosos.

Os espíritos de *Paküa* e *Tereü* continuaram unidos, casados. Ficaram morando numa velha maloca abandonada; sua rotina era parecida com a dos vivos, mas comiam carne apodrecida de peixe, ou carne de gente morta. Esta é a comida dos espíritos.

Por esta época, havia uma mulher Tupari que queria muito ter filhos, mas não havia meio de engravidar. Todos os meses, ficava menstruada. Vivia na expectativa de que a menstruação falhasse, que finalmente fosse ter uma criança.

Certo dia ficou menstruada, e quando foi para a casinha de reclusão, o marido, com raiva de ter uma mulher doente, sangrando todos os meses, explodiu, expulsou-a de casa.

Chorando muito, ela foi andando, encontrou a maloca abandonada onde se abrigava o casal de espíritos. Entrou, sem imaginar que ali havia estranhos habitantes, horrorizou-se com a sujeira, utensílios domésticos quebrados e jogados, cheiros desagradáveis, caça apodrecida. Como ia ter de ficar ali, pôs-se a limpar, a fazer ordem, varreu o terreiro, o varadouro para o porto no rio, transformou a maloca num espaço que parecia habitado há muito por uma família grande e zelosa.

Finda a faina, sentou-se no pátio, exausta, fiando algodão. Foi escurecendo.

Às primeiras horas da noite, chegaram os espíritos *Tereü* e *Paküa*. Ficaram chocados e furiosos ao ver que alguém limpara a maloca; correram para verificar se a pessoa intrusa mexera com a filhinha-espírito deles, que tinham deixado guardada dentro de um pote velho. Sossegaram ao ver que ainda estava lá quietinho, mas continuaram muito bravos:

— Quem jogou tanto espinho no chão para nós furarmos o pé? — reclamavam, pois para os espíritos, limpeza é sujeira, casa varrida é chão com estrepes, tudo que é desordem e imundície é asseio. — Vamos matar quem desarrumou nossa casa, espalhou galhos para nos machucar, emporcalhou nosso chão, o pátio e o caminho do rio!

Viram a moça num cantinho, trêmula de pavor, consciente agora da enrascada em que se metera.

Para sorte da moça, no momento em que *Tereü* ia atacá-la, reconheceu que se tratava de uma antiga amiga, com quem vivia passeando e brincando no tempo em que era viva.

— Foi você que entrou na maloca, deixou tudo de pernas para o ar, minha amiga? — perguntou *Tereü*, já mais suave.

— Fui eu sim, sou uma infeliz, porque meu marido queria ter um filho e eu sempre fico menstruada, não engravido, ele me mandou embora. Não sabia que vocês eram donos da maloca… Nem sabia que havia uma criança dormindo enquanto eu limpava…

— Se é assim, pode ficar morando conosco. Você vai ficar cuidando da nossa filhinha, todos os dias, quando formos para o mato buscar peixe morto. Quando eu voltar de noite dou de mamar para ela.

Todos os dias, *Tereü* mandava a amiga viva cuidar da filhinha-espírito — era uma mulherzinha — enquanto ela e o marido *Paküa* saíam atrás de gente morta para trazer carne putrefata como alimento.

A moça viva ficava sozinha com a menina espírito, que tinha cabelo no corpo todo, pois era alma. Assim mesmo, afeiçoou-se à criança.

Tinha medo era quando o casal de espíritos chegava em casa, trazendo carne de gente morta e lhe oferecendo pedaços. Ela pegava, mas apesar da fome, tinha nojo de comer, enterrava.

Via o casal pôr os brincos dos cadáveres para cozinhar — alguns eram os brincos de madrepérola dos Tupari, duros para nós, para eles iguaria. Ficavam azulados, eram devorados pelos dois espíritos.

Durante a noite, a moça viva ouvia o choro dos Tupari pelos parentes que haviam morrido. Choramingava de tristeza e medo, e os espíritos a consolavam:

— Fique sossegada, você está ouvindo o coaxar de sapos, vamos atrás deles para trazer comida para nós!

Para os espíritos, o choro dos vivos nos enterros era um coaxar de sapos. Saíam felizes atrás dos cadáveres.

A moça viva não tinha um minuto de paz, sempre aterrorizada, ouvindo os lamentos de luto, vendo a carne em decomposição dos próprios parentes. Resolveu voltar para o marido e tentar ver se sarava, se conseguia engravidar.

Enfeitou a menininha espírito, que para ela era como uma filha, pintou-a, pôs brinquinhos e colares de gente e fugiu com ela para a maloca. Esperava que o marido a quisesse de volta, agora que de algum modo era mãe.

Quando o espírito de *Tereü* voltou e não encontrou a filhinha, foi um desespero. *Tereü* foi atrás da babá viva e na porta da maloca exortou-a a devolver a criança. Como a deixava sofrendo longe da filhinha, a traía depois de ser tão bem recebida, como tinha coragem de roubar um filho das almas?

O marido vivo aconselhou a mulher a devolver a criança, que estava toda arrumadinha, com pintura de jenipapo, colarezinhos, já parecia uma criança viva sem pelo. *Tereü* prometia matar toda a aldeia se não recebesse a filha de volta. A mãe adotiva não teve outro jeito senão entregar a nenezinha.

A alma de *Tereü* jogou a criança no chão para espocar, para morrer, ficar espiritozinho peludo como antes. Queixava-se do mau cheiro do nenê na maloca dos vivos — agora era espírito outra vez, sem jenipapo, com a tinta dos mortos.

Desde esse dia, o marido de *Tereü* proibiu-a de ter qualquer hóspede vivo — prometeu matar qualquer um que chegasse.

A namorada do espírito *Epaitsit*

NARRADORA EM PORTUGUÊS: Etxowe Etelvina Tupari.

Há almas que vagam à noite pelo mato e pelas aldeias — são os *Epaitsit*. Não ficam com as outras almas, os *Pabit*, no país dos mortos, o *Patopkiã*. Temos muito medo dos *Epaitsit*, quando estamos em algum lugar deserto, fazemos fogo para não virem, pois têm medo da fumaça e do fogo. Também detestam lugar limpo, que para elas é sujeira. Adoram os lugares imundos, para elas perfeitos.

Era uma vez uma mulher que estava menstruada e procurou uma maloca velha para ficar isolada, como é costume dos Tupari. Não sabia que o lugar era habitado por um *Epaitsit*.

A moça foi atar a rede, quando o *Epaitsit* apareceu — era um homem. Perguntou o que ela estava fazendo em sua casa, e a moça explicou que apenas viera ficar alguns dias em reclusão enquanto estava menstruada. O *epaitsit*, contente, propôs que se casassem, e ela aceitou. Quando acabou a menstruação, não voltou para a maloca.

O espírito ia caçar, mas só trazia carne de gente morta para ela comer — ou peixes apodrecidos ou sapos. Assim mesmo ela gostou dele e ficou por lá.

Um dia, o marido a convidou para conhecer sua família, na terra das almas:

— Está na hora de você conhecer meu pai e minha mãe!

— Tenho medo, vão me comer!

— Não há perigo, você é minha mulher, fique sossegada.

Tanto insistiu, que ela foi — estava curiosa de ver como era o país das almas. Foram andando e a toda hora ela perguntava se já estavam chegando, se estava perto, ansiosa para conhecer o outro lado da vida.

A mãe do *Epaitsit* os recebeu espantada, exclamando para o filho:

— Esta é tua mulher? Nunca vimos ninguém vivo por aqui!

A moça tremia de medo, pois havia muitas almas que os cercavam. Dizia ao marido que desta vez não escaparia, iria ser comida.

— Há tantos *Tarupás*, querem me comer! — gemia a moça.

— Que nada, esta terra não é de *Tarupá*, terra vermelha é que é de *Tarupá*. E você é minha mulher, eu te protejo — respondia o *Epaitsit*.

Mas as almas ficavam excitadas com o cheiro de gente viva, queriam comer a moça. O marido tentava afastá-las, proteger a mulher, mas não adiantou. Acabaram devorando a pobrezinha, até o marido ajudou a comer a mulher, que era tão bonita.

Os vivos continuaram a esperar por ela, mas nunca mais a viram. Também ela virou *epaitsit*. Passou a andar no escuro com eles, buscando carne de cadáveres humanos para comer. Como os outros, ficava atenta ao choro de gente, que para os *Epaitsit* é o coaxar dos sapos, indo caçar os corpos dos que acabam de morrer.

A velha que comia rapazinhos

NARRADORA EM PORTUGUÊS: Etxowe Etelvina Tupari.

Havia uma velha que adorava comer mocinhos bonitos. Dizia a eles que estava procurando um genro e tinha uma filha linda, doida para namorar. Quase sempre eles se assanhavam e aceitavam a proposta da velha.

Ela mandava o mocinho entrar no seu *marico*, depois matava e comia.

Os mocinhos viram que estavam desaparecendo, começaram a conversar entre si para ver o que fazer. Um deles, corajoso, disse que não seria bobo como os outros: ia afiar a flecha para se vingar da velha.

Um dia encontrou-a no caminho e ela, como de costume, ofereceu sua filha sedutora em casamento. Fingindo acreditar, o moço entrou no *marico* — mas com flecha e tudo.

A velha foi andando pela vereda, carregando o pesado *marico*, pois pretendia matar e comer sua presa em casa. O rapaz, devagarinho, foi cortando a palha do *marico* com a flecha.

A velha ouviu o ruído da palha sendo cortada e falava com o *marico*, "tantantitantanti…", mandando o *marico* se calar, pensando que era ruído dos sacolejos.

— Meu neto, não vá cair por aí… — recomendava, quando a palha fazia barulho.

O *marico* já estava quase cortadinho. Assim continuaram, chegando a um rio grande, para passar uma ponte. No meio do rio, o moço cortou o fundo do *marico* da velha e caiu na água. Foi sair da água bem abaixo, escondido.

A velha pôs-se a procurá-lo nas águas, apanhando os peixes que encontrava.

— Venha, meu neto, mamar no meu peito! — oferecia, pensando que o peixe fosse gente. Por fim pegou uma traíra.

O rapaz, escondido numa sapopemba, espiava. Viu a velha pedir de novo para a traíra mamar nela, pensando que fosse o mocinho fugido.

A traíra obedeceu, mordeu. A velha caiu, morta de dor, o moço acabou de matá-la. Depois foi correndo para os outros, contar como fora esperto e corajoso.

A namorada do Cobra-Cega

NARRADORA EM PORTUGUÊS: Etxowe Etelvina Tupari.

Uma mocinha nova estava menstruada e ficou em reclusão numa maloquinha. Foi sozinha tomar banho no rio. Passava barro nos cabelos para limpá-los.

Sentada no lodo, sentiu que a cutucavam no meio das pernas. Era o Cobra-Cega, escondido nas pedrinhas do rio. A menina sentava, o Cobra-Cega vinha e cutucava; ela achou muito gostoso, começou a ir todo o dia lá para receber as cosquinhas...

Assim a jovenzinha andou namorando o Cobra-Cega e pegou filho dele. A barriga foi aumentando. Não entendia o que lhe acontecera — bem explicava para a mãe que não havia mexido com homem algum...

Os pajés rezaram para ela, curaram sua comida, pelaram o seu cabelo. A barriga continuava crescendo, a moça tristonha — será que iria parir?

Os fetozinhos de cobra-cega foram crescendo, fazendo rebuliço, queriam furar a barriga da mãe, iam subindo para o coração. Acabaram acertando o coração da menina, ela morreu.

Do seu corpo morto saíram uma porção de cobrinhas-cegas, pelo nariz, pelo ouvido, pelo cu, pela boceta, por todos os cantos. Seus parentes enterraram a mãe e os filhinhos vermes, que poderiam ser perigosos.

Há uma minhoca que sai no céu, Alerokat, que é muito perigosa. Entra por debaixo da unha, vem subindo, subindo, até acertar o coração. Deve vir das cobras-cegas filhas dessa mocinha.

138

O pinguelo de barro

NARRADOR EM PORTUGUÊS: Moam Luís Tupari.

Havia uma moça solteira que fez para si uma piroca de barro, igualzinha a de um homem, mas oca por dentro. Ela namorava o seu instrumento, falava com ele como se fosse gente de verdade. Sempre que tinha vontade, enfiava o pinguelo de barro, não precisava de rapaz algum.

Acontece que um dia, sem que percebesse, um *emboá*, um bichinho de muitas pernas, semelhante a uma lacraia ou a uma centopeia, enfiou-se no oco do amante de barro. Entrou junto, pequenininho, sem-vergonhinha, ficou lá bem fundo dentro da moça, chupando suas entranhas. Nem saiu mais, ficou no quentinho.

Inexplicavelmente, a barriga da menina foi crescendo, crescendo — ela não sabia por que, já que graças ao artefato de barro não tivera homem algum. Eram muitos emboás que estavam crescendo no seu interior, agora queriam sair.

Quando a moça via alguma orelha-de-pau, sentava, e saíam magotes de emboás para roer a orelha-de-pau. Destes se livrava, não voltavam mais.

— Será que botei tudo? — indagava a moça, e continuava a vagar pelo mato à procura de orelha-de-pau — não para comer, mas para dar como alimento e isca aos seus emboás, para se livrar daqueles nojentos.

Sempre tinha mais, tinha mais... Muitos e muitos dias caçava ore-lha-de-pau. Até que se acabaram todos. A menina jurou para si mesma:

— Que alívio, livrei-me deles! Nunca mais vou usar minha piroca de barro.

A rival da urubu-rei ou a doida assanhada

NARRADORA EM PORTUGUÊS: Etxowe Etelvina Tupari.

Um homem estava fazendo tocaia. Seu cachorro morreu e ele o deixou apodrecer, como isca para os urubus, que viriam devorá-lo. Quando se aproximassem, poderia tirar as penas deles e pôr nas suas flechas. Na carne putrefata do cachorro criavam-se os tapurus, a bicheira de carniça.

Desceram muitos urubus atrás da carniça. Eram como gente, falavam e conversavam entre si. Uns perguntavam aos outros quando viria uma companheira deles, a mulher bonita, gorda, que ia poder fazer comida para eles com aquela bicheira.

— Ah, está atrasada! — explicou um deles. — Ainda não acabou de assar o nosso beiju, mas já já vem aí!

O caçador na tocaia ficou louquinho para ver a mulher bonita dos urubus-reis, pensando que se fosse bem branquinha e atraente, iria querer casar com ela.

Continuavam chegando urubus-reis para bicar os tapurus, e nada da mulher branca. O caçador decidiu não matar os urubus, para ver se ela ainda ia descer.

A moça-Urubu-rei demorou, demorou, cuidando do seu beiju. Por fim apareceu, era mesmo encantadora, como os urubus conversadores tinham falado, branco-amarelada, a pele bem brilhante. Ficou comendo tapurus com seu beiju, e tanto comeu, que os outros já tinham ido embora para o céu, ficou sozinha.

— Estou solteiro há tanto tempo, não acho moça alguma para casar comigo, que tal se você vier para a maloca e for minha mulher, cozinhar chicha para mim? — o caçador criou coragem de perguntar.

— Sou uma urubu-real, será que os teus parentes não vão querer me matar? — hesitou a moça.

O caçador tanto insistiu e prometeu, tantos cumprimentos lhe fez, com tal ternura, que ela resolveu acompanhá-lo. Gostou da maloca e do marido. Todos se admiravam de ver uma mulher tão formosa: como o caçador fora achar esse primor?

Ele atou a sua rede e a dela encostadinhas uma na outra. Matava muita caça para ela, mas ela não comia — dizia que a carne fresca cheirava mal. Era preciso deixar apodrecer uns pedaços, então gostava. Só queria carniça, cheia de tapurus, de vermes. O marido lhe reservava sempre parte do que caçara, guardava para apodrecer.

A mulher-Urubu era trabalhadeira, fazia chicha, mas ninguém gostava da sua comida — achavam com gosto de estragada. Tudo que era bom para ela, para os outros cheirava mal, e vice-versa.

O marido, que antes não conseguia nenhuma mulher para casar, agora tinha uma namoradinha, que na frente mesmo da mulher-Urubu ficava se aproximando dele. Esta ficou fora de si:

— Ah, moça sem-vergonha, namorando meu marido na minha cara, hei de fazer um feitiço para você...

A namorada tentava intrigar o marido e a mulher, dizendo que a chicha da estrangeira não prestava, tinha cheiro de podridão. O marido respondia que gostava assim mesmo, que ele é que inventara de trazer a mulher-Urubu-rei.

Cansada de ver a outra atrás de seu marido, a mulher-Urubu-rei tirou raízes e folhas do mato para fazer feitiço. Chamou a rival, ofereceu o que arrancara, dizendo que aquilo fazia a pessoa ficar branquinha e bonita. A outra acreditou, passou as plantas no corpo.

Mal acabou de passar os remédios, a moça ficou doidinha. Queria namorar qualquer homem que passasse. Ficava excitada até com o pai, com o próprio irmão, perdera todo o pudor. Era por causa do feitiço, virara sem-vergonha, chamava os homens e se oferecia.

A mulher-Urubu, vendo sua vingança surtir efeito, voou de volta para o céu. De lá, procurou o marido, tentando defecar na cabeça dele. Perseguiu-o vários dias, até conseguir — e ele morreu.

A mãe da namorada doidinha morria de vergonha da filha e não sabia o que fazer para escondê-la. Levou-a para uma casa velha, para evitar que chamasse o próprio pai a toda hora para se deitar com ela. A mãe limpou toda a maloca velha, arrumou, e lá ficou morando com as filhas, esperando ter sossego e curar a menina.

Um dia a mãe mandou a menina buscar água no rio e ela foi, cantando, chamando os homens, excitada, querendo sempre namorar.

Tianoá, o Bacurau, estava no alto de uma árvore, chupando fruta. A sua figura se refletia na água do rio. A menina, olhando a imagem, se entusiasmou:

— Oh homem bonito! Vem logo para a minha rede, você vai ver como vai gostar, nunca teve uma mulher como eu!

Olhou para cima e viu *Tianoá*, o Bacurau, chupando cajá no galho. Insistiu outra vez para namorar.

Tianoá é feíssimo, é horrendo, mas ela queria assim mesmo, já foi abrindo as pernas, implorou que a tomasse. *Tianoá* desceu para namorar, gostou, enquanto a irmã da moça fugia espavorida.

Na maloca velha, a irmã contou para a mãe o que acontecera, concluíram que deviam se esconder à noite, no jirau onde se guarda o milho, para não serem devoradas, pois *Tianoá* é perigoso.

Quando a assanhada chegou, continuou gritando para *Tianoá* vir namorar. A mãe, com medo, subiu com a irmã para o jirau. A assanhada ficou deitada sozinha, chamando, dizendo como o queria, que não aguentava mais.

Por fim veio vindo *Tianoá*, entrando na casa velha. Tinha posto uma lamparina na cabeça, aproximou-se da rede da moça.

— Anda logo, homem, estou deitada esperando você, venha ver que delícia, vem namorar...

Ele deitou na rede da moça, namorou de novo. A mãe olhava, morta de medo. Sabia que *Tianoá* é perigoso. Ia comendo a menina enquanto namorava, em cima dela.

— Não me come, não! Namore direitinho, entre dentro de mim, isso é o que eu quero! — ela gemia.

Tianoá começou a comer uma perna dela... A mãe escutava, caladinha, com medo de acusar a sua presença e a da outra filha.

O namoro banquete continuava, *Tianoá* ia comendo pedaços da doidinha, que nem assim se cansava de namorar.

Lá pelo meio da noite, a irmã mijou lá do jirau, escorreu em cima da rede. *Tianoá* sentiu, percebeu alguém por lá, levantou. Deixara a namorada pela cintura, já tinha comido pernas e braços, quase tudinho.

A moça devorada falava, já aos pedaços:

— Tukutudu! Tukutudu! — fazia o barulho de pássaro batendo as asas, da galega quando voa. — Estou com vontade de dar mais uma, de namorar, quero esse homem para me pegar!

A mãe falou:

— Vou jogar você!

A mãe jogou, a moça foi virando pássaro, galega. Enquanto voava, ia avisando a mãe e a irmã:

— Quando eu adivinhar o caminho, vou avisar vocês, vrrr, vrrr... com as minhas asas... podem andar no mato, vrrr,vrrr, passear, tirar lenha... não vão se perder, vou avisar vrrr, vrrr...

Estava virando galega, os pedaços dela se tornaram o pássaro. Foi embora cantando, batendo as asas, sempre querendo namorar. Por isso seu barulho é assim. A mãe voltou para a maloca com a outra, triste, triste.

O *Caburé* e o Uirapuru ou a noiva enganada

NARRADOR EM PORTUGUÊS: Moam Luís Tupari.

O *Caburé*, uma corujinha, era um homem muito feio. Queria namorar a filha do Gato, da onça; mas a moça queria o Uirapuru, *Amsiküb*. Estavam os três numa festa, numa chichada.

O *Caburé* ouviu os dois conversando, gritou:

— Escutei, escutei! — Assim como estou cantando agora, eu, Moam. Os dois não perceberam.

O Uirapuru sussurrava para a filha do Gato:

— Não gosto da minha mulher, você bem podia ficar no lugar dela. Vou para minha casa antes de você e te espero, vou deixar o caminho indicado.

O *Caburé* estava escutando. O Uirapuru foi embora para casa, arrancando algumas penas e deixando como sinais na vereda, para que a filha do Gato soubesse por onde ir. O *Caburé*, sem-vergonha, foi disfarçadinho atrás, mudou as penas de lugar, indicando o caminho da própria casa.

A filha do Gato foi seguindo as plumas do Uirapuru, como combinado, mas acabou chegando é na casa do *Caburé*. Este estava dormindo, mas sua mãe, que fiava algodão, sabedora de que a futura nora estava vindo, ofereceu chicha.

— Já vem minha nora, bem que meu filho me avisou! Entre, seja bem-vinda! Acorde, filho, você convidou sua mulher, já está aqui, veio atrás de você.

A filha do Gato pensava que fosse o Uirapuru, desapontou ao ver *Caburé*, ficou furiosa. Não tinha mais jeito, esfriou a cabeça, foi perdendo o medo.

— Ah, que sem-vergonha! — esbravejava silenciosa, com ódio do *Caburé*.

No outro dia, o *Caburé* foi caçar, prometendo trazer carne para todos. Voltou alegre, cansado:

— Matei macaco! Está no meio do varadouro! Minha mãe, mande buscar nossa caça, um macaco com filhotinho e tudo, pode ouvir o macaquinho chorando em cima do corpo da mãe!

A sogra mandou a filha do Gato ir buscar. A moça foi, era rato! Voltou para perguntar ao *Caburé*:

— Será que você disse que caçou rato?

— É macaco mesmo, olhe direitinho!

A moça foi mais uma vez ao varadouro, só viu rato.

— Vá buscar você mesmo, só há ratos!

Caburé mandou a mãe buscar. Foi, trouxe caça, ratão.

— Nós não comemos macaco, só comemos peixe! — disse a filha do Gato, ao ver a caça nojenta.

— Amanhã vamos pescar! — prometeu o *Caburé*. — Por enquanto, vamos comendo este macaco que matei para vocês.

— Que macaco nada, é rato! — reclamou a filha do Gato.

Assim mesmo, a mãe do *Caburé* sapecou a caça, moquecou para comerem.

— Sirva-se de macaco, minha nora!

— Na minha aldeia não comemos macaco, só peixe!

No outro dia, em vez de pescar, *Caburé* foi caçar minhoca. Não achou, voltou de mãos vazias.

— Não achei peixe, mulher, mas vi um canudo de mel, vi abelha, vou furar logo para você! — *Caburé* acenou para o melhor prato, a doçura do mel.

Caburé pôs o machado nas costas e foi para o mato, cumprir a promessa de trazer mel. Andou, andou, andou… não havia mel nenhum, derrubava árvores à toa. Sozinho na floresta, furou os próprios olhos com espinho de paxiúba, encheu a cabaça com o líquido que escorria dos olhos, levou para a mulher, afirmando que era mel. Mentira, eram as lágrimas do *Caburé*.

Pensando que fosse mel, a filha do Gato tomou a garapa. Ela pediu os favos para chupar, perguntou:

— Cadê o filho, o favo de mel?

— Não trouxe, deixei por lá, pus só o mel mesmo na cabaça! Mas vi outra abelha, vamos buscar! — mentiu.

Andaram, andaram, andaram procurando. *Caburé* apontou uma árvore, sugeriu:

— Vou trepar nesta árvore atrás de mel, você me espera no chão.

Dava machadadas, para fingir que estava cortando, furando o mel, mas escondido furou os olhos de novo. Encheu uma cabacinha, entregou para a mulher. Esta tomou, pediu também os favos.

— Esqueci no alto da árvore!

— Tire, na minha aldeia gostamos de comer! E a cera do mel?

— Não vi, não! Vá buscar outra cabaça para eu encher.

Desta vez a filha do Gato desconfiou:

— Que estará fazendo este homem?

Parece que a irmã da moça apareceu, desmascarou o mel, mostrou que era falso. Foram embora, fugiram de *Caburé*. Deixaram o próprio cuspe para responder para ele, que as chamava do alto da árvore. O cuspe virou fungo, respondia:

— As duas se foram para bem longe.

Caburé desceu da árvore, não achou mais a mulher, correu para a casa da mãe, chorando:

— Minha mulher fugiu!

— Você bateu na minha nora?

— Não bati, não, não sei por que fugiu! Minha mãe, vou andar pelo mundo, me vingar de quem roubou minha mulher. Vou ficar tempos fora.

— Cuidado, meu filho!

— Vou ter cuidado, tenho coragem de andar!

Caburé foi andando, andando, perguntando em todas as malocas se tinham visto sua mulher:

— Você viu minha mulher? Conte direitinho, senão te mato!

Batia com a espada, quebrando a cabeça do outro.

O marido morto

NARRADORA EM PORTUGUÊS: Etxowe Etelvina Tupari.

Um homem morreu, sua carne apodreceu, ficou só osso. Enterraram este homem podre, mas tornava de debaixo da terra.

Quando os habitantes da maloca iam trabalhar na roça, o morto saía da sepultura, levantava para pegar comida, beber chicha. Punha a mão nos potes e guardados, comia tacacá, milho cozido com mindubim. Bebia chicha, enchia uma tigelinha, levava para beber na cova, escolhia outras comidas para saborear debaixo da terra. Quando acabava sua provisão, voltava para se abastecer — mas só quando não havia ninguém por perto. Era só osso, branco, branco, mas mesmo assim ia atrás de comida.

Nossa maloca era grande, redonda, o finado circulava farejando tacacá, galinha cozida, milho assado, tudo o que gostasse. Seu corpo era podre, a comida caía, só os ossos andavam. Quando faltava pouco para os parentes voltarem, carregava a comida para a sepultura. Assim todos os dias.

— Quem estará mexendo na nossa comida? Eu não levei moqueca, nem chicha, nem milho cozido, deixei restos para comer de noite! — reclamavam. — Vamos pastorar, pedir a um menino para descobrir quem roubou!

Estavam bravos, principalmente a mulher do cacique, desconfiados de algum ladrão. No outro dia, ao saírem para a roça, deixaram uma menina quietinha, sem bulir.

O morto saiu da sepultura, ouviu-se um estrondo enquanto a terra da cova se abria para que levantasse. A menina tremia de pavor.

— É o homem podre que anda tirando a nossa comida!

Correu para a mãe:

— O homem morto, enterrado há pouco, não morreu, não! Se tivesse morrido, não conseguiria sair de dentro da terra para comer nossa comida! Saiu branco, branco, só osso, não entendo como pôde beber chicha e comer, mas é verdade!

Pediram à mulher do morto que o matasse de vez, talvez não estivesse morto de verdade.

Era tempo de *tanajura*. Quando morávamos no mato, na maloca, sempre íamos de madrugada esperar tanajura, que gostamos muito de comer. A mulher do morto foi com o irmão, levando o filho e a filha pequenos. O irmão fez um tapiri e deixou-os acampados, enquanto ia atrás de tanajura.

Logo se ouviu uma buzina soprando ao longe:

— Tum... tum... tum. — Parecia gente viva mesmo.

— O tio de vocês já vem voltando com tanajura! — exclamou a viúva, pensando que fosse o irmão.

Ficaram calados esperando, apreensivos, estranhando o toque da buzina.

Era ele, o morto, vinha com uma lamparina de breu no alto da cabeça, para alumiar o caminho, era só osso, soprando a buzina.

— Vosso tio já vem pertinho! — repetiu a viúva.

Quando estava quase chegando, o defunto apagou a lamparina; fazia de propósito, para não fugirem. Veio devagar, calado, a mulher pensando ainda que fosse seu irmão chamando.

Era o finado. Deitou com a mulher na rede. Não sei como ela aguentou, foi a noite todinha em cima da infeliz, melando o seu lindo corpo com o líquido podre dos mortos.

— Era minha mulher, era meu bem, era minha comida, esta aqui é quem eu comia toda noite, agora quero comer de novo! — dizia alto.

Falava uma língua diferente da nossa, a dos mortos. Melava o corpo da mulher, o cheiro era horrível.

— Vai matar sapo para os nossos filhos comerem! — pediu a mulher.

Nesse tempo comíamos sapo. A mulher imitava o coaxar de sapos, para o morto ir buscar. Queria se livrar da carniça que a abraçava, do namoro com carne podre. O morto trazia sapo.

— Traz mais, quero comer muita quantidade, as crianças também, isto é pouco! — insistia a mulher.

Enquanto o defunto buscava os sapos, a mãe chamou os filhos para se esconderem debaixo da cachoeira.

— Que será do meu irmão quando vier nos encontrar, o bicho vai matar vosso tio! — apavorou-se ela. — Como vou poder avisá-lo?

O homem podre sentou em cima de uma árvore para esperar o cunhado vivo. Este veio vindo, com uma espada na mão — deu uma bordoada definitiva no morto.

— Ah, esse bicho comeu minha irmã! — pensou o irmão, pondo-se a chorar, sem saber que ela estava escondida atrás da água da cachoeira com as crianças.

A mulher esfregava areia no corpo para despregar a carniça, não havia meio de desgrudar, de eliminar o cheiro fétido.

O irmão voltou para a maloca, soluçando com a mulher:

— O bicho comeu minha irmã!

Estava tristíssimo. Daí a pouco chegou a irmã. Juntos, tiraram a terra da cova, para enterrar bem os ossos do morto. Desde então não conseguiu mais sair da sepultura.

O homem do pau comprido

NARRADORA: Kabátoa Tupari.
TRADUTOR: Isaías Tarimã Tupari.

Chamava-se *Tampot* o homem que tinha um pau, um pinguelo, compridíssimo, podia chegar a uns duzentos metros. De longe mesmo ele enfiava nas mulheres distraídas, que pensando estarem sozinhas, abriam as pernas na beira do rio, tomando banho, ou se agachavam na roça para colher mandioca.

Tampot nem saía da maloca; observava as mulheres gostosas, ficava vendo aonde iam. Ai, ai, se fossem para a beira do rio, era um dos melhores lugares, os maridos bem longe, sem desconfiar de nada...

Onde quer que uma moça bonita estivesse, lá ia o pau comprido de *Tampot* atrás, tentando se introduzir nela. Uma mulher bonita não tinha sossego; se não quisesse brincar com o pinguelo de *Tampot*, se mudasse de lugar, fosse mais longe, não adiantava. O pinguelo a alcançava sem piedade. Casada ou solteira, pouco importava. O marido nem iria saber, estava sempre longe...

A mulher fugia para a beira do rio, pensando que se livrara, lá estava o pauzão, e *Tampot* nem se levantara de seu banco na maloca. O jeito era ceder, acalmá-lo por um tempo, até ele cansar ou se engraçar por outra. Pois se a moça fugisse pelo meio das árvores, na floresta espessa, o pau ia cavando debaixo da terra, a alcançava no lugarzinho em que parasse... Era muito safado esse homem, com essa piroca danada.

Ah, se *Tampot* vivesse aqui, vocês mulheres que estão me ouvindo, tão formosas, com as formas do corpo como *Tampot* cobiçava, redondas e gordinhas do jeitinho que ele adorava, vocês não iam ter paz nenhuma, iam ter que namorar muito... Ele ia espichar o olho comprido para vocês, lamber os beiços já assanhado, até vocês se arreganharem.

Narradores e tradutores Tupari

Etxowe Etelvina Tupari
Moradora na última aldeia da Terra Indígena Rio Branco, em plena Reserva Biológica do Guaporé, rio Branco abaixo, já quase na confluência com o rio Guaporé. Segundo os censos feitos por Caspar, uniu-se a Moam em 1948, talvez tenha nascido em 1936, antes da vida nos seringais, portanto. Parecia, no entanto, uma adolescente, sempre alegre e saltitante, jovial, sacudindo a cabeça e os cabelos ao vento. Seu repertório era impressionante — abriu um caudal de histórias sobre mulheres, tomando a palavra, com um português expressivo, sempre que o marido Moam começava a contar com fala entrecortada e hesitante em nossa língua.

Isaías Tarimã Tupari
Professor indígena de grande talento e universitário, cursando, em 2013, a Universidade Federal de Rondônia (UNIR). Jamais tivera educação formal antes dos cursos bilíngues do IAMÁ, iniciados em 1992; nunca mais deixou de estudar, com empenho constante e produtivo. Um dos principais criadores da escrita tupari, pesquisador das narrativas, muitas das quais experimentou gravar e escrever em sua língua e em português. Nasceu na colocação do Laranjal, na atual Reserva Biológica do Guaporé, em 1967, filho do falecido Maindjuari Biguá Tupari, que, juntamente com Konkuat Antonio Tupari, foi um dos principais narradores de *Tuparis e Tarupás*.

Kabátoa Tupari
Filha do pajé Waitó, grande mestre do antropólogo Franz Caspar em 1948, nasceu em 1938, dois anos mais nova que seu irmão Konkuat, representando a geração antiga de mulheres. Falante, alegre, apesar das tragédias

passadas, brincalhona, conhecedora das histórias aprendidas com o pai. Ao contrário de Konkuat, dotado de um português fluente e elaborado, narrou apenas em língua indígena. Tarimã e outros a traduziram. Era casada com José Tiraí Tupari, próximo em idade, que se considerava em 1995 um aprendiz de pajé, fazendo repetidas sessões de tomar rapé. Sabemos o ano de seu nascimento pelas listas de população de Caspar.

Naoretá Marlene Tupari
Filha de Extowé e Moam, com a jovialidade da mãe, apesar de sua vida difícil. Teve uma porção de filhos e netos, viúva de um não índio, provendo ela mesma o sustento dos filhos. Falava muito bem o português.

Moam Luís Tupari
Marido de Etxowe, bem mais velho que ela, nasceu em 1926, segundo os dados de Caspar. Começou o aprendizado de pajelança na maloca; continuou sempre tomando rapé e fazendo curas, embora afirmasse que em 1955, quando morreu seu tio Waitó — seu guia e sábio pajé —, ainda lhe faltavam passos importantes para ser um xamã completo e, que, portanto, não se sentia um doutor pleno como os pajés Iubé Tupari — nascido em 1918 e com o conhecimento consolidado como pajé, quando foi feito o contato — e Mamoa Arikapú, com quem, aliás, tinha grande semelhança física. Sabia muito a tradição; contou as histórias em um português nem sempre compreensível, muito poucas na língua.

WAJURU (AJURU)

A lua

NARRADOR: Galib Pororoca Gurib Wajuru.
TRADUTORES: Pacoré Marina Djeoromitxí para o djeoromitxí; Sérgio Wajuru do djeoromitxí para o português.

Uma família vivia num lugar isolado, só os pais, duas irmãs e um irmão.

Todas as noites, as irmãs recebiam no escuro a visita de um namorado, mas não sabiam quem era. Cismaram:

— Quem será nosso amante? Aqui não há homem algum, só nosso irmão! Estará nos enganando?

Foram procurar uma tinta do mato para passar no rosto do desconhecido, enquanto dormia. Acharam um fruto, fizeram um sumo e o pintaram. De manhã, não viram tinta alguma no rosto do irmão. É que de manhã cedinho ele lavava o rosto, saía toda a tinta.

Um dia as irmãs encontraram um pé de jenipapo, que naquele tempo era bem baixinho. Quando foram pegar o fruto, o pé de jenipapo cresceu — e foi virando uma árvore bem alta, como é hoje. Quando subiram para colher a fruta, apareceu o Dono do Jenipapo, que se chamava *Sírio*.

Pediram que lhes desse frutos para fazerem tinta. *Sírio* deu um para cada uma; quiseram mais, pediram dois e ganharam. Correram para preparar uma tintura; para experimentar, pintaram-se uma à outra. Tomaram banho no rio, a pele continuou pintada — o jenipapo demora muito para desaparecer.

Uma disse para a outra:

— À noite, quando ele estiver abraçado com você na rede, passe tinta no rosto do nosso namorado, e amanhã vamos saber ao certo se é nosso irmão ou não!

A outra, no escuro, pegou uma cuia cheia de tinta e passou no namorado. Os olhos dele arderam.

— Mamãe, me ajude! — gritou o irmão, andando pela maloca. — Meus olhos estão ardendo demais!

— Minhas filhas, vosso irmão está com os olhos ardendo! Corram buscar água para ele se lavar! — chamou a mãe.

— Eu bem dizia que era nosso próprio irmão nos namorando! Que desgraça! — lamentavam-se as duas.

O irmão saiu de casa, não falou com ninguém. Bem cedinho, pegou uma capemba com água — este é o espelho dos índios — e viu o próprio rosto. Estava inteirinho preto de jenipapo. Morreu de vergonha e ficou morando no mato, sem voltar para a maloca.

Pensou em subir para o céu. Tentou fazer uma escada com pedaços de madeira, mas os paus caíam. Enfiava outra vez no chão, não se sustentavam.

Chegou *Sírio*, o Dono do Jenipapo:

— Vá à noite pedir à sua mãe um pote de chicha de milho e uma galinha, que vou fazer uma escada para você subir.

O rapaz voltou com chicha quentinha, galinha cozida, ovos e deu para *Sírio*. Este pediu que o moço tirasse paus bem compridos das árvores para fazer a escada. Enquanto o moço subia, *Sírio*, enganando-o, tirava um fio do próprio umbigo e ia fazendo uma corda para subir ao céu, sem usar os galhos cortados pelo rapaz. Por fim *Sírio* o chamou:

— Está pronta sua escada! Suba!

O irmão obedeceu.

— Já chegou? — perguntava *Sírio* lá do chão.

— Falta ainda!

Sírio era um *Wainkô*, um espírito malvado, queria comer o irmão, ia derrubá-lo da escada quando estivesse bem pertinho do céu.

Sírio ia perguntando, perguntando, nunca que o rapaz chegava. O moço acabou chegando, mas demorou um pouco para responder:

— Já cheguei!

Sírio cortou a escada, mas era tarde.

— Você foi sabido! Eu ia te comer! — gritou irado.

Não demorou muito, a Onça, *Amekô*, pegou o irmão, mordeu, comeu inteirinho, sobrou só sangue do rapaz.

O Dono da Cera, *Pibiro*, um ser do céu, lambia o sangue do irmão e o fazia reviver. Escondia o moço debaixo da unha. Mas a Onça voltava e comia o rapaz outra vez. Assim foi por várias vezes — a Onça comia o moço todo o tempo, o Dono da Cera lambia o sangue e o fazia reviver, escondia.

Na sexta vez, o Dono da Cera escondeu a bosta do rapaz, com a qual o fizeram tornar, ressuscitar. Untaram-no inteirinho com fel, ficou muito amargo. Quando a Onça apareceu para devorá-lo mais uma vez, achou muito amargo e não conseguiu comer.

Assim a Onça comeu o irmão seis vezes e na última o deixou. O rapaz virou a Lua, *Pacuri*, aparecendo no céu.

O irmão e a irmã criados pelo Onça

NARRADORES: Galib Pororoca Gurib Wajuru; Aperadjakob Wajuru.
TRADUTORES: Pacoré Marina Djeoromitxí para o djeoromitxí; Sérgio Wajuru do djeoromitxí para o português.

Um espírito *Wainkô* roubou dois irmãos, um menino e uma menina, e prendeu a mão deles num buraco, num montinho de terra. A menina era mais velha, já quase para ficar menstruada pela primeira vez.

As crianças ficaram dias presas, e o *Wainkô* urinava em cima delas.

Um dia a onça encontrou os dois. Era um Onça macho. Tentou puxar a mão deles, sem conseguir. O Onça usava um chapéu na cabeça, enfiou pelo buraco adentro; deu cócegas nas crianças, que soltaram a mão. O Onça levou-as para criar.

Na sua maloca, deu banho nelas, ensaboou com seu sabão, que é cinza de fogo, lava bem como se fosse quiboa, deixa a rede bem branquinha.

O Onça passou a dormir com a menina, virou marido dela, embora ela ainda fosse criança, nem tivesse ficado menstruada. O Onça deixava o menino escondido em cima do jirau, para as outras onças não comerem, não podia sair de jeito nenhum.

A menina pegava a urina do irmão, num penico ou tigelinha que ele usava, e jogava fora, todos os dias, para ninguém saber que estava lá.

Um dia ela esqueceu — saiu com o marido-Onça e não voltou a tempo. O menino urinou demais, a tigela transbordou e caíram pingos em cima de outra onça, que era o Onça Velho, sogro da menina, pai do Onça que salvara as crianças. O velho sentiu pingar urina nas suas costas.

— Ah, aqui tem caça! — Ele cheirou o pingo.

O Onça Velha experimentou imitar a menina, e pediu o pinico para jogar fora a urina. Mas o menino cismou, sabia que era uma onça e não deu.

Umas horas depois, o Velho-Onça pegou o *marico*, encheu de esteiras e jogou na sala da maloca, fazendo zoada, como se fosse a irmã voltando do mato. Dessa vez o menino pensou que fosse a irmã e entregou o penico. O Velho-Onça pegou o braço do menino e o matou.

Ao chegar, a menina chamou em vão pelo irmão. Nenhuma resposta. Subiu no jirau e soube que o irmão já morrera, porque não viu ninguém. Chorou, chorou, desconsolada.

À meia-noite parou de chorar, ficou calada, fingindo estar dormindo. Ouviu seu marido-Onça perguntando para o pai se matara o menino; o velho confirmou.

— Coma um pedaço, meu filho! — ofereceu o velho. — Sua mulher já está dormindo!

Achando que a menina adormecera, o marido-Onça aceitou.

— Ah, papai, que gostoso! — exclamou. Levantou o *marico* com a cabeça do cunhadinho dentro, para sentir como era pesado.

A irmã, só escutando, chorou de novo. Cantava o choro, como estou cantando agora, dizendo o nome do sogro, *Amekotxewé*. O sogro é que lhe ensinou este canto, para que dissesse seu nome.

Com o passar do tempo, ela pediu ao marido filhotes de todos os tipos de bicho para criar como xerimbabo, para se consolar da morte do irmão. Quis filhotes de anta, veado, arara, tucano, papagaio, periquito, macaco preto, macaco, muitos outros. As onças faziam o gosto dela. Ficava aquele monte de animais perto dela, os pássaros voando por cima, os animais na terra. A menina era a mãe desses animais todinhos.

Brincavam com o avô, o sogro da menina, que comera o irmão dela. Brincavam para amansar o velho — a menina os educava para vingarem a morte do irmão.

Quando os bichinhos já estavam bem acostumados, a mãe mandou que matassem o avô.

Havia dois tipos de japó. Um furou a cabeça do velho, o outro meteu o bico lá dentro, matando-o.

O japozão tem um bico vermelho, dizem que é o sangue do velho. Os japós mataram o Velho Onça e se foram; os outros bichos que andam no chão, como veado e anta, pisaram em cima dele, acabaram de matar.

O marido-Onça apareceu e quis matar os bichos todos. A menina mentiu para ele que ia atrás dos bichos para trazer de volta, para ele vingar o pai. Foi para a floresta e fugiu com os animais.

O marido-Onça foi enterrar o pai.

A moça encantada

NARRADORES: Galib Pororoca Gurib Wajuru; Aperadjakob Wajuru.
TRADUTORES: Pacoré Marina Djeoromitxí para o djeoromitxí; Sérgio Wajuru do djeoromitxí para o português.

Esta história se passou nos vizinhos do povo do meu pai, dos Wajuru, que moravam num campo da natureza. Chamavam-se *Eriá, Iguá, Iguariá*, que quer dizer "Os que moram no campo". Os *Iguá* e os Wajuru costumavam beber chicha e passear juntos.

Havia na aldeia do povo do campo uma cobra que começou a comer toda a gente. Se uma pessoa fosse para o porto, no rio, a cobra comia. Os *Iguá* foram se acabando.

Um dia, o filho do cacique foi tomar banho, como que sendo chamado pela cobra. Os outros foram correndo atrás dele, impedindo que caísse. Graças aos cuidados dos amigos, o moço não morreu; sabiam que era nesse porto que toda a gente sumia.

Convocaram o povo de muitas aldeias, umas cinco malocas, homens, mulheres, crianças, velhos, para jogar a água da cobra fora. Todos pegavam potes de barro, enchiam e jogavam a água fora.

A cobra, porém, ia urinando, o poço onde vivia se enchia outra vez. Finalmente, de tanto que o povo trabalhou, acabou-se a água e ela terminou de urinar.

Era uma jiboia imensa; o pessoal ia flechando. Flechavam, ela saía defecando, aquele cheiro insuportável, tão ruim que ficavam todos tremendo só de cheirar. Acabaram matando a jiboia com o machado de pedra.

— Vamos nos vingar de todos os nossos que ela comeu, vamos comer a cobra! — gritavam excitados.

Cortaram a jiboia grossona em muitos pedaços. Era bem grossona, mas havia muita gente para comer. Dividiram bem.

Punham dentro do panelão de barro para cozinhar, a panela partia. Experimentavam moquecar nas brasas a carne envolvida em folhas, as folhas se rasgavam. A carne caía do moquém. Não havia quem pudesse com essa carne da cobra.

Ali, ninguém conseguiu comer a jiboia. Os que tinham vindo de longe levaram pedaços da cobra para comer na aldeia, mas jogaram numa baía chamada *Karuê*, um nome de rio. Dizem que agora, nesse lugar onde jogaram os pedaços de carne, há cobra que não acaba mais, que desde este dia começou a comer os parentes dos Wajuru.

Quando nós dois, Pororoca e Antonio, nos formamos como pajés, soubemos essa história. Foi assim.

Havia uma moça que estava na primeira menstruação; em reclusão; nem podia levantar a cabeça, enquanto o pessoal jogava os pedaços de cobra na água. Ficava quietinha, de cabeça baixinha.

As pessoas que mataram a cobra morreram todas. Só escapou na aldeia essa moça. Acho que a cobra é que fez mal aos outros, mas não a ela, porque não vira nada.

Ficou sozinha. Fugiu, ficou morando numa casa de pedra, virou encantada. Dizem que quando alguém ia pescar por perto, pedia peixe. Ganhava o peixe e sumia.

Os nossos parentes, os Wajuru, resolveram pegar a moça. Quando gritou, pedindo peixe, agarraram.

Ficou morando com eles, mas tudo que ia comer o pajé tinha que curar, rezava a comida para ela poder comer.

Um dia o marido Wajuru com quem tinha casado na aldeia enjoou:

— Você só quer comer comida rezada!

Diante do resmungo do marido, a moça comeu comida não curada. Foi só comer, sumiu, foi embora. Voltou para o lugar dela; era encantada.

164

O marido-cobra

NARRADOR: Galib Pororoca Gurib Wajuru.
TRADUTORES: Pacoré Marina Djeoromitxí para o djeoromitxí; Sérgio Wajuru do djeoromitxí para o português.

Uma família construiu uma maloca nova e se mudou. Na maloca velha ficou só uma mulher sozinha. Gostou de uma cobra que chamamos de duas cabeças e namoraram.

O Cobra virava gente de noite, durante o dia era cobra. Quando amanhecia, a moça guardava o marido-Cobra para ninguém ver.

Um dia, a mãe da moça, remexendo os pertences da filha, viu a cobrona deitada, matou.

A moça, já buchuda, estava tirando lenha. Chegou e viu o marido morto. Botou o cadáver da cobra em cima da perna, chorando desesperada.

— Por que está chorando, minha filha? Porque matamos a cobra? Bicho feio? Era teu marido? Eu não sabia, por isso matei!

Passou-se mais um mês, a moça descansou. Nasceu todo o tipo de cobra, cascavel, *pico-de-jaca*, sucuri, jararaca. No meio havia uma criança, mulherzinha, e mais uma cobra igualzinha ao pai, a cobra morta pela sogra.

Uns dias depois do parto, a moça falou para a mãe que ia tirar umas folhas para passar na boca dos filhos — índio conhece folhas para muita coisa. Recomendou:

— Quando o nenê chorar, mãe, você não olha, deixe chorar até eu voltar.

O menino-Cobra chorou, justamente o nenê que parecia com o pai-Cobra. A avó teve pena do netinho; escutava as cobras fazendo zoada, porque cascavel tem chocalho, quis cuidar dos netos. Abriu a porta; o nenê-Cobra

165

mordeu a velha, tirou os dois lados do olho da avó. Esta caiu e morreu. O nenê-Cobra pegou a irmã, que era gente, matou também. Depois fugiu com todas as outras cobras recém-nascidas.

A moça chegou, viu a mãe e a filha mortas. Correu atrás das cobras e encontrou um bocado. Passou um remédio do mato, as folhas que fora buscar, para as cobras não serem venenosas.

Voltou, enterrou a mãe e a filha, foi embora atrás dos filhos cobras.

Dab é o nome da cobra. *Mekahon* é *pico-de-jaca. Gáptara* é cascavel.

A mulher comilona

NARRADOR: Aperadjakob Antonio Wajuru.
TRADUTOR: Alberto Wajuru.

Essa é a história da mulher comilona.

Tinha o costume de andar na casa dos outros, dos parentes, para ganhar bocados de carne.

Um dia, o pessoal de outra maloca estava comendo um veado que tinham acabado de caçar. Os índios tinham o hábito de comer de tarde, fora, no terreiro.

O marido desta mulher foi visitar a maloca dos caçadores, de tardezinha, deram-lhe um pedaço. Comeu e voltou para casa. A mulher sentiu o cheiro e reclamou:

— Você comeu carne e não trouxe para mim!

— Eu não trouxe porque era um pedaço pequeno!

Ela começou a chorar. Chorou, chorou.

— Não chore, não trouxe porque não deu, era pouco!

O marido foi deitar e a comilona ficou lá, chorando. Chorou tanto que a raposa ouviu e meteu o braço pela brecha da palha.

O pessoal na maloca tem medo da raposa, porque ela faz visagem, adivinha muitas coisas, manga das pessoas. A comilona agarrou firme na mão da raposa, sem largar.

— Aqui tem caça, venham matar! — gritou para os outros.

A rapaziada é danada, correu e matou. A comilona já saiu com a panela de barro, começou a cozinhar a tripa, comeu. Passou a noite aperreando a mãe, pedindo sal.

A mãe disse para deixar para o outro dia, pois o marido já estava deitado, mas ela insistiu.

Já ia amanhecendo quando parou de comer. Era uma raposa muito grande. Parou porque acabou.

O marido ficou com vergonha e foi para a roça. Tinha vergonha de saber que a mulher comera a noite inteira. Outro homem lhe ofereceu a filha em casamento, para ele trocar, já que estava com vergonha. Aceitou.

Chegou da roça já pronto para casar com a outra mulher.

Os parentes amarraram os ossos da raposa na rede da comilona, enquanto ela estava na roça. Quando chegou e quis deitar, era só osso.

O marido foi morar com a outra mulher.

O sapo, *tororõi*

NARRADOR: Galib Pororoca Gurib Wajuru.
TRADUTORES: Pacoré Marina Djeoromitxí para o djeoromitxí; Sérgio Wajuru do djeoromitxí para o português

No tempo das saúvas, os índios costumam ir à noite cavar um buraco para apanhá-las, para comer.

Um homem, nessa época do ano, foi buscar saúvas, levando espada e terçado. Ouviu o sapo *Tororõi* chorando bem pertinho.

— Você que está aí chorando, bem podia virar mulher, gente, ser minha mulher! — inventou.

Deu uma espadada bem no lugarzinho onde o sapo estava chorando. Este pulou fora e virou mulher. O homem, contente, levou-a consigo, ela foi atrás.

Nessas noites, iam pegar saúva, a mulher-Sapo só apanhava a rainha que morde, a tanajura.

Ficaram morando juntos. A mulher que fora sapo não comia carne, só gostava de saúva. Queria só milho torrado com saúva, enquanto o marido comia carne.

Era bem trabalhadeira, preparava chicha e tacacá. Fazia comida, mas não precisava pôr grande quantidade na panela, dizia que a comida ia inchar por si.

Era um mistério: botava a cumbuca para fazer chicha só pela metade, mas quando era de noite, a chicha transbordava, havia bebida em quantidade.

Mesmo assim, o marido se cansou, enjoou, porque tinha que pegar saúva todos os dias para ela, e lhe mordiam as mãos. Reclamava:

— Você não come carne, só come saúva!

De tanta raiva das mordidas de saúva, o marido pegou tacacá cheio de pimenta e passou na língua da mulher. Ardeu muito, ela se pôs a chorar.

Chorou muito, pegou um pote e foi para o porto. Jogou no igarapé, o pote ficou rodando. Ela virou sapo outra vez, dentro d'água, chorando, chorando.

O marido se arrependeu, foi atrás para chamá-la, mas ela não o queria mais, jamais voltou.

A cabeça voadora, *Nangüeretá*

NARRADOR: Galib Pororoca Gurib Wajuru.
TRADUTOR: Alberto Wajuru.

A mulher do tuxaua dormia com o marido, mas à noite, enquanto seu corpo ficava na rede, a cabeça ia sozinha passear. Ia às outras malocas, roubar tacacá e carne das panelas, trazia para casa.

Parece que ela tinha muito piolho na cabeça, e os piolhos é que cortavam a cabeça do pescoço. Ela criava piolhos, espocava com o dente e comia só a cabeça dos piolhos.

— Acorda, marido, o morcego está chupando nosso sangue, o piolho está nos chupando! — ela dizia para o marido em plena noite. Mas o marido não se dava conta de nada, nem ouvia, não sabia que a cabeça da mulher voava separada do corpo todas as noites. De manhã, ela já estava inteirinha outra vez.

— Acorda, marido! Você dorme demais! Tem muito piolho e você não acorda!

Assim a moça gritava todas as noites, e como o marido ficava quieto, a cabeça saía sozinha.

Um dia, um amigo do marido descobriu e contou. Decidiram ficar vigiando.

Na noite seguinte, quando a cabeça saiu para rodar pelas outras malocas, pegaram o corpo da moça e jogaram numa fogueira grande.

De madrugada, a cabeça veio girando, aos gritos de dor, jogou-se na fogueira e grudou no corpo quase queimado. A moça, urrando com o ardor das queimaduras, derrubou a panela de chicha e apagou o fogo.

Já estava sem pele, sem cabelo. Chorava, chorava, chorava e matava ratos. Pegou uma porção de ratos e levou embora para o mato. Os ratos viravam gente, ficaram sendo o seu povo.

Assim o tuxaua ficou viúvo. Era pajé, bem como seu pai.

Um dia, o tuxaua foi à roça, na época do plantio, e viu um bacurau. Não era um bacurau, era o *Wainkô*, o espírito de sua mulher, mandado por ela para atrair o rapaz.

O tuxaua disse para o pai que ia flechar o bacurau.

— Cuidado, não é um bacurau! — advertiu o pai.

Mas o moço insistiu em caçar o bacurau. Estavam tomando rapé, os pajés reunidos, e o pai disse que ia esperar o moço voltar, não ia junto.

O tuxaua flechou o bacurau, mas errou a primeira flechada; foi buscar a flecha, atirou outra vez, errou de novo. Cada vez ia mais adiante atrás do pássaro, sempre errando o alvo. De repente, no meio da floresta, viu uma moça linda escondida nas folhas.

— A mana está te chamando para beber chicha! — disse a moça na qual o bacurau tinha se transformado. — Venha!

O moço hesitou, mas acabou indo à maloca do bacurau. Havia muita chicha, logo lhe deram uma tigela cheia.

Tinham feito uma armadilha para matá-lo; a sua mulher da cabeça voadora é que preparara. Vieram três papagainhos e cortaram linhas das flechas para matar o tuxaua. Morreu.

No instante em que ele morreu, caiu sangue nos pajés que estavam tomando rapé na aldeia. Logo adivinharam que o tuxaua morrera.

— Vamos procurar seu irmão! — disse o pai do tuxaua para outro filho.

Quando chegaram, a maloca do bacurau, com o povo dos ratos transformados em gente, estava toda cercada, virara pedra. Era impossível entrar, mas o pai do tuxaua era pajé, fez um feitiço e conseguiu romper o cerco. Entrou na casa de pedra, transformou o povo dos ratos em porcos-do-mato, em caça, e conseguiu escapar.

Antes disso não havia porcos-do-mato, não havia caça. Os ratos é que viraram porcos. A mulher, *Nangüeretá*, conseguiu fugir, não virou porco.

O pajé, pai do tuxaua, ficou sendo o Dono dos Porcos, que deixava presos, só de vez em quando comiam um deles. Sempre dizia para o seu neto não comer carne na frente dos outros.

172

Um dia o menino se distraiu e ficou mastigando carne de porco na frente de outras pessoas. Pediram-lhe um pedaço, experimentaram, e assim ficaram sabendo o segredo do chiqueiro do velho pajé.

Pediram ao menino para abrir a porta do chiqueiro. Desavisado, o garoto obedeceu; abriu demais a porta e os porcos todos saíram, espalhando-se pelo mundo, pisoteando-o até matá-lo, comendo-o.

O velho pajé chorava desolado, desesperado. Mandou enterrar os ossos do netinho. Dos dedos indicador e médio, nasceu a macaxeira, que antes não existia.

A mulher gulosa

NARRADOR: Galib Pororoca Gurib Wajuru.
TRADUTORES: Pacoré Marina Djeoromitxí para o djeoromitxí; Sérgio Wajuru do djeoromitxí para o português.

Era uma mulher gulosa, muito bonita. Não havia carne que chegasse para ela, o marido precisava caçar sem parar.

O marido acabou enjoando de tanto caçar. Passou a ir para o mato e, em vez de caçar, tirava pedaços da própria carne. Levava para a mulher e dizia que era carne de caça que a onça matara e ele apanhara.

O tempo foi passando e ele foi emagrecendo. Seu compadre, *wirá* em jabuti, *waikü̈b* em wajuru, lhe dizia:

— Você, *waikü̈b*, está emagrecendo de tanto roubar a caça da onça!

O marido continuava a trazer a própria carne moquecada e dizia que era a caça da onça. Dizia que roubara a carniça da onça.

— Traz osso para eu chupar o tutano! — pediu o compadre, estranhando o que se passava.

O caçador concordou, foi com o compadre para a roça, mas de lá sumiu sozinho, dizendo que ia caçar.

O compadre sentiu falta dele, foi procurar. Viu o seu rastro, chegou até onde estava cortando a própria carne.

Quando o caçador viu o compadre chegando, quis fechar a ferida como fazia todos os dias, mas desta vez a ferida continuou aberta.

— É assim que você faz! — espantou-se o compadre.

— É assim mesmo, já faz tempo que faço assim, por causa dessa minha mulher comilona!

— Também, por que você aguenta uma mulher tão comilona? — protestou o compadre.

O marido apaixonado pela gulosa pegou a própria carne, já embrulhada em folhas, assoprou, a carne virou rato, muitos ratos que saíram correndo.

— É este bicho novo que vai fazer acabarem as plantações, o milho de vocês!

Conversou logo com o compadre, pediu para que o flechasse com as próprias flechas.

— Eu não! — o compadre resistia, com pena.

O marido da gulosa subira numa árvore e insistia para ser flechado, ser morto. O compadre não teve outro jeito senão flechá-lo, mas como gostava do amigo, flechava sem força, sem coragem de matar. O marido da gulosa tinha que empurrar ele próprio as flechas para se enterrarem no corpo.

Como não morria, pedia cada vez mais flechadas. O compadre acabou as flechas do caçador e passou a usar as que trouxera. Dessa vez flechou com força; o marido da gulosa saiu gritando, já correndo pelo chão.

Morto de medo, o compadre voltou para a maloca, nem parou para se banhar no rio, como costumam fazer os índios a cada vez que voltam de qualquer andança. Assim que chegou, pediu ao pajé para curar a água de seu banho. Contou para sua mulher e para o pajé, com todos os detalhes, o que acontecera.

Tomaram rapé e o compadre vomitou muito sangue do homem que fora flechado.

O marido da gulosa havia marcado um dia para se encontrar com o compadre outra vez. Este mandou fazer muita chicha e no dia aprazado foi levar a tigela com a bebida.

O marido da gulosa estava em cima da árvore, com as flechas cravadas na carne. As flechas, porém, tinham virado uma luz bonita, o corpo dele estava todo iluminado.

— Venha ver o que você fez com seu marido! — disse o compadre para a mulher do desaparecido.

Kubiotxi, assim se chamava a mulher gulosa, olhou para cima amedrontada.

O marido não desceu do alto das árvores. Lá em cima mesmo bebeu a chicha que lhe ofereceram.

— Não vai se assustar, compadre! — acalmava o outro lá das alturas.

Quando acabou de beber, foi embora para o espaço. Estrondou tão forte que a terra tremeu.

Até hoje existe esse estrondo e essa luz, quando se adivinha alguma morte, guerra ou desgraça.

Narradores e tradutores Wajuru

Alberto Wajuru
Filho de Galib Pororoca Wajuru e Marina Djeoromitxí. Traduziu do wajuru para o português.

Aperadjakob Antonio Wajuru
Um dos três pajés wajuru da Terra Indígena Guaporé, para a qual veio em 1985, quando foi expulso das suas terras, não demarcadas, perto de Rolim de Moura, em Serrito. Reuniu-se no Guaporé a outros parentes que já viviam ali, como Galib Pororoca. Grande conhecedor da história wajuru, acabou narrando pouco, por quase não falar o português; faltou alguém capaz de traduzi-lo bem, já que a maioria de seus filhos não dominava o wajuru e os proficientes na língua não estavam disponíveis.

Galib Pororoca Gurib Wajuru
Era um dos três respeitadíssimos pajés wajuru. Embora paralítico, continuava a fazer os rituais de cura. Não falava português, bastante surdo, mas adorou contar histórias, acocorado no banquinho de pajé. Nasceu na maloca wajuru, na região do rio Mequens, próxima a Rolim de Moura e Serrito, de onde os dois outros pajés, Antonio e Durafogo, foram expulsos em 1985. Como todo mundo, deixava a maloca para trabalhar nos seringais; esteve no seringal Terebinto, depois no São Luis, onde nasceram seus filhos Sérgio e Alberto. Outros três já nasceram no Guaporé, nos anos 1970.

Sergio Wajuru
Filho de Galib Pororoca Wajuru e Marina Djeoromitxí, traduziu do djeoromitxí para o português.

DJEOROMITXÍ (JABOTI)

A raposa antiga, *Watirinoti*, ou a vingança

NARRADOR: Abobai Paturi Djeoromitxí.
TRADUTOR: Armando Moero Djeoromitxí.

A falsa amiga

A Raposa Antiga, *Watirinoti*, tinha aprendido a nossa língua. Rondava nossas malocas, roubando os bichos de criação, jacamim, jacu (nesse tempo não existia galinha), arara, papagaio, curica.

Um dia, a Raposa Antiga, *Watirinoti*, ouviu uma menina convidando a amiga para irem catar tarumã, uma frutinha. Logo pensou em enganá-las. Chegou na casa de uma das meninas, no meio da noite, dizendo com voz igualzinha à da outra:

— Amiga! Companheira! Comadre! *Henon*! Vem comigo juntar tarumã!

A menina preparou-se para sair, embora os pais não quisessem deixar, pois ainda estava escuro demais. Tanto a falsa amiga amolou, que a menina acabou indo, e ainda por cima levou o irmãozinho pequeno.

Quando clareou, apareceu a amiga verdadeira:

— *Henon*! Vamos catar frutinho!

— Como você está aqui outra vez? Não chamou há pouco? — alarmaram-se os pais. — Ela já saiu!

— Não era eu, não!

Assustada, a amiga foi atrás da outra, mas não achou rastro perto de nenhuma das árvores de tarumã.

A toca da Raposa e a primeira esposa protetora

A Raposa já levara a menina para sua toca, encoberta por uma pedra. A Raposa fumava, a pedra abria com o sopro do tabaco. Entraram a Raposa, a moça e o irmãozinho. Era uma Raposa macho, homem.

— Para onde nos terá trazido esse homem? — disse a menina para o irmãozinho, apavorada, pois a essas alturas já descobrira que não se tratava da amiga.

Na toca vivia uma mulher cega, que ao ouvir a conversa da menina com o irmão, advertiu-a:

— Quem é você que está falando? *Watirinoti* é um malvado, se você soubesse que horror é a vida aqui, não teria vindo! Você quer sofrer como eu? Ficar cega como eu? Se você quiser continuar a enxergar, vai ter que saber levar muito bem esse homem-Raposa! Mas eu vou te ensinar o que deve fazer. Ele vai mandar você tirar espinho do pé dele, e você deve dar uma furadinha no pé e quebrar a ponta do espinho que estiver na tua mão. Finja que há um espinho de verdade, e ele vai te agradecer; se você disser que não há espinho algum, ele vai furar seu olho! E quando ele quiser namorar você, não deixe de modo algum, diga que está menstruada, *heté*!

A menina obedeceu direitinho as instruções. Saiu-se muito bem na prova do espinho.

Nessa noite e nos dias seguintes, quando o Raposa queria dormir com ela, dizia que estava menstruada.

Watirinoti vivia dizendo:

— Eu vi tanto arco-íris no céu!

É que antigamente, quando a mulher ficava menstruada, aparecia um arco-íris no céu. Só que, como era mentira, e ela não estava menstruada, não havia arco-íris nenhum. A menina punha um pedaço de tecido[2] colorido no chão, e ele tinha a impressão que era jiboia, arco-íris.

Assim a menina o recusava todos os dias.

— Então me dá pelo menos o teu braço para eu esquentar meu corpo, fingir que estou namorando! — implorava o Raposa, *Watirinoti*.

---

2 Os Djeoromitxí certamente teciam redes, cintos, tipoias — deve ser por isso que o tradutor usou "tecido colorido".

Os povos indígenas fotografados por Emil Heinrich Snethlage e Franz Caspar entre 1934 e 1955

Wajuru

Índios Wajuru posando para Emil Snethlage.

Povo Wajuru em sua aldeia.

Homem, mulheres e crianças Wajuru em frente à maloca.

Arikapú e Djeoromitxí

À esquerda, índios Djeoromitxí ou Arikapú na roça. *À direita,* índia Djeoromitxí com criança ao lado da maloca.

Makurap

Mulher Makurap carregando água em pote de barro.

Índios Makurap na floresta.

Índias Makurap ao lado de sua maloca.

Tupari

Mulheres e crianças Tupari.

Índio Tupari assoprando uma buzina confeccionada com taboca e cabaça.

Pajés Tupari em conversa com as almas.	O cacique e pajé Waitó Tupari chama os espíritos com o chocalho.

Waitó expulsa espírito maligno da maloca...	...e oferece chicha de milho às almas dos caciques mortos.

Franz Caspar, 1948

Franz Caspar, 1948

Oferenda de comida aos espíritos dos pajés falecidos, que foram evocados a participar da cerimônia. Entre os elementos do cardápio, moqueca de macaco. Ao fundo, o doente Toraú, que foi tratado por Waitó após a cerimônia.

Ritual de pajelança, provavelmente para evocação dos espíritos dos pajés mortos. Participação de pajés, aspirantes a pajé e outros indígenas do sexo masculino.

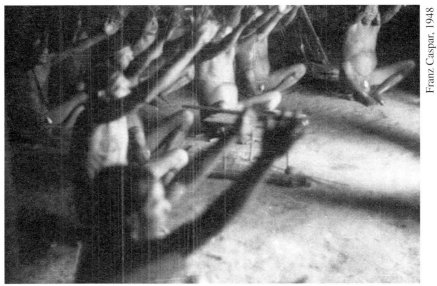

No início da cerimônia de evocação dos espíritos, pajés assopram pó de angico nas narinas uns dos outros.

Índios Tupari, pela primeira vez, escutam vozes no rádio e pedem para ver o interior da caixa de onde elas saem.

Crianças e jovens Tupari servindo chicha.

Mulheres e criança Tupari na floresta.

Tsitotobá e Et'oé Tupari carregando milho no marico para a maloca.

Franz Caspar, 1955

Mulher Tupari, carregando marico e criança, atravessa uma pinguela.

Rede de algodão e menino Tupari.

Caçador Tupari com arco e flecha.

À esquerda:
Crianças Tupari brincando (provavelmente de jogo de bola de látex) em frente à maloca; jovem Tupari fazendo fogo por meio de fricção com madeira e algodão; maloca Tupari com cerca de 11 m de altura e 21 m de diâmetro.

Mulher Tupari torrando milho mole para comer.

Franz Caspar, 1955

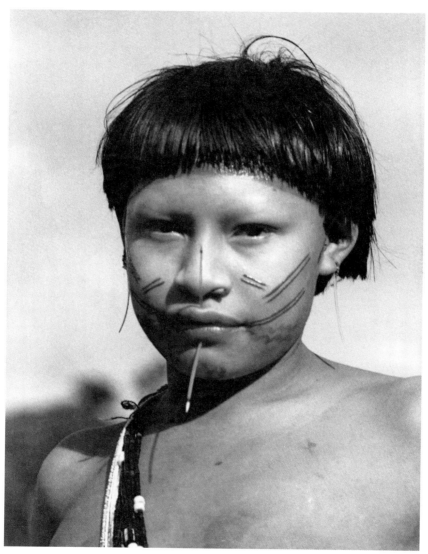

A jovem Otköphap-um Tupari, com cerca de 18 anos, usando os enfeites cotidianos e um corte de cabelo feminino tradicional. Rosto pintado com urucum, tintura de jenipapo e resina misturada com fuligem.

Tõã Tupari com cabeça raspada e corpo pintado de jenipapo para o ritual de passagem da puberdade.

Franz Caspar, 1955

À esquerda, mulher Tupari descansando na roça.

Durante a menarca as jovens Tupari passavam semanas em reclusão atrás de uma parede de esteiras. Ao final desse período seus cabelos eram arrancados pelas amigas para ser realizado o ritual de passagem para a puberdade, como aconteceu com Tõã Tupari.

A menina dava um pouco o braço, mas se cansava. Quando o Raposa adormecia, ela pegava a polpa de uma árvore chamada pente-de-macaco, *kunonhonká*, que se usa para amassar banana, mandioca ou milho, e punha para substituir o braço. Ele dormia agarrado, pensando que fosse ela.

A fuga

À noite, o Raposa ia caçar para a esposa, mas só trazia bichos criados pelo pai dela, jacamim, papagaio, curica, e ela não comia, eram os bichos do seu pai. Assim, ela e o irmão viviam com fome.

Passou-se o tempo, o irmão já tinha crescido bastante. A menina ouvia zoada fora da pedra onde estavam aprisionados; resolveu mandar o irmão ver o que era.

— Fuja lá para fora para ver se é nosso pai, vai reparar!

O lugar onde o Raposa morava, dentro da pedra, era sujo, cheio de espinhos, *pfupfujunkunin*, *watirikunin* na nossa língua. Para sair, o irmão tinha que roçar os espinhos. *Watirinoti*, o Raposa Antiga, acordou com o barulho do corte dos espinhos.

— Para onde você mandou seu irmão? O espinho vai furar o joelho dele!

Nesse tempo de antigamente, o que se dizia acontecia; foi só ele falar, que o espinho feriu o menino. Ouviu-se o grito de dor.

— É fácil tirar esse nosso espinho *watirikunin*, sai à toa! É só dar uma cutucadinha de nada que cai — recomendou o Raposa.

De fato, a irmã cutucou e o espinho caiu.

— Não disse que nosso espinho sai depressa? — alegrou-se o Raposa.

Watirinoti foi dormir outra vez; o menino tornou a roçar os espinhos para fugir. Andou atrás da zoada de vozes que tinham ouvido. Acabou por chegar na aldeia dos *Wanoti*, a gente do Onça Antiga. Estavam arrancando cará.

Uma filha do Raposa vivia nos *Wanoti*, casada com uma das onças. Já tinha contado às onças que seu pai trouxera uma mulher bonita com o irmãozinho. Quando este chegou na maloca das onças, já sabiam quem era.

— Este deve ser o menino, irmão da mulher bonita do Raposa!

Deram cará assado para ele comer na hora, e cru para levar. Queriam dar muita comida, para ele ver que na terra das onças não passaria fome, só com o Raposa. Carregado, o menino voltou para a maloca do Raposa, entregando o cará para a irmã.

Os dois comiam com voracidade. A zoada dos dentes do menino mastigando o cará acordou o Raposa.

— Com que então estou comendo, fazendo zoada? — comentou o Raposa com ironia, falando nessa forma de jogo, como se fosse o menino.

— Meu irmão está comendo cará que ganhou dos outros! Aqui nesta aldeia passamos fome, só vive um homem preguiçoso que nos trouxe para cá e não nos alimenta!

— Ah! Raposa Velha não é preguiçosa, não! Vejam quanta coisa há para comer aqui! Cará mofado do ano passado! Cofo do ano passado com cará estragado! Milho mofado de mais de um ano! Cofo velho de batata! Cofo estragado de feijão, de amendoim! Tanta comida, por que vocês não comem comida velha, mofada? Passam fome porque querem!

— Eu lá vou comer comida velha, só para ficar com indigestão, estômago azedo! Não vou comer isso, não! — protestava a menina.

— Se comida de Raposa é catinguenta, então não comam! Deixem estragar! — ele respondia.

— Se fosse plantação do meu pai eu ia gostar de comer! — retrucava ela.

— Então deixa! A comida tem catinga igual à do Raposa Velha! É assim? Não comam!

Quando anoiteceu, furioso, o Raposa foi caçar bicho criado e amendoim, foi roubar do pai dela, para dar de comer aos dois.

Enquanto estava fora, a esposa mais velha, cujos olhos o Raposa furara assim que ela viera para sua toca, deu fumo e tabaco para os dois irmãos.

Era toda estragada por dentro, no ventre, no útero. Quando casou com o Raposa, não havia ninguém para avisar sobre as maldades dele. O pênis do Raposa tinha gancho, ficara machucada todinha por dentro, ela e outra mulher que ele teve. Tinha o útero e a vagina rasgados, em pedaços.

Sempre tinha ajudado a menina. Graças aos seus conselhos, a menina foi capaz de não namorar o Raposa, senão estaria toda mutilada. Agora, a esposa mais velha lhe dava um cigarro, para que se salvasse.

A menina acendeu o toco de cigarro, soprou a rocha que tampava a maloca do Raposa e foi embora com o irmão para a aldeia das Onças Antigas, que antigamente eram gente.

O casamento com o Onça e o estupro dos parentes

As Onças eram trabalhadoras. Estavam na roça, arrancando cará, era tempo de colheita.

Foi a maior alegria quando viram a mulher. O cacique das Onças disse logo:

— Vai ser minha mulher! Ninguém vai tomar de mim!

Mandou o irmão mais novo buscar muitas cuias de chicha para oferecer. A mulherada-Onça ficou com ciúme:

— Nunca vi teu irmão pedir chicha quando está trabalhando! Já sei para quem é! É para aquela bonita de quem estão falando!

— Não, é para meu irmão mais velho mesmo, ele gosta de cará bem doce! — afirmou o rapaz.

O cacique *Wanoti*, o Onça Velha, o Onça Antiga, casou com a menina. Ensinou o caminho de sua casa:

— Você passa essa maloca, depois a outra, mais uma, na quarta você entra, ali vamos morar.

Ela obedeceu. Ao passar pela primeira maloca, já ouviu as mulheres-Onças xingando.

— É ela, já vai lá essa mulher que não presta!

Estavam fazendo chicha, puseram-se a jogar pimenta dentro do fogo para fazer mal a ela. A onça que ia ser o seu sogro fez uma reza para ela não sentir o ardor de pimenta e não se afogar.

A menina ficou protegida, mas seu irmão não aturou. Engasgou com a fumaça da pimenta, já ia morrendo. Um dos futuros cunhados-Onças da menina tratou-o, deu-lhe água e ele retornou, não morreu.

Na maloca em que deviam morar, a menina entrou, ficou ajudando as mulheres.

À noite, o cacique Onça Antigo dormiu com ela. Ela nunca tinha namorado, era a primeira vez, o primeiro homem.

Quando amanheceu o dia, o cacique mandou todos os onças machos fazerem esteira, para todos deitarem com ela, tinha que namorar um a um.

Era muito macho para deitar com ela. O cacique mandara, vinham todos. Fizeram muita esteira.

Só os homens que iam se tornar tios, avôs, pais, irmãos da menina, quando ela se casasse com o cacique Onça, é que não quiseram deitar com ela, ficaram com vergonha. Casando com o cacique, ela ia ter que chamar de tio, avô, pai, irmão aqueles onças. Esses não namoraram.

O cacique, o marido, mandou todo mundo fazer esteira, branquear bem a palha, fazer com capricho, para no outro dia deitarem com sua mulher. Bem cedinho, o marido-Onça levou a mulher, pôs na esteira no meio do terreiro, e as onças começaram a namorar.

Um tempo ela aguentou, mas era muita onça, onça sem fim enfiando na sua vagina. Ela estava se acabando, arrebentada, o corpo em pedaços, pediu para o marido:

— Eu já vi que as mulheres deitam com o marido, com um homem só, mas assim com tantos, nunca soube, não, é horrível, não suporto a dor! Estou com sede, quero água, e se você não mandar parar tamanho castigo eu vou morrer, estou no fim.

O cacique mandou parar. Era cacique no lugar do pai, o Onça Velha, que até então fora um chefe muito grande.

A cada onça macho que penetrava a menina, o sogro, misturando com pimenta, comia, lambia o sêmen que os homens tinham derrubado na vagina e na perna dela. Era o esperma, a semente dos filhos dela, o sangue dos netos das onças.

Quando as onças pararam de copular, ela não aguentava levantar, estava como morta. O pai do cacique cuidou do seu corpo, curou, levou para tomar banho, o marido também levou. O sogro não tinha namorado a nora.

O sogro, que era pajé, rezou, curou-a, levou-a para casa. Assim que ela voltou do banho começou sua menstruação. Ela já estava grávida de tantas onças.

Quando soube da gravidez da mulher, o marido pediu para todos os onças-machos que tinham deitado com ela na esteira irem furar gongo de ouricuri, porque todos eram maridos, pais do filho dela, todos precisavam ir buscar gongo e fazer festa, dar chicha para ela.

Os que tinham ficado com vergonha não foram, não eram maridos.

— Ela é minha tia! Minha prima! Minha avó!

Estes não tinham copulado com ela. Os que não tinham tido vergonha foram à coleta de gongos. Os que não eram pais do filho dela não foram trabalhar, furar ouricuri, não eram pais da criança.

Crime e vingança

Para a cerimônia do nascimento precisavam pegar gongos de ouricuri, uma das comidas preferidas dos índios, que devia ser oferecida com chicha, com caça, com outras comidas.

Ouricuri é um palmito. Quando se fura o tronco, fica um buraco. A mãe-gongo, um inseto que cria a larva, gera um ovo, o ovo do tapuru. Então é preciso tampar, para o bicho do mato, coati, não mexer, comendo os tapurus.

O cacique, o marido-Onça, *Wanoti*, chamou a mulher grávida para ir com ele tampar o buraco do tapuru, no tronco do ouricuri, para não perder os gongos para os coatis.

O irmão da menina grávida queria ir junto. O Onça-sogro não queria levar:

— A barriga dela já está grande! Vai ter que carregar o irmão no colo, não aguenta esse peso!

— Vou levar meu irmão!

O marido-Onça sabia que o pai comia muita criança, tinha medo. O sogro prometeu cuidar do menino:

— Deixe o menino aí, para tua mulher não ter que carregar, a barriga dela já está bem grande!

— Então cuide bem dele, não lhe faça mal! — recomendou o marido *Wanoti*.

Assim que saíram, o sogro-Onça pegou o menino, que chorava, lavou bem e partiu o menino vivinho com o dente, cortando o corpo para repartir com as outras onças. Destripou o menino, jogou fora o cocô, separou o fígado, o bofe, dividiu e cozinhou para a mulherada, deu um pedacinho para cada uma. Deu para todo mundo comer, antes que a moça voltasse.

Quando ela chegou, procurou pelo menino.

— Foi atrás de vocês! — mentiu o sogro. — Vocês não encontraram?

— Dei para você cuidar! Por que não olhou bem? — reclamou o marido-Onça.

— Ah, esse menino não me obedece!

A irmã chorou, chorou, chorou sem parar. De madrugada fingiu que estava dormindo. O menino estava cozido, num canto, escondido. O marido-Onça foi perguntar para o pai o que acontecera.

— O menino está aqui, assadinho! E você, por que há de chorar? Coma logo um pedacinho! — revelou ó pai-Onça.

A irmã ouviu tudo, tornou a chorar desesperada, agora já entendia a linguagem das onças. Chorando, ficou imaginando como poderia se vingar.

O dia já vinha amanhecendo e ela falou para o marido:

— Quero que você mande o seu pessoal procurar filhote de todo bicho que tem aí no mato!

Ele era cacique, começou a dar ordens aos homens, como os índios costumavam fazer, decidindo de madrugada o que iriam fazer durante o dia. Mandou trazerem filhotes de todos os bichos. Parece que o primeiro que trouxeram foi filhote de macaco.

— É esse que você quer? — o marido-Onça perguntou à mulher.

— Não, não é.

Depois veio o jacu.

— É esse que você quer?

— Não, não é.

E assim foi. Veio filhote de cuatipuru, de jacamim, de todos os pássaros e animais, a moça continuava calada, com raiva. No fim, só faltava o filhote de veado roxo. Acharam, mataram um veado roxo e passaram a mão na barriga, sentiram mexer um filhote na barriga da mãe-veada.

— Tem filhote, vamos tirar e levar para ela, pode ser este o que ela quer.

Cortaram a barriga, tiraram, já estava no ponto de nascer.

— É esse que você quer, não há mais bicho nenhum?

— É esse mesmo que eu quero!

Ela levou para o sogro-pajé rezar, curar o filhote de veado roxo.

— Quero que você cure esse bicho, que vou criar no lugar do meu irmão! — pediu.

188

Dizem que toda onça é pajé; o sogro curou. Ela levou para casa o filhote e dormia com ele, como se fosse uma pessoa, na mesma rede.

Quando o veadinho cresceu, ela pegou árvore de âmago, bem dura, ajeitou e enfiou na cabecinha dele, como chifres. (Primeiro ela tentou com o veado capoeirão, que morreu com esses chifres, depois com o veado roxo). Ensinou como se fosse uma pessoa, explicando.

— Quando você crescer vai vingar a morte do seu tio!

O veadinho cresceu.

— Agora, meu filho, vamos tirar lenha para eu fazer chicha. Você vai experimentar rachar pau.

Levou-o para rachar pau seco, depois verde, que servia para lenha. O veadinho meteu o chifre, rachou inteira a árvore. Dava um estremeção no corpo dele, como se fosse relâmpago.

— Assim você vai fazer amanhã! Agora quero que você experimente neste aqui, neste pau verde. Enquanto eu estiver fazendo chicha, com o milho demorando para cozinhar, você vai perturbar o meu sogro. Ele vai ficar com medo de você, continue a ameaçá-lo, só vá embora quando eu for te buscar.

Ela continuou a fazer chicha, no pilão, moendo. O veadinho foi ver o sogro-Onça, o avô. Relampeava, estremecia o corpo, soltava relâmpagos. O sogro ficou com medo.

— Vem pegar meu neto, senão vai me rachar! — pediu para a nora.

— Não racha, não, quer agradar você, comer mosquito nas suas costas! — mentiu ela. Dava mingau de chicha para o filho, ele continuava a perturbar o velho.

Na hora marcada pela mãe, o veadinho foi atacar o velho, que estava sentado no terreiro. O corpo do veado estremeceu, arrancou, enfiou o chifre no corpo do avô-Onça, rachou até a cabeça, um pedaço para um lado, a outra metade para outro. O marido-Onça, *Wanoti*, dizia:

— Não falei que este bicho ia matar meu pai? Agora vou matá-lo!

Mas o veado saiu correndo, era ensinado, pois comia folha de macaxeira do avô-Onça, que era pajé.

— Não vá chegar perto dele, que te mata também! — disse a moça para o marido. — Deixa que o chamo, levo comida para ele!

Deu comida para o veado, e fugiram os dois para a roça do pai dela. O veado ficou comendo folha da roça do avô-homem. Encontraram o pai dela, que perguntou do filho.

— Comeram meu irmão, mas teu neto já o vingou!

O velho pôs-se a chorar.

A moça estava grávida das onças. Quando nasceu o nenê, o outro irmão dela tratava do menino, dava tamari, moqueca de gongo. Ela pedia para o irmão pegar para o sobrinho as comidas que se oferecem quando nasce uma criança.

O menino nasceu, mas não acordava. Era filho de onça, filhote de bicho não acorda, dorme nos primeiros tempos. O tio perguntava:

— Cadê meu sobrinho?

— Está dormindo!

— Esse menino vive só dormindo, dormindo, vou matar, para vingar meu irmão que as onças mataram. Ele é filho de onça...

O tio matou o sobrinho, filho da onça. A mãe não gostou.

— Você matou, nem sabe quantos pais para o vingarem ele tem, vão te comer, são muitos...[3]

Enterraram o nenê. No outro dia ela chamou o veadinho, montou como se fosse um cavalo, sentou. Apareceu um relâmpago no céu. O veadinho a levou:

— Mamãe, a senhora não vai morrer... Vovô, titio, todos vão morrer, as onças vão matar, nós vamos ficar vivos...

Até hoje, dizem que esse é o relâmpago. Sumiram os dois pelos campos, foram embora, mãe e filho agarrados, contentes um com o outro, correndo soltos.

---

3 O oncinha era filho de todos os onças que tinham se relacionado com a menina: assim muitos povos indígenas veem a concepção; julgam que são pais de uma criança todos os homens que se uniram a uma mulher no decorrer dos nove meses de gestação.

Kero-opeho, o homem castrado, o homem que virou mulher

NARRADORES: Erowei Alonso Djeoromitxí e Abobai Paturi Djeoromitxí.
TRADUTOR: Armando Moero Djeoromitxí.

Kero-opeho, um caçador, deixou as flechas e a caça num canto e mergulhou no rio para se banhar.

Nadava debaixo d'água; nem percebeu que alguém, nunca soube quem, lhe arrancou o pinguelo e os ovos, pondo um sapo, igual a uma periquita de mulher, no lugar em que fora homem. Puseram-lhe também um útero, o pedaço do corpo da mulher onde fica buchuda. Nem saiu sangue, não sentiu, não doeu; quando percebeu, ficou desesperado.

Pôs-se a procurar sua pica debaixo d'água, nada de achar. Procurou na terra, até no céu procurou, tentando recuperar a piroca e os ovos. Sua mulher estava tristíssima, o marido estava virando mulher.

Andando, andando, em plena busca, conversando com os espíritos das águas, Erowei, encontrou o japó. Era o Espírito do Japó, *Hibonoti*, o Japó Velho. *Kero-opeho* pediu-lhe uma piroca qualquer, não queria ser mulher.

Hibonoti, o Japó Velho, tirou o sapo-periquita de *Kero-opeho* e lhe deu uma pica de homem, mas era muito pequenina, do tamanho da de um menino. Não ia dar para alegrar a mulher do caçador.

Kero-opeho, um pouco menos desolado, voltou para a maloca. Experimentou namorar a mulher — nada, não conseguia contentar o desejo dela.

— Por que arrancaram minha pica? — lamentou-se ele com a mulher.

— Não sirvo mais para você, para o seu fogo, vá procurar outro marido!

Ela, porém, tinha medo dele, que era pajé; continuou a fazer comida e chicha como antes. Quando sentia arder demais, ia atrás de outros homens. *Kero-opeho* fazia com que ela, namorando outros, ganhasse comida para eles comerem.

Kero-opeho arrumou uma mulherzinha, bem menina, que nem peito tinha ainda, nunca tinha namorado. Essa era estreitinha, xoxota apertada, com essa era bom. Mas ela logo engravidou, teve nenê, sua periquita ficou larga demais para *Kero-opeho*. Não quis mais saber do caçador, foi embora, deixando o filho para ele criar.

Kero-opeho teve que arrumar outra mocinha quase criança. Cada vez que uma mulherzinha tinha filho, largava dele, não estava mais na sua medida, casava com outro homem de piroca grande. Assim foi com cada mocinha, sempre o abandonavam. Só a mulher mais velha continuava do seu lado, cozinhando e namorando os outros.

Kero-opeho e a mulher mais velha tinham uma filha, que morreu. Tristíssimo, ele foi atrás do espírito da menina por dentro d'água e pelo espaço. Durante sua busca, dava trovão e muita chuva; era a força do espírito, não era chuva de verdade.

Kero-opeho encontrou o espírito da menina e trouxe para a maloca, deixou no porto, na beira do rio, pedindo que esperasse, que ia pedir para a mãe dela levar comida. Deram muita chicha para a menina; em seguida o pai mandou o espírito embora outra vez.

Quando *Kero-opeho* morreu, foi enterrado, mas como era um pajé forte, a cova se encheu de água, o corpo sumiu, ressuscitou. Dizemos que foi embora, que não morreu.

Djikontxerô, a cabeça voadora

NARRADOR: Abobai Paturi Djeoromitxí.
TRADUTOR: Armando Moero Djeoromitxí.

Era uma mulher mocinha, linda, com um marido jovem.

De dia, era perfeita; o seu defeito era que à noite, saía, só até o pescoço; o corpo ficava na rede com o marido. O moço dormia, a cabeça saía para procurar caça da outra maloca. Antes de amanhecer, a cabeça grudava-se ao corpo outra vez.

Só a cabeça ia caçar. Na outra aldeia pegava alguma caça moqueando no fogo e trazia para a maloca para comer, mas não mostrava para o marido. O marido ia trabalhar, ela ficava em casa, comendo escondida.

Um dia o sogro, o pai do rapaz, levantou de madrugada para fazer xixi e descobriu a nora com o pescoço estourado. Viu o sangue do pescoço dela, sem cabeça, pingando no chão. (De manhãzinha, quando ela voltava, o sangue sumia.)

— Será que foi onça que estourou o pescoço da minha nora na rede? — pensou. Achou estranho, esperou, acordado, deitado.

Viu o sangue. Acordado, à noite, escutou a zoada, igual a gente andando na carreira. Viu a cabeça abrindo a esteira da casa e grudando ao pescoço. Viu como, antes de grudar no pescoço, a cabeça guardava a carne que trouxera. Em seguida pulava no pescoço e ficava. Já colada ao corpo, a cabeça, acordada, dizia para o marido:

— Você nem fez fogo, não pôs mais lenha?

— Não fiz, não!

O sogro, na hora, não disse nada para o filho. Só no outro dia, na roça, contou.

— Fique sabendo o que minha nora faz! Hoje, mande ela tirar lenha para cozinhar; à noite, quando a cabeça sair, jogue o corpo no fogo para queimar!

O marido mandou-a buscar bastante lenha. A moça obedeceu. À noite ela sempre agradava o marido, chamava para dormir. Adulava bem, para ele adormecer e ela poder passear.

O marido e o sogro fingiram dormir, em silêncio. Escutaram a zoada da cabeça saindo.

O marido levantou, fez mais fogo, jogou o corpo no fogo. Não teve dó. Queimou, queimou mesmo, lá longe ela percebeu que o corpo estava queimando, veio, já estava o corpo encolhido. Ela pulou no pescoço, gritou:

— Por que você fez isso comigo? — chorou, como estou cantando agora, que procuro imitar a moça.

Chorou quando encostou a cabeça no corpo, pois então é que sentiu a dor. Chorando, ela queimava a folha de uma árvore (aqui não existe, só lá perto da maloca djeoromitxí) para o corpo sarar. Já estava bem pretinha, calcinada; depois de uns dias melhorou.

Quando se recuperou um pouco, começou a juntar bagaço da chicha feita pelas mulheres. Os ratos, atraídos pelo cheiro, vinham roer o bagaço de mandioca ou milho; a moça matava. Matava, matava, ia matando. Já havia três montes de ratos grandes mortos.

A moça ordenou que os ratos mortos vivessem e virassem gente. Assim foi, transformaram-se num povo, o dela.

Ela ficou sendo a líder dos ratos. Mandava os ratos fazerem roça, fazerem casa, plantarem. Chorava e os ratos ficavam alegres. Os ratos eram o seu povo. Acompanhavam o choro dela, contentes.

O marido ficou sozinho, a mulher numa aldeia separada, só com ratos.

A mulher queimada pegou uma rata, transformou-a em menina; em seguida fez a menina virar o bacurau. Mandou a Rata-menina ir à roça do homem que a queimara e ser um bacurau. A menina levou duas bolinhas de linha de algodão e deixou no caminho. Virou bacurau e ficou chocando as duas bolinhas de algodão, a menina-rato-bacurau.

O que fora marido estava plantando na roça. Estava furando o chão para plantar os grãos. No início não viu o bacurau, que é acinzentado, mas a rata-menina-bacurau procurou atrair sua atenção, batendo asas. O homem flechou, mas errou. Deixou para matar mais tarde.

— Bacurau choca aqui? Venho de tarde matar.

Em casa, contou que vira *curau* (em djeoromitxí, bacurau se diz *curau*).

— Vou matar *curau*!

O pai dele, que era pajé, respondeu:

— Meu filho, não existe *curau*. Como você vai matar um bicho que ninguém viu na vida?

(Nesse tempo ainda não existia bacurau).

Ele insistiu, já até pusera o nome de bacurau no passarinho.

A cabeça, *Djikontxerô*, que quer dizer "tia carvão", de lá falou para a ratinha, que ela tratava de irmã mais nova:

— Deixa essa flecha pegar raspando em você, para não morrer!

Quando o marido atirou, arrancando pena do bacurau, não conseguiu matar. Quando ia flechar de novo, ela se transformou em mulher.

— Ô cunhado, você quer me matar?

— Oras, você não era pássaro, como virou gente?

— Eu vim falar com você porque minha irmã mais velha está te chamando!

— Eu não, tua irmã não presta, se quisesse ficar comigo para toda vida, não teria escapado só com a cabeça para roubar carne!

— Ela quer conversar com você, agora está boa, quer que você venha tomar a chicha que preparou!

Acabou levando o rapaz, pegando pelo braço. Ele não quis entrar na maloca dos ratos, ficou no terreiro. A cabeça, *Djikontxerô*, mandou levar chicha para ele. Ele bebeu, bebeu, até meia-noite.

A irmã de *Djikontxerô* veio de novo:

— Cunhado, minha irmã está te chamando para você dormir com ela!

Na porta da maloca, *Djikontxerô* tinha posto dois machados de pedra, um de encontro ao outro, para quando o rapaz entrasse, cortarem por si, como tesoura, sem ninguém manejando, por uma mágica que ela fizera.

Os dois machados se encontraram, cortaram o pescoço do moço. A cabeça caiu, ficou grudada ao corpo só por um courinho.

Os ratos cobriram o corpo do rapaz com esteira e deixaram num canto.

O pai do morto, que era pajé, dormiu; no sonho foi atrás do filho. Logo viu a armadilha dos machados e o filho morto. De manhã cedo, chamou o filho mais novo:

— Vamos, meu filho, olhar teu irmão mais velho, que a mulher matou!

Saíram para a maloca dos ratos. Ao ver o sogro ela convidou:

— Oh meu sogro, entre, seu filho veio dormir agorinha, bêbado! Venham, cunhado e sogro, olhar o meu marido dormindo!

O velho já vira em sonhos a morte do filho e a armadilha. Mandou o filho mais novo entrar correndo. Fez um encantamento para o machado não pegar no filho mais novo. Quando o machado foi cortar, o moço já estava protegido pelo pajé-pai. O machado errou e pegou em si mesmo, quebrou um pouco. *Djikontxerô* fazia o machado se mexer por si mesmo e crescer outra vez.

O velho entrou também, sem ser morto.

O machado quebrado crescia outra vez. Eles escapavam, o machado crescia de novo. Quando o rapaz saiu, o machado quis cortar, quebrou, e assim sempre. O velho saiu, o machado quebrou.

O pai, no mato com o outro filho, fez uma reza forte, atingindo a casa e o povo dos ratos, para virarem para dentro do chão, e o chão virar para cima. A casa entrou debaixo do chão. O pajé queria matar a maloca com todos os ratos.

O pajé fez a reza, jogou, acabou com todos os ratos. O rato tornou-se rato de vez, bicho mesmo, o local onde estavam sumiu. O filho morto, que era o marido que queimara o corpo da mulher, o pajé fez virar raposa. A mulher, a cabeça, virou também raposa, Watiri-Kokoré. O bacurau morreu. A invenção do bacurau ficou, mas ela era mandada pela *Djikontxerô*. Continua existindo bacurau.

É a pele que fica, uma coisa vira outra, como a lagarta que vira borboleta. A casca fica. Metamorfoseou-se. Cai a casca. É assim, essa história.

Tiwawá, a estrela da tarde e *Kurawatin-ine*, a estrela da manhã, ou a namorada do cunhado

NARRADOR: Abobai Paturi Djeoromitxí.
TRADUTOR: Armando Moero Djeoromitxí.

Eram dois irmãos, *Tiwawá* e *Kurawatin*. *Tiwawá* é a estrela da tarde; *Kurawatin* é a estrela da manhã, sai de madrugada. *Kurawatin* andava só de vermelho, como se fosse pintado de urucum, a pele bem vermelha. Era o mais velho, *Tiwawá* o mais novo.

Um dia, *Tiwawá* também quis ter a pele bem vermelha. Pensou que a mulher de *Kurawatin* é que pintasse o irmão. Foi pedir à cunhada a pintura vermelha:

— Quero que você me pinte, como você faz com meu irmão!

— Não posso fazer isso com você, não! Essa tinta eu tenho dentro da vagina, não é urucum, não!

— Quero que você me pinte assim mesmo!

Depois de muita insistência, ela concordou.

— Então vamos para o mato!

Era um líquido que saía de dentro dela. Convidou o cunhado. No mato, deu um jeito de ele ficar em cima dela, para namorar. Avisou que tinha que ir bem devagar, para não quebrar o pote de tinta escondido dentro dela. Mas *Tiwawá* se avexou demais, pelo sabor que estava tendo.

Gostando demais, assanhado, nem conseguia ouvir, fazia com pressa, quebrou o pote dentro dela. O líquido escorreu como água de riacho, cobriu seu corpo todo de vermelho.

— Eu falei que era para namorar devagarinho, você não me obedeceu, quebrou o líquido do seu irmão!

Tiwawá ficou com vergonha, não voltou para casa. Foi para o rio tomar banho, passar areia para tirar o vermelho. A cunhada avisara que não era fácil tirar a cor. Como ela dissera que não ia sair a cor, não ia sair mesmo; nesse tempo, tudo o que se falava acontecia de verdade.

Com vergonha, *Tiwawá* só voltava para casa de noite, no escuro, para dormir, para não verem seu vermelho. Seu irmão, *Kurawatin*, chegou. Foi namorar a mulher, percebeu que não saía mais o vermelho.

— Você deixou quebrar o potinho da minha pintura!

Ela não escondeu.

— Foi seu irmão!

— Mas eu tinha dito para você, que quando brincasse com alguém, deixasse um homem entrar em você, fosse bem devagarinho para não quebrar o pote de pintura! Você deixou estourar, foi apressada! Podia namorar, mas devagarinho como eu, sabendo como brincar!

Aborreceu-se, tirou líquido de muitas árvores, leite branco, como o de seringa, de árvores que não sei traduzir os nomes. Transformou em líquido grudento, que gruda na asa do passarinho, para caçar passarinho. Quis fazer assim com o irmão mais novo.

O irmão mais novo, *Tiwawá*, chegou em casa, a tinta grudando nele. Estava com raiva.

Esta tinta usamos para grudar num pedaço de madeira, para a caça ficar presa, é uma cola muito boa. *Tiwawá* ficara todo grudento.

No outro dia, *Tiwawá* pegou uma tinta parecida com a que o outro fizera para ele e pôs para o mais velho.

Kurawatin e a mulher chegaram do mato, onde estavam tirando lenha. *Tiwawá* tinha posto cola na rede dos dois, para ficarem bem grudadinhos. Ela se afastou para trás, rindo de *Tiwawá*:

— O grude que ele faz não cola ninguém!

Jogaram fora a cola que o mais novo pusera para o casal.

Tiwawá ficou com vergonha e se foi para sempre. Aparece no início da noite, de tardezinha, do lado que o sol se põe, *Kurawatin* de madrugada, do lado que o sol nasce.

198

Nerutë Upahë

NARRADORES EM PORTUGUÊS: Wadjidjika Nazaré Arikapú e Kubahi
Raimundo Djeoromitxí.

Eram três meninas, uma virgem e duas não. Andavam atrás de jiboinha, *nerutë*. Pegavam muçu, que parece peixe, mas é cobra, piramboia. A menina virgem não queria muçu, achava que não servia.

Foram procurando, procurando, passaram por um lago pequeno, a menina quando achava muçu deixava. Começaram a tirar as folhas da água. Uma das meninas que não eram virgens achou uma jiboinha.

— Deve ser este que você quer! — falou para a outra.

A menina virgem olhou, reconheceu a pintura — cobra tem pintura.

— É esta mesma!

Pôs na cumbuca, foi andando para casa. Não queria muçu, *otore* em djeoromitxí, queria jiboinha. Andaram um pouco, caiu uma chuva, com trovão, *Dekëkëtā*. Apareceu o temporal porque aquela era a cobrinha jiboia verdadeira. Mal as meninas andavam um pedacinho, já a cobrinha espocava, quebrava a cumbuca.

As meninas tinham levado muitas cumbucas. Punham dentro a cobrinha, mas a força dela era igual a de um relâmpago, sempre fazia quebrar-se a cumbuca.

No caminho de casa, a jiboinha vinha cantando. Cantava, do jeito que estou cantando agora, para arranjarem um pote com água para ela ficar. A menina fez como ela pedia, arrumou um potezinho com água, pôs dentro a cobrinha, mas todos os potes também se quebravam. A jiboinna começou a cantar outras músicas, pedindo para cavarem um buraco no chão e encherem de água.

A mãe da jiboinha, que era a menina, cavou um buraco bem no centro da casa, no lugar do esteio, e pôs a cobrinha. Então a chuva acalmou. A jiboinha ficou quietinha. À noite, a mãe deitou — a mãe era a menina virgem — , apagou a luz, a jiboinha saiu do poço, igual a um relâmpago. Deitou com a menina, em forma de cobra ainda, começou a mamar o peito da menina. Quando amanheceu o dia, voltou para o seu lugar como cobra.

Na segunda noite, saiu como gente, como criança, se arrastando, pegando na rede da mãe, mamava, o peito da mãe já foi crescendo. Era assim que a mãe queria...

Na terceira noite, saiu também como criança, deitava com a mãe. Esta chamava o pai:

— Vem olhar seu neto!

Ele veio, só com o claro do cigarro viu a cobrinha que agora era uma criança perfeitinha. O velho se interessou por cuidar do neto:

— Amanhã vou mandar teus irmãos caçarem, para depois eu curar a comida do teu filho.

Na maloca, para as crianças crescerem, virarem gente, para dar sorte, é preciso o pajé curar a comida das crianças.

A cobra fez pintura na mãe, só com a ponta da língua, da qual saía uma tinta. Quando amanheceu, a outra mulher que ajudara a pegar a cobra viu a pintura da mãe da cobra. Pediu se a menina podia mandar o filho-cobra pintar seu corpo também. A menina respondeu:

— Não, não mexa com ele!

A outra teimou. Quando a menina saiu para a roça, para queimar talo de ouricuri, para fazer sal, para temperar a caça (que era para curar, para ele virar gente mesmo), a outra pediu com insistência. Achava que a cobra tinha uma pintura de jenipapo. Levou massa de jenipapo para ser pintada. A cobra estava dormindo, a outra mulher chamou.

— Você vai me pintar, fui eu que ajudei tua mãe a te trazer.

A cobrinha enjeitou a massa de jenipapo. A outra ficou lá de pé, insistindo. Então a cobra saiu com a língua de fora e começou a pintar. Pintou, pintou, quando começou a pintar do lado da vagina, como a outra menina não era virgem, a língua entrou dentro dela. Na menina-mãe não entrava,

200

era virgem. Entrou a língua nela, cortou bem no meio, como se fosse um corte de facão. O menino-Cobra engoliu o pedaço inferior da mulher. O pai do menino, que era cobra que morava no céu, arriou de lá para cá e engoliu a parte superior da moça. A primeira jiboia engoliu a parte inferior e o pai da cobra a parte superior.

Deu um chuvisco, e a mãe da cobra, a menina, lá onde estava, percebeu que alguém tinha mexido com o seu filho. Veio correndo, dizendo que não era para o filho ir embora e ela ficar sozinha.

A música que ela e o filho cantaram é assim, como estou cantando: "Meu filho querido está me deixando, quero que volte e fique comigo." Ele respondeu:
"Eu não vou voltar, minha mãe.
Morro de vergonha,
quero que a senhora venha comigo."

A menina segurava a cobra no meio do corpo, a cobra engrossara depois de engolir o pedaço de mulher. A cobra furou a casa bem no centro, onde estavam o esteio e o poço, começou a subir. A mãe puxava para trás, mas ele convidou a mãe para ir junto. Ele subiu para o céu, envergou e caiu na água, puxando a mãe.

Quando ia caindo na água a mãe perguntou:
— Será que a gente não se afoga, não?
— Não, ninguém vai se afogar...
Desceram, ela virou cobra também.

O menino avisou que, em certa época do ano, o céu ficaria amarelo, e este seria o dia do seu aniversário. Esta data deveria ser marcada, comemorada, lembrada, como a do aniversario de *Nerutë*. Agora, depois do contato, não se comemora mais o aniversario de *Nerutë* do mesmo jeito, é diferente.

Nekohon, o marido-Pico-de-jaca

NARRADOR EM PORTUGUÊS: Kubahi Raimundo Djeoromitxí.

Uma menina muito alta, já em idade de casar, não queria noivo baixinho. Quando o irmão trazia um pretendente, ela encostava no rapaz, comparando o tamanho: se fosse menor que ela, recusava.

Cansado de tanto trazer possíveis cunhados, o irmão resolveu ir à aldeia das cobras, para ver se dessa vez encontrava alguém aceitável para a irmã. Voltou com a cobra, a *pico-de-jaca*, *Nekohon*. Era um homem, vinha tocando flauta de taboca, de alegria, ao chegar perto da maloca. A moça estava esperando. Olhou, logo se apaixonou.

— Ah, esse é bonito! Esse moço eu quero!

A moça logo pegou o moço-Cobra pelo braço, foi dançar, oferecer chicha dentro da maloca. Beberam, dançaram. De noite, o homem-Cobra levou-a para deitar com ele. Namoraram, era a primeira vez para ela. Ela não aguentou, era virgem, gritou de dor. Com o grito, a cobra assustou, saiu de cima dela e caiu no chão, em forma de cobra mesmo.

A moça viu a cobra grande enrolada no chão, assustadora. Ficou com medo, não queria mais saber dele. Mas não tinha jeito, era marido, já tinham namorado... À luz do dia, rejeitou o marido-Pico-de-jaca, mas o irmão falou:

— Eu procurei gente de verdade para seu marido, você não quis, nenhum servia, agora tem que ficar com este mesmo...

Chorando, a moça enrolou a rede e foi atrás do marido, para a maloca das cobras. Mal deixou a maloca encontrou outra cobra *pico-de-jaca*, o pai de *Nekohon*, de seu marido. Encontrou o sogro.

Neste tempo, quando uma mulher passava por cima do rabo da cobra, esta soltava esperma, já penetrava no corpo, gerava cobrinha na barriga dela. Era só passar por cima do rabo da cobra para provocar o espirro de esperma. A moça passou por cima do rabo do pai do marido, mais adiante, do rabo do tio do marido, dos rabos de um montão de cobras, muitos tipos de cobra, grandes, pequenas. O esperma de cada cobra escorregava pelo rabo e penetrava no corpo dela, gerando cobra no seu ventre. Ao chegar à maloca das cobras, a mulher já estava gestante, não cabia mais nada na sua barriga.

No tempo de parir, a moça sentiu dor. O Cobra-marido chamou a mãe-Cobra, sogra da menina, para ajudar no parto. Esta veio como cobra, saiu do casco, metade pessoa, metade *pico-de-jaca*. A metade de cima era mulher, a de baixo, cobra.

Começaram a nascer cobras. Saíram, saíram, saíram... por último foi Me, a cobra. A moça, já cansada de tanto parir, falou para a sogra que não aguentava mais, de tanta cobra que estava nascendo. Ia parir a jararaca, merebiri, mas fechou a perna.

A cobra nascitura picou sua vagina; a moça morreu. Morreu, mas ressuscitou, é espírito hoje, dá conselhos, embora não cure. O espírito dessa mãe das cobras diz para a jararaca que não é para ficar no caminho do tio das cobras, no caminho de gente, que não deve matar. As cobras que nos picam são as que teimam com a mãe, que não a obedecem. Quando matamos cobras com vara, chegam lá na mãe delas com febre. Quando matamos com flecha chegam lá mortinhas.

Pakuredjerui aoné, os homens que comiam seu próprio cocô ou os homens sem mulheres

NARRADORA: Wadjidjika Nazaré Arikapú.[4]
TRADUTOR: Armando Moero Djeoromitxí.

Antigamente, os homens iam para o mato fazer cocô e já levavam pamonha. Algumas mulheres cismaram com esse hábito estranho de levar comida bem nessa hora. Foram espreitar: descobriram como eles comiam as próprias fezes com pamonha! Voltaram para a maloca contando a todas as outras a nojeira dos homens.

As mulheres resolveram tomar rapé como os homens, fazer a dieta dos pajés, como se fossem homens, para virar pajés. Foram ficando magras, magras, sem comer, só fumando. Queriam voar.

Os homens resolveram caçar para levar comida para elas, ver se as alimentavam, se elas paravam de emagrecer. Quando foram para a caça, elas continuaram a tomar rapé e a tirar talo de ouricuri, para fazer sabão de cinza, para limpar o corpo, para voar. Tomaram rapé e chamaram o espírito de *Bidjidji*, uma aranha pequena que faz teia no caminho.

Foi o chefe das aranhas, o dono das aranhas, que ensinou as mulheres a terem penas, pois queriam voar. Viraram pássaro, o pássaro *oné*, um pássaro pequenino que tem um rabo igual a tesoura, chama-se tesoureiro em português, é branco, metade preto. As mulheres criaram asas, prontas para voar.

---

4 Wadjidjika é Arikapú, mas conta essa história Djeoromitxí, povo que conhece tão bem quanto o seu, sendo os dois de línguas da família jabuti.

Os homens estavam caçando, e enquanto isso elas iam virando pássaro, já subiam. Eles ficaram no chão, olhando: de sua tocaia no mato, viram os pássaros nos ares e adivinharam:

— Parece que a mulherada foi embora, bem anunciaram que iriam embora para o céu!

Avisaram os outros, voltaram para a maloca e só viram o lugar vazio das mulheres, os restos do sabão, as penas que já tinham crescido nelas e caído. Ficaram tristes... não tinham mais mulher.

Ainda bem que uma filha do cacique não quis deixar o pai. As mulheres haviam deixado que ficasse escondida no jirau, tinham posto uma porção de esteiras tampando. A mãe lhe recomendara:

— Se você quiser ficar, fique, mas vai ter que casar com seu irmão!

Os homens chegaram, tristíssimos.

— Por que vocês vão ficar tristes? Vamos fazer chicha para nós! — tentou consolá-los o filho do cacique.

Cada vez um dos homens fazia chicha, revezavam-se; mas a chicha ficava ruim, não tinha gosto. O filho do cacique era o único que sabia do segredo da irmã escondida. Quando era sua vez de fazer chicha, mandava a menina mascar para ele, para adoçar a bebida, fermentar. A chicha mais gostosa era sempre a dele.

— Ah, você tem mulher, sua chicha está boa demais! — diziam os outros.

— Não tenho, não! Vocês é que não mascam direito!

Ainda não estavam namorando; o irmão nem sabia ainda que era para casarem. Passados uns dias, um companheiro do irmão, seu *wirá*, amigo, compadre, como dizemos em língua djeoromitxí, ficou deitado na rede do outro, bem debaixo do jirau onde a irmã estava. Ela estava mascando para a chicha, escondida lá em cima. De repente, sem querer, deixou cair um pedaço de masca em cima do *wirá* do irmão.

— Acho que meu *wirá* está escondendo mulher!

— É mulher nada, é rato que deixou cair um pedacinho de comida! — mentiu o irmão, tentando manter o segredo.

— Que nada, é mulher! — retrucou o *wirá*. Subiu no jirau, arrancou as esteiras e, encantado, viu a filha do cacique.

Ela desceu, já fora vista! Falou para o irmão:

— Mamãe mandou eu morar contigo!

— Não pode ser, vai ser muita vergonha, somos irmãos!

Ficaram juntos, mas não namoraram, os outros é que faziam filho nela.

Começou de novo a existência das mulheres, recomeçou a crescer gente. Quando nasciam mulheres, os homens tratavam bem, esperavam crescer, para casar. E assim aumentou gente outra vez, senão tinha se acabado.

Bedjabziá, o dono dos marimbondos

NARRADOR: Abobai Paturi Djeoromitxi.
TRADUTOR: Armando Moero Djeoromitxi.

Bedjabziá era um espírito maligno, um *hipopsihi*. Era o Dono dos Marimbondos. Tinha marimbondo no pescoço, no sovaco, na barriga, nos testículos, por todo o canto.

Um dia, *Bedjabziá* viu uma menina bonita numa maloca e gostou dela. Passou a ir lá todos os dias, para namorar.

Era tempo de arrancar amendoim. A mãe da menina chamava para ir à roça, para a colheita; ela só queria ficar na maloca, inventava um pretexto para não ir, ficava na aldeia com o irmãozinho pequeno.

Bedjabziá vinha, pegava no grelo, no pinguelo da menina e puxava. Também pegava o saco do irmãozinho, de quem ela cuidava sempre, puxava. O menino tinha um ano, talvez.

Ela já era mocinha; estava gostando muito da moda inventada pelo *Bedjabziá*.

Quando o *Bedjabziá* estava para chegar, a menina cantava, se enfeitava, passava o breu que se usa para pintar o corpo:

"Já vem o vovô, trazendo moqueca de paca!

Já vem o vovô, trazendo moqueca de jacu!"

Pegava no braço dele, dançava, entrava, assava a caça que ele trazia. O marimbondo maltratava a criança, o irmão dela; ele era Dono do Marimbondo!

A mãe percebeu que o saco do menino estava crescendo. Falou para outro filho mais velho:

— Você cuida dessa tua irmã, que não sei o que ela tem, que não quer sair de casa para trabalhar; além do mais o saco do menino pequeno está crescendo!

O irmão mais velho escondeu-se num jirau da casa. Viu o velho vindo, e a menina enfeitada, cantando sua cantiga. O velho entrou, assou moqueca, foi tomar banho com a menina. Ela só se enfeitava quando estava na hora da chegada do velho, para a mãe não perceber. Já deixava os enfeites no porto, no rio.

O irmão foi avisar à mãe, enquanto ela estava tomando banho.

— Minha irmã está comendo caça de *hipopsihi*, e meu irmão sofre demais, ferrado por marimbondo no corpo todo!

Bedjabziá só ferrava o irmãozinho, não ferrava a menina. O irmão contou que ela estava namorando, se divertindo, com uma pessoa que nem gente era, e ainda por cima maltratava seu irmão.

— Faz flecha para matar o *hipopsihi*! — mandou a mãe.

O irmão mais velho trouxe muito talo de ouricuri para fazer flecha e disse para a irmã que ia caçar no dia seguinte. Ela acreditou.

De madrugada ele se escondeu no jirau com mais duas pessoas. Logo o velho veio vindo, a menina se enfeitou e começou a cantar.

"Já vem o vovô, trazendo moqueca de paca!

Já vem o vovô, trazendo moqueca de jacu!"

Bedjabziá cismou, percebeu que havia gente esperando por ele.

— Estou sentindo que tem alguém aqui!

— Que nada, é a mesma coisa que ontem, pode entrar!

Ela insistiu, levou o velho para dentro de casa. Começaram a dançar, agarradinhos, quentinhos, quando do jirau atacaram flecha nele.

O velho fugiu para o porto, mas foi tão flechado que já no caminho morreu. Os marimbondos se espalharam por todo canto.

Queimaram o corpo de *Bedjabziá*. A menina ficou sem **ele**, chorou muito de saudade, e o pai e mãe ainda lhe deram uma surra.

Berewekoronti, o marido cruel e a mulher traidora

NARRADOR: Erowei Alonso Djeoromitxí.

Berewekoronti era casado com uma mulher que não engravidava. Arranjou outra, ficou com as duas.

A segunda mulher teve nenê. Um dia, houve uma festa, uma chichada; deram muita chicha para ela beber. A criança chorava, chorava esperando pela mãe, mas ela não queria parar de tomar chicha, não conseguia beber depressa.

Berewekoronti, o pai, irritado, foi pegar a criança no colo. A primeira mulher, mal-humorada, deu lição:

— Quem tem filho tem que dar de mamar, fazer a criança ficar calada, em vez de ficar bebendo!

Com isso *Berewekoronti* se aborreceu mais ainda, já andava com raiva. Chamava, nada de a mulher vir, avisava que só viria quando terminasse de beber.

Berewekoronti era bravo: entregou o nenê para a primeira mulher e matou a que estava bebendo. A mulher estéril ficou criando o nenê.

Passaram uns tempos, arranjou outra mulher.

A terceira mulher gostava de um outro homem. Ia para o mato fazer sal de ouricuri e convidava o namorado para cortar capemba, para queimar o ouricuri, produzindo sal. Ficavam sozinhos, namorando felizes.

O marido desconfiou de tanto passeio e mandou o menino, filho da finada, ir vigiar. O garoto se escondeu entre as folhas, espreitando a madrasta.

A moça, para fazer sal, pôs fogo nas primeiras capembas. Chegou o namorado, resmungando:

— Você devia é convidar teu marido para cortar essa capemba, porque não sou eu que vou comer carne com o sal que preparo com você, e sim ele!

— Que nada, vou dar carne com sal para você, vamos comer os dois juntos, não quero saber de ficar com meu marido.

De má vontade, aborrecido por lembrar que estava fazendo sal para o outro, o namorado ajudou. Depois do trabalho, namoraram com gosto.

O menino correu para a primeira madrasta, que o criara:

— Mãe, estou com febre, por isso meu pai me mandou vir embora.

Quando alguém tinha febre, a mãe fazia fogo debaixo da rede. O menino fingiu dormir, aguentando valente a quentura de fogo em pleno calor do dia. O pai chegou:

— O menino melhorou?

— Não, está mal!

No outro dia o pai perguntou para o filho o que vira; o menino contou. O pai fez flechas, para ele e para o menino; fingiu que iam caçar. Escondeu-se com o menino na clareira onde a mulher costumava fazer sal. A mulher chegou cantando, pegou a palheira, o namorado passou um pouco depois, ela convidou. Ele hesitou:

— Acho que seu marido hoje vai me matar, porque sonhei com a linha do arco quebrando no meu corpo!

Ela teimou que não era nada, que o marido estava caçando longe naquela hora. Abraçou-o e levou-o para onde sempre namoravam. Ficou na posição, ele foi por cima dela. O marido veio com as flechas e o homem ainda correu gritando:

— Não falei que eu ia morrer? Agora vou acabar e você ainda vai viver!

Mas o menino flechou a madrasta, que ainda pediu:

— Não me flecha, meu filho!

O marido flechou o rival e a mulher, morreram os dois. Arrastou os dois para o lugar onde sempre namoravam, arreganhou a perna da mulher e pôs o homem dentro, por cima dela. Era malvado mesmo. Foi caçar como se não houvesse acontecido nada.

Matou uns passarinhos para o filho, matou um macaco, matou outro, trouxe. Em casa deu a moqueca para a mulher, como se viesse de uma caçada habitual; trouxe até mesmo outra moqueca para a morta, como se tudo estivesse bem. A mais velha assou o macaco. A mãe da morta estranhou que a filha não chegasse. Anoiteceu, a moça não chegava. Sua rede caiu de repente. A rede do namorado, seu feixe de taquaras para flechas, suas penas, guardadas no estojo de palha, caíram. Os espíritos, de madrugada, ficaram chorando debaixo da rede da mãe e do pai deles. Todos perceberam que deviam estar mortos.

A mãe da menina foi procurar, bem cedinho; encontrou o casal flechado, inchado. Bateu no homem morto:

— Por sua causa minha filha está morta hoje!

Tirou a filha, cavou uma sepultura, pois quem morre de flecha, para os índios, não pode estar enterrado junto com os outros. Veio embora chorando.

Ninguém se vingou do marido. Ele quis pedir outra mulher, uma moça bem bonita que tinha muitos parentes. Ninguém queria dar; diziam que não devia ter matado a mulher, só o namorado. Não queriam, mas acabaram dando outra mulher para ele.

A quarta mulher já estava grávida. Fazia chicha de milho, deixando o bagaço de milho para criar o tapuru, (uma larva, ori na língua djeoromitxí), como sempre fazemos. A mulher ia sempre para o mato deixar a comida para as larvas.

Um homem foi atrás, querendo seduzir a moça. Ela recusou, alegando que o marido era muito malvado e matara duas outras mulheres.

— Não é só ele que é homem, não! Também sou homem! Se for me matar, eu o mato!

Assim sem querer, querendo, tentada, ela deixou. Acostumaram a namorar.

Berewekoronti, o marido, era pajé, caçador bom de caça. Desde o dia em que a mulher começou a namorar, a caça se afastou dele. *Berewekoronti* queixou-se para o filho:

— Deve ter alguma coisa errada! Tua mãe deve estar me traindo! Você tem que ir lá espiar!

O menino ficou escondido.

A madrasta estava fazendo chicha, deixando os bagaços de milho para os tapurus. O namorado veio vindo, apalpando a moça, puxando para namorar. A moça tentava soltar-se: o marido já andava reclamando da falta de sorte na caça, era capaz de matá-los...Ele insistiu com jeito, namoraram.

Enquanto isso o menino voltou para contar. Mentiu para a madrasta, a primeira mulher, dizendo que estava com febre. Ela fez fogo debaixo da rede, cuidou dele. O pai chegou, assou moqueca para as duas mulheres e para o menino.

No outro dia perguntou o que o filho ficara sabendo e ouviu a verdade. Pôs-se a planejar a vingança. Foi caçar com o filho e se esconderam para espiar os namorados.

Lá estava a mulher bonita fazendo chicha. Não estava cantando — tinha pressa de voltar, com medo. O namorado veio, ela tentou resistir, com medo do marido, mas não soube negar. Ela sempre dizendo que o marido ia matá-los naquele dia.

— Se ele nos matar, eu o mato também! — protestava o apaixonado.

Pôs as flechas de lado e foi namorando. O marido atirou nos dois.

Perto da maloca muita gente ouviu os gritos; foram ver. O marido justificou a malvadeza dizendo que apenas acabara com uma mulher namoradeira demais.

Os parentes dela, para disfarçar, declararam que como *Berewekoronti* era muito ligeiro, nem iam tentar acabar com ele. Na verdade, não se conformavam com a perda da moça. Quatro dias depois, o marido foi caçar. Pediu para o filho ir junto, pois tinha o pressentimento de que ia ser atacado. Passara a noite toda aperreado, como que com micuins, com coceira, sinal que gente ligeira ia atacar.

A vida dele era só caçar. Trabalhar, cuidar da roça, não gostava muito. Os parentes da morta se arrumaram, foram atrás. Fizeram tocaia.

Berewekoronti vinha voltando, com uma espécie de vento em volta. Eram as almas das pessoas que matara, acompanhando-o, cercando-o. Os outros observaram:

— Lá vem ele! Não é vento o que ouvimos; são os espíritos de quem ele matou.

Berewekoronti vinha trazendo a carne da caça, o filho trazendo o fígado. Na hora da flechada jogou fora.

— Vou matar o velho!

— Vou matar o filho!

212

Flecharam, duas flechadas no filho, duas no pai. *Berewekoronti* jogou fora a moqueca de caça e revidou o ataque. Antes de morrer, com o corpo crivado de flechas, ainda conseguiu matar uns dez. Por fim foi morto.

Os remanescentes enterraram os mortos. Quiseram ver por que *Berewekoronti* tinha sido tão duro de morrer. Viram que o coração dele era muito grande.

O Anta

NARRADOR: Erowei Alonso Djeoromitxí.
TRADUTOR: Armando Moero Djeoromitxí.

No tempo do milho novo, quando as mulheres voltavam da colheita, uma delas sempre arrumava um jeito de ficar mais tempo sozinha do milharal, afirmando que sobrara um pouco do seu milho, que precisava arrancar mais espigas. Em vez de colher milho, ia namorar o Anta.

O Anta vinha do mato, tirava o couro, como se fosse uma capa ou uma fantasia, pendurava num galho de árvore. Vinha como gente, pintado, bonito, alegre. A mulher, cantando, assanhada, feliz, corria para abraçá-lo. O Anta a levava para um canto escondidinho. Namoravam, esquecidos do mundo.

Todos os dias ela queria voltar à roça para colher mais milho, dizia às companheiras que sobrara um pedaço. Tinha filho novinho, marido, mas atrasava, porque ficava namorando. Depois de muitas vezes, as amigas estranharam que voltasse sempre sozinha.

— Você não quer uma companheira para te ajudar?

— Não precisa, só tem um pouquinho de milho!

Um homem foi espiar, viu o Anta correr de dentro do mato, arrumar o couro num galho de uma árvore e deitar sobre a mulher, na maior felicidade. Num chispar de olhos levou a notícia para o marido enganado.

O marido e o compadre, *wirá*, fizeram flecha, ficaram de tocaia, sem pressa. Já estavam quase desistindo quando o Anta apareceu, virou homem como de costume e se pôs a namorar a moça. Os dois atacaram flechas no casal, que não teve nem tempo de correr. O Anta, em forma de homem, tentou apanhar o couro guardado na árvore, mas caiu, ferido.

O marido quis matar a mulher, mas ela correu para o filhinho, deu de mamar. O compadre não deixou que ele matasse.

Na aldeia, foram tratar o Anta, preparar a carne para moquear. Era um homem grande. Todos comeram um pedacinho, só a namorada recusou.

Quando estavam preparando a carne do homem que era Anta, um rapaz novo viu o couro na árvore e quis vestir. Os outros desaconselharam: não devia, não era couro de gente, iria acabar sofrendo crivado de flechas.

— Não, só quero experimentar o couro um pouquinho! Depois deixo aí!

Apanhou, ajustou o couro no corpo; mal tinha posto, saiu correndo na forma de anta, desapareceu no mato.

O rapaz chegou na casa da mulher do Anta que morrera. Triste, arrependido, pensativo, guardou suas flechas como o marido dela, o Anta, costumava guardar, no mesmo lugar, na aljava pendurada na palha. Estava no lugar do que fora morto; em vez de homem, era agora o marido da Anta-fêmea.

Escutou a zoada das antas namorando as mulheres deles. Pensou que fosse festa, chichada:

— Tanta gente fazendo chicha! É bom a gente ir pegar mingau para tomar.

A mulher do Anta que morrera explicou:

— São as antas que estão namorando as mulheres, não é chicha! Você não vai namorar também?

O moço deitou com ela, mas tinha um pinguelo pequeno demais, a mulher-Anta desapontou. Anta tem pica grande — e ele era jovem, nem tinha namorado ainda, quando virou anta. Na aldeia, um rapaz de quinze anos pode não conhecer mulher ainda.

Ela estranhou:

— Um dia você tem pica grande, no outro tem pica pequena, não mata nem desejo da gente!

O rapaz ficou sendo anta para sempre, dessa espécie de anta que tem pica pequena.

Narradores e tradutores Djeoromitxí

Abobai Paturi Djeoromitxí
O mais velho dos dois grandes pajés djeoromitxí, que eram irmãos inseparáveis. Representante da vida no mato, antes dos colonizadores, talvez beirasse os oitenta anos à época de nossas conversas. Era neném quando os primeiros empregados dos seringais fizeram contato com os Djeoromitxí em suas malocas. Os visitantes davam-lhe colo e diziam para sua mãe: "Este menino vai trabalhar para mim quando crescer, cortar caucho, seringa." Só deixou a aldeia rapazinho, para virar seringueiro na colocação Paulo Saldanha. "Se hoje ganhasse o dinheiro pelo que trabalhei, seria rico, rico…" — disse em uma entrevista. Morou no seringal São Luís, até ser levado pela FUNAI, por volta de 1968, para a atual Terra Indígena Guaporé.Quase não falava o português. Suas histórias, compridíssimas, cheias de vida, foram todas contadas na língua indígena. Viúvo nos últimos anos, andarilho e irrequieto, vivia sob os cuidados de filhos e netos.

Armando Moero Djeoromitxí
Filho de Wadjidjika e Kubahi, professor indígena de talento, fala bem sua língua, assim como um português castiço; lê e escreve bem em ambas. Nasceu em 1970, cresceu e estudou na Terra Indígena Guaporé, mas como casou com Wudkuneká Regina, filha de Buraini e Menkaiká Makurap, viveu um bom tempo na aldeia do Gregório, na Terra Indígena Rio Branco, onde só havia um outro homem djeoromitxí. Personagem talhado para ser chefe, para liderar a comunidade por caminhos novos nas relações com a cidade, foi meu colaborador incansável na pesquisa da tradição, sempre com uma curiosidade insaciável, gravando e traduzindo, além de ser um narrador expressivo. Na época da nossa pesquisa conjunta, alimentava o

sonho de se tornar pajé. Em 2013, estava cursando a licenciatura indígena na Universidade Federal de Rondônia (UNIR).

Kubahi Raimundo Djeoromitxí

Pai de Armando Moero. Sua aldeia, da qual cuidava com esmero e jamais abandonava, para não deixar a criação à mercê das onças, era a da Baía das Onças, na Terra Indígena Guaporé, um lindo lugar em plena floresta e beira-rio. Foi cacique dos Djeoromitxí durante muito tempo, cargo que passou em seguida ao irmão Saturnino. Nasceu na maloca, mas seu português era bastante bom. Seus pais, os antigos, morreram idosos, deles aprendeu a tradição. Sua mãe faleceu em 1993 e Kubahi descrevia como a acompanhou até a soleira do caminho das almas. Contou suas histórias em djeoromitxí.

Erowé Alonso Djeoromitxí

Mais novo que Paturi, Alonso nasceu na maloca, antes do contato. Perdeu a mãe ao nascer; foi criado, de mão em mão, por outras mulheres que também morreram. Jovem, foi levado pelos gerentes dos seringais para trabalhar na colocação Paulo Saldanha. De lá, por períodos, ia para o seringal São Luís. Alonso calculava o quanto seria rico se tivesse recebido por todo o trabalho escravo que fez na borracha; não tinha ideia, então, de como estava sendo explorado. Seus companheiros e ele ganhavam apenas um pouco de comida, sem licença para fazer roça, chichada, festas. Quando houve a epidemia de sarampo, apanhou a doença, num período em que foi à maloca, num intervalo do trabalho do seringal. Foi salvo, dizia, pelos tios e pelos espíritos de pajés antigos, que encontrou quando já estava prestes a entrar no caminho das almas.

Seu pai, que era também o de Paturi (as mães eram diferentes), era pajé e viveu o bastante para ainda morar no São Luís, onde morreu, diz-se, enfeitiçado. Alonso, na sua trilha, tornou-se pajé ainda na maloca.Talvez tivesse setenta anos ou menos, quando o conheci em 1994. Falava um português expressivo, com a gramática dos que nasceram no mato, fazendo-se entender, porém, até melhor que através dos intérpretes. Contou histórias intermináveis, era capaz de falar dias seguidos, tanto na sua língua como em português, na ansiedade da comunicação imediata, sem tradução. Seu nome, Erowé, é o dos espíritos das águas.

Pacoré Marina Djeoromitxí

Foi a tradutora do marido, o pajé wajuru (Pororoca). Os filhos de ambos, Alberto e Sérgio, falavam melhor o djeoromitxí que o wajuru. Ela traduzia para o djeoromitxí as narrações do pajé, que eles, por sua vez, traduziam para o português. Pacoré nasceu na maloca, foi menina para o São Luís, enquanto sua família continuava na aldeia. A mãe morreu cedo, antes do sarampo; o pai, na grande epidemia. Quanto a ela, voltou para a maloca, apanhou a doença e escapou milagrosamente. Muito bonita, tinha prováveis 70 anos quando gravou as traduções, com uma leveza sedutora em torno do marido.

Wadjidjika Nazaré Arikapú

(ver na página 230, Narradores e tradutores Arikapú.)

ARIKAPÚ

Pakukawá djepariá, o macucau

NARRADORA: Wadjidjika Nazaré Arikapú.
TRADUTOR: Armando Moero Djeoromitxí.

Um homem embirrava muito com a sogra, pois essa vivia colhendo o milho de sua roça. O pior é que a velha escolhia justamente as maiores espigas.

Assim foi, dia após dia, o genro sempre irritado de ver a gula da sogra, concentrada na melhor parte da colheita. A velha se excedia... Resolveu dar-lhe uma lição. Fez a roça de milho crescer, crescer, ficar sem fim. Ninguém sabe como fez tal feitiço, talvez fosse pajé.

Como a sogra preferisse as maiores espigas, ia andando adiante, escolhendo, beirando a roça. Entretida, acabou por se perder. O genro, dissimulado nas folhas, seguiu atrás e transformou a sogra num macucau, espécie de nambuzinho, *pakukawá* em língua arikapú. Ordenou que ficasse assobiando, como hoje o macucau assobia.

Quando a filha foi à roça, assustou-se com o tamanho doido que tomara. Escutou um pássaro desconhecido assobiando. Não podia saber o que ocorrera com a mãe, pois o marido fizera o encanto para a sogra em segredo. A moça seguiu o assobio do pássaro. Encontrou-o, vendo a mãe, a metade de cima mulher, a metade de baixo macucau. Tristemente, aos prantos, a velha se queixou para a filha:

— Para eu não mexer na tua plantação, não apanhar umas poucas espigas só para matar minha fome, meu genro me enfeitiçou, me fez virar pássaro. Aqui estou eu, metade mulher, metade ave para sempre, presa nesta forma. Você deve largar esse homem que fez tanto mal à tua mãe.

A moça voltou chorando desesperada, largou o marido. A mãe ficou piando como pássaro, o nambu macucau, até hoje.

A roça de milho, objeto da disputa, virou um campo natural — por isso até hoje há campos naturais sem fim neste mundo.

A mulher-pote

NARRADORA: Wadjidjika Nazaré Arikapú.
TRADUTOR: Armando Moero Djeoromitxí.

Antigamente não existiam potes de barro.

Uma moça queria fazer chicha e não tinha panela. A mãe virou pote para a filha cozinhar.

Um homem espiou a mulher se transformando em pote e foi logo contar ao marido da moça:

— Tua mulher faz chicha com o corpo da tua sogra! Essa velha cheira mal, você bebe chicha com a catinga da pele da velha!

O marido ficou enojado ao ouvir. Mas duvidando que fosse verdade, pediu para a mulher fazer outra vez chicha; ficou espreitando escondido. A sogra já estava no fogo, para a filha cozinhar.

Furioso, o marido aproximou-se do fogo, quebrou o pote, derramou o milho, estragou a chicha. A velha já não virou mais gente.

A filha ficou com raiva:

— O que você quebrou não era para quebrar, não!

Chorando, juntou todos os pedaços de barro, montou os cacos do pote. Chorou duas noites e dois dias sem parar; na terceira noite, não aguentou mais e dormiu um pouco.

A mãe lhe apareceu em sonho, pedindo que se acalmasse e enxugasse as lágrimas. Prometeu fazer alguma vasilha para a filha cozinhar a chicha.

— No lugar do fogo onde eu me esquentava como pote, cozinhando a sua chicha, vai aparecer uma bolha de barro. Você abre o barro de cima e tira o de dentro. Você vai poder fazer um pote para você.

A filha acordou e chorou de novo. No lugar onde era o fogo, apareceu uma bolha de barro, como um olho d'água, uma mina d'água que sai do chão. Ela abriu um pouquinho o barro de cima, tirou o de dentro e fez um pote grande. Depois de feito, deixou secar e queimou bem, assando. Ficou feitinho. Desde então é que apareceu o barro para fazer pote e até hoje as mulheres sabem fazer potes.

A namoradeira solitária e o marido-jabuti

NARRADORA: Wadjidjika Nazaré Arikapú.
TRADUTOR: Armando Moero Djeoromitxí.

Uma menina alisava um pau, para brincar, para namorar. Os homens tinham ciúme, passaram pimenta. Quando a menina foi usar — como se fosse um homem de verdade! — ardeu que só, quase morreu. Doida de dor, foi embora para o rio, lavando, lavando. Nada, não saía. Pedia socorro em todas as malocas, levando uma companheira junto.

Chegou na maloca do Jabuti.

— Vou morar com esse rapaz, não tenho marido!

— Vocês vão ser minhas noras! — alegrou-se a mãe do Jabuti, uma velha sentada lá no pátio.

O Jabuti veio chegando, cantando, tocando taboca.

— Que rapaz bonito, vamos morar com ele, nós duas! — propuseram as duas viajantes.

O Jabuti vinha trazendo orelha-de-pau para comer na maloca.

— De onde vem essa mulherada, mamãe? — perguntou.

— Não têm onde morar, vão ficar com você!

A menina namoradeira do pau logo ficou buchuda, a criança nasceu.

Um dia, o Jabuti foi caçar. Viu um pezinho de castanha, trouxe uma cesta de ouriços para as mulheres. Mas não fora ele quem tirara, pois não consegue trepar nas árvores, e sim a Arara que cortara as castanhas verdes, deixando no chão. O Jabuti ajuntou, trouxe para as mulheres.

— Vi castanha no mato, vamos lá de novo! — mentiu para as mulheres, inventou que ele mesmo tinha colhido.

O Jabuti subia na árvore, caía, subia, caía.

— Como foi que você tirou a castanha, se nem sabe subir na árvore?

— É que você me olha demais, não consigo subir!

— Então segura o nenê que vou subir eu! — disse a mulher.

Subiram as duas mulheres, a da pimenta e a outra. O Jabuti, no chão, zombava delas:

— O pinguelo de vocês está pingando aqui embaixo, de tão quentinho!

Elas atiravam castanha nele para se vingar do desaforo.

— Cuidado, vai cair no nenê!

E caiu mesmo na criança.

— Eu sabia que você ia matar a criança! — assustou-se o pai-Jabuti, rogando praga. — Pois tomara que esse pau engrosse!

Foi então que a castanheira engrossou, cresceu, ficou alta. Antes era baixinha, rasteira quase.

Elas ficaram lá em cima, sem poder descer. O menino não morreu, o Jabuti o levou para casa.

Todo dia o Jabuti ia olhar as mulheres.

— Deixe nós descermos!

Ele nem ligava, deixava que ficassem passando fome e sede.

Veio o Arara voando.

— Ah, se você pudesse virar gente para nos carregar, ser nosso marido!

O Arara ouviu e voou, trouxe muitas outras araras para ajudar a levar as duas.

Voaram, as duas casaram com o Arara.

O Jabuti, quando foi espiar, não achou ninguém. Ficou procurando, preocupado com o filho que vivia chorando com saudade da mãe. O menino foi procurar a mãe, acabou achando. O Jabuti foi com o filho atrás das antigas esposas.

O Arara fez uma chichada boa. O Jabuti se enfiou na festa.

— Já vem vovô, deem chicha para vovô! — diziam as araras, ao ver o Jabuti chegando.

O Jabuti era gente, virava bicho com casca. As araras o considera-ram boa caça para comer. Quebraram, botaram no jirau, inventaram

226

de moquear. Mas ficaram bêbadas de tanta chicha; o Jabuti levantou e foi embora.

No outro dia, o Jabuti voltou e matou o Arara; mas não conseguiu fugir, as outras araras o mataram.

O Anta, *Namwü hoa*, ou os homens sem mulheres

NARRADORA: Wadjidjika Nazaré Arikapú.
TRADUTOR: Armando Moero Djeoromitxí.

A mulher do cacique era menina ainda, nunca tinha ficado menstruada. Um dia, foi à roça, encontrou o Anta; namoraram. A menina gostou muito, acostumou com o Anta. O cacique ficou desconfiado — quem estaria namorando sua mulherzinha tão menina?

O tempo passou, a menina engravidou. O cacique ainda nem tinha namorado a moça; só podia ser alguém de outra aldeia. Pediu para alguém ir espreitar.

Um homem, a mando do cacique, foi espiar, ficou esperando. Viu o Anta namorando; matou. Tratou a carne da anta, preparou como fazemos com a caça, dividiu, foi chamar os outros para comerem.

Um rapaz novo cortou o saco do Anta, com ovo e piroca. Mostrou para a mulherada:

— Era isso aqui que ele metia em vocês!

O Anta tinha namorado todas as mulheres, não só a menina; os homens andavam revoltados, odiavam o Anta.

Anoiteceu. De madrugada, as mulheres tocaram, tocaram sem parar a flauta de bambu. Foram descendo para a beira do rio, deixaram a flauta no barranco, andaram beirando o rio para ir embora.

Sumiram no mundo; só a mulher que já estava grávida do Anta ficou, pois não aguentava andar. As outras a deixaram num lago pequeno. O mulherio desapareceu.

Os homens não levantaram logo para olhar, só perceberam de manhã que não havia mais ninguém. Estavam sem mulher. Um menino pequeno começou a sentir fome, saudade da mãe, saiu procurando. Encontrou rastro da mãe, que era outra mulher do cacique. Foi atrás.

A avó, mãe da mulher do cacique, o viu.

— É meu neto que está ali! — chamou.

As mulheres, na sua maloca de mulheres, estavam fazendo roça. A avó deu comida para o neto. Escondeu o garoto num jirau, para não ser morto pelas outras mulheres ou pela mãe. Esta chegou da roça:

— Cadê o menino, ouvi dizer que anda por aqui? Desce que eu quero ver! Não vou dispensar esse menino sem um castigo, o pai dele ficou com tanta raiva de nós!

— Não fale assim, minha filha, pois não é seu filho? Como vai fazer mal a ele?

A mãe se acalmou, parou de querer matar o filho, deu-lhe comida. Agradou-o uns dois dias, depois mandou embora, atacando flecha, fazendo-o correr:

— Você vai procurar um lagozinho pequeno, onde está a outra mãe sua!

Queria que o filho fosse atrás da mulher grávida do Anta, a outra mulher do cacique, que agora morava no fundo do lago, sozinha.

— Você masca esse amendoim e joga para ela, peça que volte para o pai de vocês.

O menino, procurando, encontrou a lagoinha redondinha. Mascou o amendoim, três vezes jogou na água. Na terceira vez emergiu a mulher, com o barrigão, quase na hora de descansar menino.

— Minha mãe falou que é para você ficar com meu pai outra vez, para fazer comida para nós!

Assim a mulher voltou para a maloca. Passou pouco tempo, nasceu a criança do Anta, nasceu mulher. Mais tarde nasceu outra mulher, outra mulher. Por isso recomeçaram a existir mulheres, senão a humanidade teria acabado.

Narradores e tradutores Arikapú

Wadjidjika Nazaré Arikapú
Nasceu no mato, na maloca redonda dos Arikapú. Mocinha, começou outra vida nos seringais de Paulo Saldanha. Foi lá que morreu sua mãe arikapú; o pai era um pajé djeoromitxí. Anfitriã e matriarca alegre, com cara de mocinha, Wadjidjika exibia uma vivacidade e alegria permanentes. Contou histórias (e cantou) em djeoromitxí, em arikapú, em português, descrevendo os hábitos e rituais antigos, um repertório variado, desfiado em meio a trabalhos contínuos.

Armando Moero Djeoromitxí
(ver página 216. Narradores e tradutores Djeoromitxí.)

ARUÁ

Wãnzei warandé, as mulheres que foram embora

NARRADOR: Awünaru Odete Aruá.

O Anta-namorado

As mulheres iam juntas a um poço, todos os dias, apanhar um peixinho chamado *tamboatá* (*awa-sá* em língua aruá). Não era bem a pesca que as atraía — iam mesmo é namorar o Anta. Faziam chicha bem cedinho, deixavam pronta a comida e partiam para a farra.

A chefa das mulheres, a mulher do cacique, a "cacica", batia na sapopemba ao chegar no lago:

— *Wasa, ema piwa ongoro!* Anta, vem comer o fígado da sapopemba!

O Anta vinha do mato, tirava o couro, pendurava numa árvore. Virava um homem lindo; começava a namorar. Primeiro a chefa, depois a subchefa. Só não pegava as mulheres que tinham criança pequena. Acabava de transar, colhia os líquidos misturados dele e da mulher, fazia virar peixe, o esperma virava peixe. Esse era o *tamboatá* que elas apanhavam.

A farra era diária; as mulheres chegavam na maloca satisfeitas, exaustas.

Os homens cismaram. Viviam no mato caçando, preparando uma festa, enquanto elas diziam aprontar a chicha, mas desconfiaram.

— Será que é peixe que estamos comendo?

E era esperma do Anta!

Havia um menino pequeno; os homens lhe deram raiz que arde na boca da gente e adormece. Com a língua em fogo, o garoto voltou dos homens para as mulheres, pedindo socorro:

233

— Mãe, eu estou com febre!

A mãe fez fogo, deixou-o na rede.

Com pressa, para não atrasar, as mulheres fizeram chicha rapidamente, foram para esse trabalho gostoso delas, depois de tampar bem a porta.

O menino subiu no jirau, furou a palha, viu a fila de mulheres sumindo em algazarra pelo atalho. Desceu e foi escondido espiar as mulheres. Viu a cacica batendo na sapopemba, chamando o farrista. O Anta veio, pendurou o couro, mas já cismado com algum perigo. O menino viu a sem-vergonhice do Anta, até com a própria mãe. Correu de volta escandalizado.

Não demorou, a mãe voltou com um monte de moqueca de peixe. Era muita, mesmo. Assaram a moqueca; chegaram os pais, os homens. O menino contou para o pai, mas em particular.

A morte e a ressurreição das mulheres, as tabocas e as formigas-de-sangue

De madrugada, o cacique tem o costume de dar as ordens para o povo, é o costume de índio.

— Hoje vamos caçar só perto do porto, ninguém vai caçar longe, hoje é a última caçaria.

As mulheres saíram. Eles atrás.

O cacique pegou o pau com que as mulheres batiam na sapopemba e bateu do mesmo jeitinho. Era uma fila de homens armados. O Anta veio, cismado, hesitante. Mal se aproximou, foi crivado de flechas, morreu. Cortaram a pica do Anta, levaram só a pica.

Na entrada da porta, o cacique botou pendurado.

— Nós vamos matar as mulheres, mas não é de flecha, nem de borduna, nem de espada. Nós vamos matar de espinho.

Estavam todos armados de espinhos, que puseram ao redor da casa: espinhos de tucum, de marajá. Entraram sem caça, porque não tinham ido caçar. O tuxaua falou:

— Mulher, vem tirar meu espinho, está doendo!

O pênis da anta estava pendurado. A mulher sentada embaixo, procurando espinho no marido. O pênis pingou em cima dela.

234

— O que está pingando nas minhas costas? — E olhou para cima.

— O que está pingando é aquele com quem você me trai! E você vai ver!

Mataram as mulheres todinhas com espinho. Só não mataram duas meninas e outra mulher, com filho pequenininho, porque elas não tinham namorado o Anta. O cacique, então, ordenou:

— Já que fizemos isso com as nossas mulheres, vamos embora para o rumo em que o sol se põe. Vamos embora.

Vieram, dormiram no aceiro da roça.

À tardinha, começou o canto das mulheres. Elas ressuscitaram, viveram de novo. Ouviu-se o toque de tambor, lindíssimo. Tocava, tocava…

— Nossas mulheres ressuscitaram!

Havia dois rapazes que gostavam da mãe. Voltaram para ver o que era. Ficaram pertinho, só ouvindo um toque de taboca, um toque de tambor.

Antes, as pessoas não tinham taboca, nem flecha, nem espada, mas agora surgia o artesanato, não se sabe de onde.

Tocaram, dançaram a noite toda. As novas tocavam taboca, as velhas dançavam.

De madrugada, o dia já raiando, viu-se o besouro enrola-bosta chegando de onde o sol nasce. Vinha por dentro da terra, fazendo um varadouro largo. O sangue das mulheres, dos furos de espinho com que foram mortas, transformava-se nas formigas, umas formigas pequenas, no meio do terreiro e no meio das casas.

— Minhas netas, já está na hora de ir embora!

As mulheres acompanharam o besouro. Foram-se com ele.

Os homens foram olhar — o lugar estava limpo. Não acharam rastro. Desgostaram — vieram embora, para o rumo de onde o sol se põe.

O Dono dos Porcos

De desgosto, os homens matavam qualquer ser vivo que encontrassem. Fizeram uma *pascana*, outra mais adiante. Viajaram, fizeram outra *pascana*. Viajaram uns cinco dias. Iam longe. Encontraram um bando de queixadas, uma vara de porcos.

— Vamos matar os porcos todinhos, para nos vingar do que fizeram com nossas mulheres! — disse o cacique.

Cercaram todos os porcos, para não escapar nenhum. Meteram flecha. Mataram todos os porcos — só escapou um pequenininho.

Mais adiante, fizeram *pascana*, cada qual com seu moquém. Só o homem com o nenê pequeno, cuja mulher não havia sido morta, pois não namorara o Anta, não tinha matado queixada. Não podia comer carne de porco por ser pai de recém-nascido, sujeito à dieta.

O avô do nenê falou para o filho, de tardezinha, quando o nambu-galinha começou a cantar pertinho:

— Vai matar nambu-galinha para você comer, este você pode comer!

O moço procurou, procurou nambu-galinha, já estava escurecendo. Apareceu o Dono dos Porcos:

— O que você está procurando?

— Estou procurando nambu-galinha!

— Você matou nosso porco, meu neto?

— Eu não, não posso, porque tenho menino novo! Nem mexi com os porcos, só posso comer nambu, por isso estou procurando!

O porquinho que tinha escapado estava no colo do Dono dos Porcos.

No braço do Dono dos Porcos pousavam todas as espécies de nambu: nambu-galinha, nambu-azul, mutum, jacu… O Dono dos Porcos, *Membé Aiai*, disse para o rapaz pegar os nambus do seu colo, para comer. O rapaz aceitou.

— Você pela, moqueca[5], manda tua mulher assar, depois de assado você chama teus parentes: teu pai, teus irmãos, tios, para comer nambu com você. Aconselha os teus a ficarem dormindo com você na sua *pascana*. Porque vou fazer os que mataram meus porcos ficarem no lugar daqueles que mataram.

O moço obedeceu, assou os nambus, chamou os parentes. Alguns não quiseram, disseram que estavam com a barriga cheia. Chamou as irmãs, não quiseram ir. Então ele foi sem elas fazer *pascana* fora do grupo.

O Dono dos Porcos, num encanto, adormeceu os homens, todos de barriga para baixo. Veio em seguida com um sernambi. Os porcos mortos

---

5 Neste caso "moqueca" vem do verbo "moquecar", variante de "moquear".

236

pelos homens estavam no moquém. O Dono dos Porcos pingou o sernambi bem nas costas — primeiro do pai do rapaz, que não quisera ir para a outra *pascana*. O pai gritou, já grunhiu como porco, pulou da rede como porco. O mesmo o Dono dos Porcos fez com os outros, foi pingando, pingando sernambi, os homens formaram-se em porcos. Era um estrondo.

Os homens virados em porcos comeram todos os porcos que estavam assando nos moquéns, a caça que eles próprios tinham apanhado na véspera.

De gente, só o casal restou, apartados na outra *pascana*, com o nenê. Subiram num coqueiro.

O Dono dos Porcos chamou o moço de neto, com carinho. Mandou-o fazer muita flecha, ordenou que, quando fosse flechar os porcos, matasse apenas dois, três, não muitos. Ensinou-o como devia caçar, com um certo cipó forte cobrindo os caçadores, protegendo-os dos ataques dos porcos.

O rapaz voltou para a aldeia. Eram só ele, a mulher e um menino. Mais tarde, nasceu uma menina — ficou sendo, quando cresceu, a mulher do irmão. Nasceram mais uma mulher, mais um homem — ficaram sendo marido e mulher, quando cresceram. Quando já tinha cinco filhos e filhas, o pai avisou:

— Vocês vão fazer flechas para nós caçarmos!

A população estava aumentando, os sobrinhos casando, os tios casando. O primeiro caçador ordenou uma caçada, como não faziam há tempo.

Voltaram para o lugar onde os porcos tinham sido mortos, onde os homens haviam virado porcos. O caçador e sua família cobriam-se com um cipó especial, para não serem atacados pelos porcos, avisando o Dono dos Porcos que estavam prontos.

O Dono dos Porcos soltava os porcos, que comiam um dos seus, do próprio bando. Quando a pessoa pedia para o Dono dos Porcos "esse é meu!" os porcos paravam de comer uns aos outros; cada pessoa podia então flechar o seu.

O povo foi aumentando, já era tanta gente que fizeram uma maloca grande. O chefe pediu uma nova caçaria; assim foi, três vezes. Fizeram o mesmo trabalho. Mataram os porcos, moquearam, chegaram na maloca. Na quarta vez, já o Teimoso os acompanhou. Não é só aqui que existe Teimoso...

— Eu vou, tenho que matar caça para minha mulher comer...

— Rapaz, não é bom ir, não...

Foi. Chegaram no lugar onde sempre caçavam. Os novatos, com o Teimoso, foram fazendo esteira no cipó para se protegerem dos porcos, mas não fizeram esteira boa como os primeiros caçadores.

Os porcos vieram. O Teimoso começou a flechar antes que comessem um dentre eles mesmos. Bravos, os porcos o atacaram e comeram todo.

O Dono dos Porcos chamou o primeiro homem a quem aconselhara, o único que, no início, não virara porco:

— Eu ensinei os futuros. Mas como apareceu um teimoso, de hoje em diante os homens vão sofrer para matar caça. Têm que correr atrás de caça, procurar onde tem. Se não fosse o Teimoso, os futuros iam ter caça fácil para comerem. Mas vai ser diferente. Vão ter porcos como esse, pretinho.

E soltou um porquinho pretinho que tinha no colo. São esses que caçamos. Os verdadeiros ficaram com ele. Só ele mesmo é que sabe onde estão, nem os *brancos* sabem.

Quando os caçadores voltaram para a maloca, faltava o Teimoso.

— Seu marido não voltou porque foi muito teimoso. E hoje não temos mais caça fácil.

A visita do neto às mulheres sem homens

As mulheres que ressuscitaram foram embora, saíram lá longe, construíram uma maloca só para elas. Fizeram roça, brocaram, derrubaram, elas mesmas caçavam, sem marido. Não aceitavam homem nenhum no meio delas.

O filho do Dono dos Porcos, desse primeiro caçador que matava porco, disse:

— Eu vou visitar vovó!

O pai mostrou para que lado era; ele acabou achando a maloca das mulheres, encontrou a avó.

— Meu neto, só vou te aceitar por dois dias, porque homem nenhum estamos aceitando aqui! Depois do que os homens fizeram conosco, não queremos...

Ficou dois dias, a avó mandou embora. Ela foi experimentar se o neto era ligeiro na flecha.

Não sei se elas existem ainda. São só as mulheres mesmo... Os que fazem filhos com elas são os da tribo do *Ako-son*. *Poá* é tribo do Mamão, também fazem filhos nelas.

Os homens que iam namorar chegavam quando elas estavam na roça. Cortavam a linha do arco e escondiam a flecha delas. Namoravam. Quando acabavam, elas corriam para pegar as flechas e matar os homens, mas percebiam que as armas estavam bem fora do seu alcance.

Assim elas engravidavam. Se nascesse mulher, ficavam com a menina. Se fosse homem, só ficavam com o menino até uns dez anos de idade, depois mandavam para o pai. Antes de mandarem, experimentavam para ver se era ligeiro, se sabia atirar e correr. Se o pai fosse ligeiro, o filho puxava o pai. Se o pai não fosse ligeiro, a mãe matava o filho, porque tinha puxado o pai, que não era ligeiro.

Assim ficou, o grupo de mulheres.

O cupim

NARRADOR: Awünaru Odete Aruá.

Obrigaram uma moça a se casar com um rapaz, contra a sua vontade. Ela não gostava do marido de jeito nenhum. À noite, quando ele vinha se deitar, tentando abraçá-la, ela descia da rede e ficava de costas. Toda noite era assim.

Para ver se aos poucos ela se acostumava, o pai convidou o genro para caçarem no mato, levando-a junto. Mas ela continuava a não querer dormir com o marido.

O pai teve uma ideia. Pegou muitos vagalumes, *Bagap-bagawa man* na nossa língua. Sem que a filha percebesse, pregou uma grande quantidade de vagalumes no cupim, no munduru, que chamamos de *txapô*. Fez isso de dia. Atou a rede da filha bem pertinho do munduru, a rede do marido do outro lado dela. Era um tapiri.

Anoiteceu, jantaram, a moça deitou na própria rede. Dormiu. Quando foi no meio da noite, acordou e viu aquele munduru alumiado. Assustou que só vendo e deitou com o marido. Nunca mais largou o marido, e até hoje existe a luz no munduru.

A cabeça estourada

NARRADOR: Awünaru Odete Aruá.

Era uma mulher jovem, que gostava muito mesmo do marido. Não o largava para nada, sempre o acompanhando. Se ele fosse fazer tocaia, ia junto. Se fosse caçar, ia também. Não ficava para fazer a comida do marido.

A sogra cansou, a mãe da moça também, de verem que ela ficava tanto com o marido, que não cozinhava. Não pegaram água para ela.

A moça voltou da caçaria com o marido, fizeram moqueca, comeram. Ela dormiu com sede. Os outros beberam, mas esconderam a água.

— Vai buscar água! — recomendou o marido.

— Eu, não! Quero ficar junto de você!

Ela dormiu. Parece que dormindo mesmo, com sede, ela escapuliu da beira da rede, estourou a cabeça, caiu no chão. A cabeça ficou falando que queria deitar. Falou tanto, que o marido acordou, viu a cabeça falando no chão.

Amanheceu.

— Joga, enterra! — disse a família.

Só a cabeça estava viva. O marido disse que agora ia andar sozinho. Foi caçar — mas a cabeça acompanhou.

O homem já estava enjoado da cabeça. Aonde ia, a cabeça ia atrás. Na tocaia, na caça. Era como uma bola. Não havia jeito de deixá-la para trás. O marido enfastiado, pensando:

— O que vou fazer com essa cabeça?

De noite, a cabeça dormia grudada — mordia a carne do marido, para não soltar.

— Eu vou passear lá nos Makurap! — inventou o rapaz um dia. Saiu escondido, mas a cabeça viu, seguiu. Na beira do rio, não tinha ponte, só um cipó pendurado, como uma balança, ajudando os passantes a cruzarem. A cabeça e o marido pararam olhando a água.

— Deixa eu cruzar primeiro, depois você agarra no cipó! — sugeriu ele. Ela concordou.

Ele passou primeiro, disfarçadamente cortou o cipó, bem no trisco, e jogou para ela cruzar. Não sei como, a cabeça não tem pé, não tem mão, mas se movimentava. Mordeu no cipó para cruzar. Empurrou o cipó. Bem no meio do rio, o cipó quebrou, caiu na água.

A cabeça virou piranha. Antes não existia piranha. *Iñen* é piranha. *Andap* é cabeça. Por isso os Aruá não comiam piranha, porque era cabeça de mulher que virou piranha. Agora talvez comam...

O marido foi até os Makurap e quando voltou contou o que fizera. Tiveram que ter cuidado com as piranhas, *Wandsep-andap*, Cabeça de mulher, ficaram perigosas.

O macaco

NARRADOR: Awünaru Odete Aruá.

Um homem foi com a mulher fazer tocaia para matar nambu, macaco. Arremedou macaco, os macacos-pregos vieram. Flechou, caiu, flechou, caiu, flechou, caiu.

Numa certa hora, perdeu a flecha, que caiu longe. Juntou os macacos, disse para a mulher esperar e foi atrás da flecha perdida.

Ela ficou. Não tinha o que fazer, pegou palha, fez colar, pulseira, chapéu, enfeitou o macaco e o pôs de pé.

— Que macaco tão bonito, se fosse gente era mais bonito!

Ouviu-se uma zoada na palha. Ela olhou, era um rapaz bonito em pé.

— Que é? — ela disse.

— Eu é que pergunto a você! — disse o moço.

— Eu falei com o macaco, que se virasse gente, seria lindo!

— Sou eu mesmo! Venha embora comigo!

Saíram os dois. Um galho de pau, cipó, era como um caminho na terra. Foram embora. A subida do cipó, a descida, tudo para ele era serra.

O marido voltou, não encontrou a mulher. Voltou triste para casa, nem ligou mais para a caça.

— Minha mulher apareceu? — perguntou na maloca.

Ninguém vira. Ele passou a procurar a mulher, todos os dias. Passou-se muito tempo, um ano, dois anos. A mulher já estava criando cabelo na mão, para virar macaca, já estava querendo nascer o rabo.

Um dia o marido encontrou o macaco-preguiça.

— Não sei o que este macaco está fazendo no meu caminho, eu triste sem mulher, vou matar esse macaco!

— Não me mate, sei onde está tua mulher! Os macacos estão com ela, estão numa festa danada! Se você quiser que eu pegue sua mulher, vou buscar, basta você me dar machado e cera para passar na linha da flecha, uma resina, *borikáa* em aruá.

Alegre, o homem foi à maloca buscar machado e cera e veio embora.

— Está aqui, vovô!

Foram os dois, o marido e o macaco-preguiça. Na volta do varadouro, viram os macacos na festa com a mulher. O Preguiça, *Ariá*, disse:

— Você fica aqui, que eu vou onde está a macacada e vou pedir para dançar com sua esposa. Vou dançar por outros caminhos, para eles não perceberem. Mais tarde venho por este lado, para fugirmos de uma vez.

E foi.

— Lá vem vovô, lá vem vovô! — gritaram os macacos ao vê-lo. Estavam dançando abraçados com a mulher, vários homens numa mesma fila, como é nosso costume.

— Vocês já dançaram demais com minha neta! Agora é minha vez! — pediu o macaco-preguiça.

— Pode dançar!

— Quero dançar só eu e ela, não quero nenhum de vocês dançando conosco.

Deixaram. Dançou, dançou, dançou muito tempo no terreiro, depois andou um pouco pelo varadouro... voltou. Fazia assim para os macacos não desconfiarem. Foi noutro caminho... um pouco mais longe. Assim em vários caminhos, cada vez demorando um pouco mais. Os macacos confiaram, pararam de prestar atenção. Depois começou a ir perto de onde estava o marido da moça. Até encontrar com o homem:

— Olha tua mulher!

Fugiram. Ela já estava gritando como macaca. Desmaiou ao chegar na maloca.

Os pajés tomaram rapé, tomaram o espírito da mulher, fizeram com que ressuscitasse. Acordando, ela contava como tinha vivido com os macacos.

— Eu pensei que fosse uma pessoa verdadeira, mas fui parar no meio dos macacos...

O marido a perdoou.

A rainha das abelhas

NARRADOR: Awünaru Odete Aruá.

Tudo o que acontece é com os filhos do cacique!

Um filho de cacique foi derrubar uma árvore com abelha, esta abelha amarela que chamamos de canudo. Derrubou, tirou o mel.

Era solteiro; os homens casados tinham muito ciúme das mulheres, o filho do cacique não conseguia chegar perto delas. Por isso vivia triste, por causa do ciúme dos outros. Derrubou a árvore, contemplou com admiração o mel e as abelhas e exclamou:

— Que abelha linda, se esta abelha virasse mulher, seria linda! Queria que virasse para ser minha mulher!

Pôs o mel num bambu, enrolou e levou para casa. Chegou de tardezinha, deu para a mãe. A mãe recebeu; anoiteceu. Dormiram, silenciou a casa.

A abelha, no mato, se transformou em mulher. De noite entrou na maloca, foi bater onde estava a rede do rapaz.

— Quem é você? — admirou-se ele.

— Eu é que pergunto a você!

— Não!

— E como é que você falou no mato, quando tirou mel?

— Eu falei com a abelha! Disse que se ela virasse mulher, seria bonita, a chicha que faria seria doce!

— Pois sou eu mesma! — E deitou com ele. Dormiram juntos.

A certa altura da noite, a mãe acordou, soprou fogo e viu os dois juntos.

245

— Quem será essa mulher que já vai fazer confusão com o meu filho, será alguma mulher de marido ciumento? Eu não queria que essa mulher fosse dormir com ele!

Mas não perguntou nada de manhã. Na segunda noite, tudo foi igual. A mulher-Abelha dormiu com o rapaz até de manhã, ao raiar do dia foi embora. Foi na terceira noite que a mãe perguntou:

— Meu filho, quem é essa mulher que dorme toda a noite com você?

— Mãe, essa mulher que dorme comigo não é daqui, não! É uma abelha que se transformou em mulher, porque fiz esse pedido!

A mãe contou para o pai. Este falou:

— Amanhã quero que ela amanheça na nossa maloca, para fazer chicha para mim.

O rapaz transmitiu o recado:

— Meu pai quer que você amanheça comigo e faça chicha para ele!

Ela concordou, ficou. Era uma mulher tão bonita!

O marido tirou milho do jirau, ela descascou, debulhou, cozinhou, moeu. A mulher tem costume de mascar um pouco de milho cru para fazer a chicha fermentar. Ela mascou uma vez só (é muito pouco, costumam mascar mais). Moeu a chicha, coou e deixou no pilão, botou para o sogro.

— Diga para o pessoal tomar minha chicha bem devagarinho, senão vai engasgar! — recomendou.

Todos ouviram, bebiam a chicha devagarinho, porque era doce demais.

A mulher-Abelha fez a chicha nos outros dias. Na terceira chicha, o próprio sogro se engasgou, o pai do marido. Estava com muita sede, bebeu depressa e engasgou, morreu.

A abelha dona da chicha ficou envergonhada, passou o dia todo sem saber como olhar os parentes, porque o sogro morrera com sua chicha.

— Hoje é última noite que vou dormir com você, amanhã vou embora para minha casa, porque teu pai morreu com minha chicha, engasgou e morreu. Eu vou embora.

Ele pediu, implorou, mas não adiantou. De madrugada ela foi embora e o marido acompanhou. Chegaram na árvore do mel, era uma casa para ela, o marido seguiu junto.

Para nós, até hoje ela é a Rainha das Abelhas, e o marido é o Rei das Abelhas.

246

A mosca, *zakorobkap*

NARRADOR: Awünaru Odete Aruá.

Não existia mosca antigamente.

Um menino pequeno, de uns sete anos, tinha mãe, pai, tios, era filho de cacique. Começou a pensar numa coisa, o menino.

O tio falou para a mulher:

— Você vai fazer chicha! — E saiu. A mulher botou o tacho de milho no fogo, foi fazer chicha. O marido foi embora caçar e o menino ficou. Começou a chorar sem parar. A tia carregava água, ele só chorando. A mãe dava tudo, para ver se calava, e acabou percebendo:

— Cunhada, esse menino quer namorar com a senhora, daquele tamanhozinho!

— Será?

— É sim!

A tia pegou a esteira, levou para um canto da casa e deitou. O menino foi, deitou com ela. Pois a senhora acredita que foi o dia todinho, sem parar, namorando, e só com um dia a mulher ficou gestante de um nenê do menino. O marido caçando.

À tardinha o menino largou e o marido chegou, atirando a caça que tinha matado num canto do chão.

A tia foi logo contando para o marido:

— Hoje não trabalhei nada, tua irmã é que fez chicha, porque teu sobrinho fez um trabalho comigo.

O homem ficou tranquilo, pois se tratava de um menino pequenininho. Passou-se tempo, a barriga foi crescendo, crescendo, e o menino por aí. Não namorou mais a tia — tinha sido só aquele dia.

O tio o chamou:

— Sobrinho, vamos embora fazer tocaia?

Não era mais um menino, era homenzinho formado...

Foram até um pé de tucumã; o tio acarinhou o menino, mandou-o ficar por ali, o pôs dentro do buraco da tocaia. O tio começou a juntar capemba de tucumã, arrodeou toda a tocaia com tucumã, fechou a tocaia com os espinhos da capemba de tucumã.

Foi embora, deixou o sobrinho preso dentro dos espinhos. De tardezinha chegou na maloca e a mãe perguntou:

— Cadê teu sobrinho?

— Ele foi comigo, mas disse que ia vir sozinho mais cedo! Ainda não chegou? — mentiu. — Disse que estava com preguiça de me acompanhar!

Passaram-se dias, o tio foi ver o moleque. O menino morrera, apodrecera e se transformara em moscas, que saíam do buraco da tocaia.

— E ainda é pouco pelo que você me fez, estou te maltratando, você vai ser mosca!

Dois dias depois a mulher dele, a tia, teve filho de *Zakorobkap*, da Mosca. O tio matou, jogou fora.

Foi assim que surgiu a mosca. Por isso, quando a mosca vê carne, desova, faz os ovos, é rápido. Até hoje é assim. Mosca, para nós, é gente que virou mosca.

Djapé, o bico de flecha, o homem que comia as mulheres

NARRADOR: Awünaru Odete Aruá.

Um homem comia as mulheres. Era meio velho, uns trinta e poucos anos. Casou com duas moças, filhas do tuxaua.

— Vamos caçar?

Levou as duas, dormiu, fez *pascana* para ficarem lá. Disse para esperarem enquanto ia caçar. Saiu pelo mato.

Tirou uma capemba de açaí e começou a bater no mato. Vinha batendo capemba, fazendo barulho.

— Caboclo vai nos matar! — falava de longe para enganar as duas.

As moças ficaram olhando. Ele chegou, bateu na cabeça das duas, matou. Fez moquém e foi tratar das mulheres, cortar como caça. Moqueou, comeu, o dia todinho.

No outro dia acabou de comer as duas, pegou os ossos e amontoou por trás de uma sapopemba. Voltou para a maloca e disse que as mulheres tinham fugido com medo dele.

Casou com outras duas. Só comia as bem moças. Depois de dois dias, levou para o mesmo lugar onde comera as primeiras. Disse que ia caçar e pediu que esperassem por ele. Fez do mesmo jeito que com as primeiras: tirou capemba de açaí e vinha batendo:

— Os índios vão nos atacar!

Enquanto as moças olhavam para ele, matou as duas, comeu, tratou das meninas. Ia moqueando, sapecando alguns pedaços de carne e comendo. Passou o dia todinho comendo as meninas, aos bocadinhos.

249

Voltou, foi para outra maloca, casou com outras duas. Levou para o mesmo lugar. Tudo se repetiu.

Estava viciado em comer moças, sempre filhas de cacique, cada vez de outra maloca. Sempre dizia que as moças tinham fugido com medo dele.

No quarto casamento, ele recomendou às duas moças que ficassem na *pascana* e não olhassem atrás da sapopemba, disse que lá havia casa de mangangá, era perigoso ferrarem as mulheres. Também as proibiu de fazerem como as outras mulheres que tinha tido, que sempre fugiam.

A mais nova das moças, curiosa, assim que ele foi para o mato, resolveu olhar o que havia lá detrás. Olhou, viu um montão de ossos das outras.

— Mana! Vem ver!

— É assim que ele come as mulheres!

— Vamos fugir!

— Não, vamos ficar escondidas esperando.

Esconderam-se atrás das árvores e esperaram. Logo ele veio batendo capemba.

— Mulherada! Cuidado, os índios vão nos matar!

Chegou, não achou ninguém.

— Mulherada, onde estão vocês?

A mais velha já estava quase respondendo, quando por sorte ele gritou primeiro:

— Vocês bem adivinharam! Se vocês não fugissem, ia comer vocês, como comi todas as outras!

A mais nova disse:

— Veja do que escapamos!

Ele sentou, pegou no próprio corpo.

— Não tem nada para eu comer! E esta minha carne é tão gostosa!

Pegou a lâmina da flecha, cortou um pedaço do braço, comeu. Era gordo, ficou com o braço fino. Assou, comeu. Achou gostoso, cortou do outro lado, assou, comeu. Depois cortou um pedaço da perna.

— Como é gostoso! Estou com fome!

E foi tirando carne do corpo todo. Nossa perna, antigamente, era roliça, depois ficou assim.

Continuava com fome, olhou a barriga:

— Essa barriga é gostosa!

Cortou desde o pescoço até a barriga. Cortou tanto que já estava quase para morrer. Antes de morrer, ele recomendou — porque sabia que elas deviam estar por lá escondidas:

— Vocês voltem para a maloca e digam ao pai de vocês que o homem que comia as mulheres acabou comendo a si próprio, ele mesmo se matou e virou o bico da flecha. Quando vocês vierem me buscar, quando seu pai vier me buscar para distribuir para o seu povo, vocês mandam o pai de vocês matar muita caça, muita mesmo. Vocês chegam aqui, mandam seu pai tirar a casca de jatobá. Vocês põem carne moqueada onde estou, onde vou ficar, mandam me balançar com pau, que vou descer para comer a caça. O pai de vocês vai pegar do jeito que ele quer, porque vou me transformar em bico de flecha, eu, o homem que comia as mulheres.

Ficou todo pendurado, já todo feito, como numa fábrica, enfeitado ou sem enfeitar, era agora uma porção de lâminas de flecha, já fabricadas. Não precisava nem a gente fazer, era só enfiar já pronta na taquara. Se um trisquinho só tocasse uma pessoa, já moía, matava. Era muito dolorido.

Ele morreu, se transformou em bico de flecha, as meninas foram embora.

Contaram para o pai o que houvera, e o que o marido que comia as mulheres aconselhara. Passaram-se uns dias e foram até a *pascana*.

O pai caçou, passou dias no mato. Matou muita caça. Moqueou muita caça, amontoou. Tirou casca de jatobá, tirou um pau comprido para balançar no pé de jatobá, para o homem que engolira as mulheres vir comer. Antes de cutucar no pé de jatobá, o pai falou:

— Bico, vem comer! *Djapé, ewiraingá!*

Balançou, os bicos desceram, comeram a caça moqueada, debaixo da casca de jatobá, feito uma casinha. O pai juntava com vara, não podia ir lá pegar. Ajuntou a quantidade que queria dos bicos e experimentou. Guardou em casa. Botou na flecha e foi caçar.

Experimentou. Era bom o bico de flecha...

Ele distribuiu tudo, mas aconselhou seu pessoal a pegar com muito cuidado, não triscar. Todos caçavam com cuidado.

O pai foi uma segunda vez, com as duas filhas, matou muita caça, do mesmo jeito. Cutucou os bicos, que comeram a caça moqueada, levou os bicos e guardou.

Foi uma terceira vez, fez do mesmo jeito. Era para ele ir uma quarta vez, quando o Teimoso falou:

— Companheiro, como você acha o bico da flecha? Eu queria pegar eu mesmo!

— Não pode! Pegue da minha mão; mais tarde, quando vocês acostumarem, podem ir como eu!

— Eu vou!

Insistiu tanto que o dono dos bicos ensinou direitinho, disse para o outro não esquecer da casca de jatobá, que era mais seguro.

O outro foi, mas só matou um pouquinho de caça. Matou mais um pouquinho noutro lugar — mas não como o dono fazia, matando um montão. Tirou capemba de açaí. O Teimoso, em vez de tirar de jatobá, tirou de açaí e chamou a flecha. Cutucou, nada, mais uma vez, nada, na terceira o bicho veio apavorado, acho que de raiva. Comeu a caça rapidinho, varou a capemba de açaí, comeu o Teimoso e a mulher dele que estava olhando.

O dono esperou, nada. Foi olhar com as filhas.

— Bem que eu avisei!

O dono matou muita caça, em todas as *pascanas*, e noutro dia foi ver o que acontecera. Tirou casca de jatobá e chamou o bico de flecha. Não vinha quase nada, só vinham os bicos feios. Os bicos bonitos já tinham se mudado. O dono falou:

— Eu e meu genro, o homem que comia as mulheres, já tínhamos ensinado os futuros, e eles não iam ter trabalho de fazer o bico da flecha. Era só vir e pegar. Mas como o Teimoso não me escutou, o bico dos futuros vai ser esse.

Pegou esse que nós usamos, jogou, e o bico nasceu, essa taquara que usamos.

— Os filhos dos futuros vão ter muito trabalho para fazer flecha!

E assim é hoje, temos muito trabalho para fazer flecha.

A sereia, *serek-á*

NARRADOR: Awünaru Odete Aruá.

O pai da moça entregou-a para um homem, mas ela não gostava do marido, sempre fugia. Um dia o companheiro do marido sugeriu:

— Esta mulher não te quer, primo? Pois então vou te ensinar um remédio, para você fazer mal para ela.

Tirou leite de seringa, leite de caucho, leite de cumaru, leite de paxiúba-barriguda, misturou, cozinhou, ficou liguento. O caule da paxiúba-barriguda dá uma coceira que só.

Foram dormir. Deitaram, ela levantou, não o queria. O marido jogou-lhe o líquido grudento no corpo. Deu uma coceira danada. Ela não aguentou, coça aqui, coça acolá, foi para o igarapé. Ficou se coçando, se lavando, não adiantou. Passou o resto da noite, de dia o irmão foi olhar.

— Minha irmã, já que ele te fez mal...

Estava transformada: metade de gente, a de cima, metade de cobra, a de baixo.

O irmão andava em todo canto, com o pensamento na irmã, porque lhe tinham feito mal. Um dia, andando, andando triste, achou o pé de jenipapo. Nesse tempo só pintavam o corpo com carvão. O irmão mastigou o jenipapo e viu que ia servir como tinta. Levou para a irmã. Ia haver uma chichada, uma festa; a moça-cobra pediu que o irmão mastigasse o jenipapo, que ia pintá-lo. O rapaz mastigou, guardou o sumo de jenipapo, levou para a irmã.

— Mano, não fique com medo! Põe o sumo de jenipapo na minha garganta e entra pela minha boca, até a metade. Quando você mijar dentro de mim, você sai.

Pôs o sumo na boca da irmã, que se transformou em cobra inteira. Quando terminou de pintar, ela mandou que ele mijasse. Mijou, a cobra o pôs para fora, todo pintado.

— Fica no sol, mano, para secar!

Com essa tristeza que o tomava, por causa da irmã, o rapaz vivia vagando, andando, acabou dando por acaso com muitos animais, a onça, o papagaio, a arara. Ia andar por andar, por causa da tristeza com a irmã, trazia couro de onça para chapéu e plumas de aves para fazer penacho.

Foi para a festa, todo pintado de jenipapo, bonito, os outros pintados só de carvão, não tão vistosos. Dançou até de manhã.

Passou-se tempo. Arrumou as penas, couro de onça, para uma festa. Surgiu outra chichada.

— Mana, vou tirar mais jenipapo para você me pintar!

A irmã gostou, contente. O moço fez tudo como da outra vez, entrou dentro da irmã, mijou, saiu. Ficou secando no sol. Fez outro cocar.

Já estava ensinando os futuros, estava ensinando a gente. Assim íamos usar. Foi preparar, uma terceira vez, as onças, as araras, os papagaios... Era o único a encontrar os animais, também o jenipapo só ele conhecia.

A irmã pintou-o de novo. Ela agora morava no porto, numa baía no rio, no fundo d'água. O irmão a chamava, boiava, só parte do corpo.

Assim foi três vezes. Houve a festa, o irmão dançando com as penas de arara, todo enfeitado. Foi a última festa.

Quando estavam preparando a quarta festa, o cunhado, o que fizera mal à irmã, ficou perguntando como o rapaz conseguia se pintar. Tanto aperreou, que o irmão acabou ensinando, mas resmungou:

— Você não pode pedir para ser pintado! Minha irmã vai querer ir embora, não pode, você já fez muito mal a ela!

Mas explicou como era preciso entrar na moça, mijar, sair. O outro foi, chamou, chamou, chamou. Ela sabia que era outro, era a voz do ex-marido... Demorou, demorou, acabou vindo.

— Você ainda vem me pedir alguma coisa, depois de todo o mal que me fez?

Não tinha sido a ideia do ex-marido fazer o feitiço da coceira, fora instigação do amigo. O marido chorou, arrependido. Ela concordou em pintar, mandou que entrasse sem medo. Mandou mijar na hora de sair.

254

— Será que eu vou mijar na tua barriga, não devo ter pena de você?

Não mijou, ela engoliu inteiro, foi embora para o fundo.

O irmão esperou, esperou. Como o cunhado não voltasse, foi até o porto chamar a irmã.

— Mana, mana!

Ela apareceu, pôs só a cabecinha de fora.

— Cadê o que te fez mal?

— Está comigo e não vai mais voltar! Você diga para papai e para mamãe, e você já vai ficar sabendo, que eu não morei com ele fora, mas dentro d'água ele já é meu marido, não vou devolver para vocês, não. Vocês vão morrer, papai vai morrer, mamãe vai morrer. Só eu e ele não vamos morrer, vou levar o meu marido.

Foi a vez de o irmão chorar. Agora, sua mana gostava do marido; já tinha "provocado", vomitado o marido, transformara-o em cobra, do jeito dela.

À meia noite foi uma zoada deles dois, alegre, o casal, o estrondo, ensinando os filhos como ia ser, as jiboias. Ficou uma baía, o igarapé ficou grande com aquela alegria deles.

De manhãzinha foram matar as cobras. O povo do pai foi matar os dois para não aumentarem. Estava o maior silêncio, já tinham fugido. Mas iam deixando os filhos na viagem. O povo andou um pedacinho, encontraram uma cobra, mataram. Mais adiante, outra. Iam só deixando, deixando. Passaram pelo Guaporé, pelo Mamoré, foram embora, ninguém alcançou.

Não existia sucuri, não existia jiboia, nenhuma espécie de cobra, antes dessa mulher que se transformou em cobra. Agora, a gente tem medo de andar pelo rio.

A cobra sabe onde tem caça, como vai caçar, tem medo da pessoa; se não conhece não tem medo.

A mãe das jiboias é a Sereia, *Serek-á*. O nome do marido é *Palib-bô*, O Que Foi Engolido e Depois Renasceu.

Narradores e tradutores Aruá

Awünaru Odete Aruá

Grande orador e contador de histórias, com todas as qualidades de chefe, inteligentíssimo, cativante, acolhedor. Ainda jovem, tornou-se o último depositário da memória de sua língua e tradição. Seu pai, João Chapchap Aruá, foi um famoso pajé, falecido em 1990. Em 1995, os Aruá mais velhos, que ainda falavam a língua, eram muito poucos: cinco na Terra Indígena Guaporé, e apenas um, Anísio Aruá, na Terra Indígena Rio Branco. A geração mais jovem, que por ter pai aruá se considerava deste grupo, era toda filha de casamentos mistos, de Aruá com Djeoromitxí ou Makurap, e nenhum deles falava a língua.

Mesmo entre os mais velhos, Awünaru Odete era o único a lembrar bem as histórias e a contá-las aos filhos, num português criativo e saboroso.Awünaru nasceu no Colorado, colocação da Terra Indígena Rio Branco, em 1957. Foi para a Terra Indígena Guaporé em 1973. Uma certa época, participou de muitas reuniões indígenas na cidade, sempre ponderado e convincente, um líder respeitado. Em 1995 fazia tempo que não saía da aldeia, cuidando da roça e da produção, concentrado em alimentar bem os oito filhos que lhe deu Teresa, a filha de Abobai Paturi Djeoromitxí.

As paredes de sua casa eram cobertas de recortes de jornal e notícias políticas. Bem informado, lendo e escrevendo bem o português, contou histórias dias a fio, hospitaleiro, sempre com um dos filhos ao lado, como interlocutor capaz de expressar dúvidas na hora certa. E perguntava a cada vez: "Será que vão gostar das minhas histórias? Alguém terá contado tantas, e tão bem como eu?" Sua forma de contar está quase intocada em minha transcrição.

Em 1997 Awünaru veio a São Paulo com Ambokãki Anísio Aruá, Abirui Brasil Tupari e Amonãi Manuel Tupari. Gravaram o espetáculo *IHU2* com Marlui Miranda, apresentaram-se na Catedral da Sé, foram filmados no Centro Universitário Maria Antonia da USP e hospedados pelo IAMÁ, Instituto de Antropologia e Meio Ambiente. Resultou um CD da parceria dos quatro com a compositora.

Parte 2

Introdução à edição italiana

Mariti alla Brace
Bolonha, La Linea, 2012
Introduzione all'edizione italiana
Maurizio Gnerre

Este livro é uma surpresa que vem de lonjuras, de uma distância marcante, não apenas espacial ou geográfica, mas, sobretudo, para nosso espanto, conceitual e de referência. Cada página dos contos aqui recolhidos é permeada de atração, mas também de repulsa, de fascínio, e ao mesmo tempo de horror, pelos inúmeros desdobramentos eróticos e truculentos, sensuais e arrepiantes nos quais o leitor se embate, sem que lhe seja concedida qualquer pausa plácida para o que é óbvio ou previsível.

O livro como tal tornou-se possível pela confluência, em modalidades diversas, de muitas histórias "invisíveis", individuais e coletivas. Refiro-me à história de vida e de experiência da recolhedora-autora Betty Mindlin, com suas décadas de convivência com populações indígenas da região amazônica do Brasil, mas também às dezenas de histórias dos índios, narradores e narradoras, tradutores e tradutoras, que quiseram fundir suas habilidades narrativas e suas sedimentações cognitivas e que, convergindo-as em suas vozes, permitiram a transmigração de sequências de sons de fonologia indígena a letras do alfabeto da escrita em português. E depois, como último passo, isto que o leitor tem em mãos, a escrita em italiano. Diante deste livro, portanto, não podemos falar apenas de uma só "autora", mas de uma autoria em coro.

Além disso, esconsas nas coxias do grande teatro onírico-mítico ao qual assistimos, nas páginas deste livro de algum modo confluem também a história e a presença da florescentíssima antropologia brasileira e do grande

261

empenho exuberante no decorrer de décadas, por tantos pesquisadores e estudiosos, estimulados a uma constante documentação das numerosas culturas e línguas indígenas do imenso país sul-americano, o Brasil. Uma documentação por vezes quase angustiante, já que muitas delas estão em vias de desaparecimento, ou de abandono, por causa das incontáveis pressões psicoculturais, da violência e da destruição ambiental. Junto à documentação, foi construída uma reflexão bastante original e de grande qualidade, imprescindível hoje para todos que quiserem compreender as construções simbólicas e cognitivas das populações que muitos obstinam-se em chamar de "primitivas".

Em tal articulada tradição de estudos, um âmbito bastante original é representado pela vertente de escritas nas quais, com modalidades e filtros cognitivos diversos, foi dada voz às narrativas e às formas poéticas indígenas. Este livro se insere em tal filão, iniciado já um século atrás, pelo menos no que diz respeito à Amazônia ocidental, pelo ilustre historiador brasileiro Capistrano de Abreu, com o seu livro *Rã-txa hu-ni-ku-ĩ* (1914), no qual publicava narrações e outras elaborações verbais dos Kaxinawá, população do Acre (as quais ele tinha, porém, recolhido no Rio de Janeiro, ouvindo-as de um membro do então remoto grupo indígena, que chegara até a sombra do Pão de Açúcar). A segunda edição deste livro se dá a um século da publicação daquela obra memorável.

Hoje, um século mais tarde, bem outra é a história da elaboração do livro que temos aqui. No Brasil contemporâneo, já encontramos iniciativas de muito peso, como aquelas que, além de fazer emergir vozes indígenas por meio da escrita, o fazem também por meio de vídeos e da produção de filmes (o projeto "Vídeo nas aldeias") pelos próprios indígenas, que encontraram uma nova e riquíssima modalidade expressiva para comunicar os sonhos, os anseios, os olhares dolentes sobre um mundo que, dia após dia, inexoravelmente se desagrega aos seus olhos e sob os seus passos. O acesso ao vídeo, o seu uso, é um aspecto muito positivo de abertura e envolvimento de narrativas e estéticas novas em relação àquelas das tradições literárias, expositivas e também cinematográficas, mais familiares a nós, incluídas as da escrita antropológica.

A região da qual provêm as narrativas aqui apresentadas é Rondônia, um enorme ex-território do Brasil ocidental, vizinho à Bolívia, que já há muitos anos se tornou um estado da União brasileira. O nome primeiramente escolhido para aquele ex-território é significativo em si: foi de fato calcado no do Marechal Candido Mariano da Silva Rondon, ilustre militar, e em parte controverso, que na primeira metade do século XX fundou o "Serviço de Proteção aos Índios". Betty Mindlin viveu em períodos diversos e com intensidades diversas, entre várias populações indígenas de Rondônia: Tupari, Makurap e Wajuru (família linguística tupari, do tronco tupi), Aruá (tupi-mondé), Arikapú e Djeoromitxí (por ora, ambas são consideradas línguas isoladas, quer dizer, sem uma classificação). Assim, pôde escutar e reescutar as suas vozes narradoras, fazendo-as convergir, após uma árdua seleção, nas páginas deste livro, no qual cada uma dessas populações é representada por uma antologia das suas narrações. As seis populações vivem ao longo de rios importantes, e algumas delas ao longo do rio Guaporé (Itenez para os bolivianos), que, por uma centena de quilômetros, constitui uma da mais antigas fronteiras sul-americanas, já reconhecida no "tratado das Cortes" de 1750, no qual vinham demarcados os limites entre as possessões da Espanha e de Portugal. Encontramos a continuidade daquela demarcação hoje na parte mais antiga da fronteira entre Bolívia e Brasil. Portanto, um "extremo ocidente" do Brasil, com frequência um triste "Far West", no qual, desgraçadamente, foram cometidas inumeráveis atrocidades contra as populações indígenas, muitas dessas "contatadas" (expressão usada vez ou outra para cobrir os mais diversos tipos de imposição e violência) somente nas últimas décadas da expansão das fronteiras nacionais.

O Brasil indígena de hoje é uma galáxia em contínua expansão e movimento. São talvez mais de 200 línguas ainda faladas, embora muitas delas sejam de grupos já bem exíguos. Este é o caso de duas das seis línguas das populações com as quais viveu Betty Mindlin, cujas vozes ora se diluem no silêncio ou em uma espécie de privação comunicativa, própria de tantas pessoas que não são mais capazes de dominar a língua de seus avós para poder alcançar certo grau de comunicação, mas não conhecem ainda o suficiente a língua à qual se voltam, o português regional, para poder usá-la em modo pleno e não frustrante.

No seu conjunto, porém, tal galáxia indígena está hoje demograficamente em expansão: no decorrer das últimas décadas, de fato, a população indígena brasileira cresceu muito, mais que triplicada, e hoje totaliza oficialmente cerca de 900.000 pessoas. Tal número contém em si realidades históricas muito diversas, desde grupos ainda isolados na selva (talvez mais de setenta, mais com números demográficos bastante escassos), até aqueles "contatados" há poucos anos, ou aqueles que já adquiriram muitíssimas formas de conhecer e de agir na sociedade nacional – na qual eles, apesar de tudo, se encontram – ou ainda aqueles que passaram por um processo de destribalização, transformando-se frequentemente, geração após geração, em agricultores mestiços. Nos anos recentes, muitas dessas populações reivindicaram a sua direta ascendência indígena, que lhes foi reconhecida.

O conjunto da população dos seis grupos étnicos, cujas vozes constroem a seiva deste livro, não ultrapassa, porém, 750 pessoas. Durante anos Betty Mindlin trabalhou com uma parte representativa deles. De fato, foram 32 a colaborar como narradores/narradoras ou tradutores/tradutoras em português "regional". Se pensarmos que os "colaboradores" são todos adultos, logo percebemos que quase 10% dos adultos dos grupos participantes (cerca de 400 pessoas) contribuiu de um modo ou de outro à "coautoria" do livro. O aspecto coral, portanto, é certamente garantido, e com este, certa representatividade.

"Traçar" as vozes dos colaboradores é uma flor preciosa da mirada de Betty Mindlin. Poderíamos quase viajar através de Rondônia entre os Tupari, os Makurap, os Aruá, os Djeoromitxí e os outros, e buscar um a um os narradores e tradutores, para conduzir com cada um deles entrevistas sobre sua experiência narrativa e seu precioso trabalho com a antropóloga.

Com respeito ao "anonimato" das vozes, que prevalece infelizmente na literatura antropológica, tal ênfase sobre uma "coautoria" transparente caracteriza este livro como um feito admirável, voltado à documentação de um fragmento de "literatura oral" concebida (para além do intrínseco oximoro que tal expressão encerra) como uma síntese do processo de "transformação da voz em escrita". De fato, os passos que Mindlin teve que cumprir para chegar ao produto com o qual nos deparamos são, em extrema síntese, pelo menos seis: 1) contato e escolha dos narradores, com mais frequência com as narradoras indígenas (a escolha é fundamental porque, como em toda sociedade, há pessoas mais dotadas que outras para a narração e para a criatividade linguístico-expositiva); 2) gravação de centenas de horas de narrativas, tarefa

264

que requer uma tenacidade inexaurível e paciente; 3) seleção de uma parte daquelas narrações, com base no conhecimento e na experiência adquirida por Mindlin no curso de décadas de vivência em meio às seis populações mencionadas; 4) tradução oral das narrativas pré-selecionadas (ainda que algumas tenham sido narradas diretamente no português "regional"); 5) transcrição das traduções; 6) uma certa "regularização" do português regional dos tradutores (aqui também, em boa medida, das "tradutoras"). Mas além dos passos aqui contemplados analiticamente, a verdade mais profunda é que cada narração singular tem sua "história secreta", um percurso seu de explicitação interna e escondida. Nestas "histórias secretas" encontraríamos, se as descobríssemos, motivações ocultas que nos levariam a escrever histórias não expressas — quase como as dos personagens da *Ponte de San Luis Rey* de Thornton Wilde, envolvidas em conjunto em um destino que só um velho frade busca explicar. Ou a "História secreta de uma novela" de Vargas Llosa (1971), em que o Prêmio Nobel peruano reconstruiu, anos depois de ter publicado "A casa Verde" (1965), sua primeira novela "Amazônica", os *bastidores* psicológicos e de vida que o levaram a elaborar a complexidade da novela mencionada. Mas não podemos em caso algum, resolver a questão pondo cada uma das narrativas coletadas neste livro sob a etiqueta do "tradicional". O processo apenas esquematizado parece ser uma projeção em breve tempo daqueles processos bem mais laboriosos e menos concentrados, próprios da transição para a escrita, que encontramos em muitas sociedades que viviam na oralidade até anos bastante recentes.

A própria Mindlin, fundadora e guia principal do IAMÁ (Instituto de Antropologia e Meio Ambiente) atuou por décadas, e continua a atuar intensamente, a favor dos saberes locais, mediados através de formas de educação bilíngue e bicultural. Diante da possibilidade de produzir uma "antologia" de narrativas como esta, encontramos, portanto, necessária e inevitavelmente, um longo labor de construção da "mediação": da voz (que narra na língua local e ágrafa) à textualidade escrita e impressa (em uma língua ocidental inserida na longa história da escrita/das escritas). Tal passo apresenta complexidades insondáveis, dificilmente percebidas pelos próprios narradores, e menos ainda pelos leitores do livro impresso e pronto. Distâncias incomensuráveis de tempo e espaço estendem-se de fato entre os dois extremos.

Mas cada narrativa única se insere, por sua vez, em um tecido narrativo e discursivo que infelizmente não nos é dado reconstruir (seria uma tarefa quase impossível até mesmo para um exímio conhecedor de cada uma daquelas sociedades), com modalidades de língua cantada e ritmada, e usos especiais das vozes, das quais afloram fragmentos e infiltram-se indícios, aqui e ali, nas traduções/transcrições dos textos.

Na maioria dos casos, no entanto, as narrativas desta antologia só em parte podem ser atribuídas ao gênero do "mito", tal como o elaboramos na nossa tradição. Algumas delas são de fato mitos explicativos, outras, ao contrário, são seus corolários, elaborações que não nos é dado saber quanto tenham em comum com outras ou sejam próprias de um certo narrador/narradora. O discurso narrativo/explicativo próprio dos "mitos" constrói uma realidade separada e imanente às regularidades e irregularidades do mundo que chamamos de "natural" e daquele produzido por nós humanos, que chamamos "cultural". Tal discurso se põe como um postulado, um discurso a priori que poderia começar com as palavras "Há muito tempo o mundo não existia...". O que caracteriza o mundo, a vida dos humanos, dos animais, das plantas e dos rios, de algum modo "descende" deste tipo de conto, das palavras priscas e instituidoras, uma espécie de "logos" que precede a tudo. Não deveríamos, porém, atribuir a estas palavras um estatuto de "explicação", pelo menos não no nosso senso mais comum. Os momentos de fundação, de instituição, constroem um modelo que será seguido. Até mesmo a morte vem instituída, em um tempo no qual existiam seres mortos antes mesmo que a própria morte existisse. Em tal horizonte de discurso "criativo", não parece plenamente lícito, mas antes forçado, querer estender a este tipo de uso da palavra a nossa etiqueta conceitual de "explicação".

A quantidade e qualidade dos motivos que aqui encontramos reunidos constituem, para o leitor, uma verdadeira caça ao tesouro, para a qual o ensaio final da autora serve de guia: como ela própria escreve, uma espécie de "fio de Ariadne", que permite unir motivos "micro" e "macro", mais ou menos presentes na vasta colheita de mitologia sul-americana, recolhida e reelaborada em primeiro lugar por Claude Lévi-Strauss no conjunto de suas obras denominadas *Mythologiques*. Um motivo sobre o qual a autora se detém é, por exemplo, o da "cabeça voadora", decepada do corpo. Podemos intuir, diante de quase todas as narrativas aqui recolhidas, uma presença imponente e potente do mundo onírico, que um tão forte papel desenvolve na vida de muitíssimas populações contemporâneas, mais ou menos "primitivas". No curso das últimas décadas cresceram os estudos sobre o mundo dos sonhos e das visões de tantas populações, sobre a componente de cada cultura que, elaborada durante as horas noturnas, estende suas luzes e suas sombras sobre a vida das horas diurnas. Recentemente, por exemplo, na Universidade de Nanterre (Paris), um grupo de etnólogos empreendeu um projeto de "antropologia da noite", que já rendeu uma rica produção, da qual podemos citar — para ficar apenas entre as populações das selvas tropicais sul-americanas — o belíssimo livro de A. G. Bilhaut *Des nuits et des rêves* (2010), sobre o mundo onírico do grupo etnolinguístico Zapara da Alta Amazônia (Ecuador/Peru).

A circulação dos motivos mítico/narrativos em vastas regiões, entrelaçados em uma rede quase inextricável, e entre populações de línguas e culturas bastante diversas entre si, já foi elucidada por muitos autores, entre os quais, em posição proeminente e com base em um saber muito vasto, o grande antropólogo francês autor das *Mitológicas*.

Mas neste breve texto desejo pôr em evidência um motivo, ou filão, que percorre muitas das narrativas, começando com o próprio título escolhido pela autora/recolhedora. Como nos conta em seu prefácio, ela havia de fato escolhido, inicialmente, para a antologia, um título que ilumina o constante conflito/tensão entre os sexos: *A guerra dos pinguelos*, esta última palavra podendo ser traduzida como "pênis" (no plural), mas com um valor "unissex", tanto com referência ao mais evidente órgão sexual masculino quanto ao feminino. Mas depois Mindlin preferiu um título "gastronômico": *Moqueca de maridos*. A primeira palavra refere-se, como todos sabem, a uma espécie de guisado de pedacinhos de carne, ou de peixe, preparado com algumas verduras e temperos. Uma tradução alternativa do título poderia ser, portanto, "Picadinho de maridos". A opção "gastronômica" adotada para o título nos abre uma pista de enorme riqueza: encontramos aqui, de fato, referências a muitos tipos de alimentos, crus ou cozidos, difundidos nas regiões em questão, como a onipresente chicha (mais conhecida no Brasil como *cauim*) — bebida de milho ou de mandioca mastigada e fermentada, objeto de desejo e frustração pelos homens —, as grandes formigas comestíveis, tanajura no Brasil, as larvas das palmeiras, diversos tipos de carne de caça. Mas encontramos, ao lado destes, outros alimentos "novos", de um tempo desconhecido, surgidos em épocas diversas, como o milho, o amendoim, o feijão e o próprio corpo humano, protagonista de (truculentas) visões canibais dignas de uma "refeição feroz" dantesca. Ou então encontramos partes do corpo tratadas com particular consideração, como no caso da *moqueca de xoxota*, um picadinho de vaginas polpudas. Além disso, em um contexto narrativo no qual os homens parecem sempre mais interessados em suas comidas e bebidas fermentadas do que em suas relações sexuais, encontramos uma mulher "comilona" e uma mulher-caçarola.

Espero não ter desencorajado ou intimidado nenhum leitor com estes delicados petiscos e sabores da antologia que temos em mãos. Se estas minhas poucas palavras bastaram para induzi-lo a desistir, talvez seja melhor que renuncie desde já a empreender o percurso dantesco que o espera, no qual a "visão paradisíaca" (para ecoar o título de um ilustre livro de Sérgio Buarque de Hollanda) se enreda a cada passo, muitas vezes de um modo inesperado, com um mundo de pesadelos tétricos. Mas é justamente esse o desafio daquela incomensurável "distância" que mencionei no início desta introdução.

Maurizio Gnerre
Departamento de Estudos Literários, Linguísticos e Comparados
Università degli Studi di Napoli "L'Orientale"

O amor e os mitos indígenas

COMENTÁRIO SOBRE *MOQUECA DE MARIDOS*

Os mitos indígenas têm enorme liberdade de expressão erótica, tomam caminhos sem nenhuma censura. Caracterizam-se por tratar da sexualidade, pelo clima e verbo de malandragem e imaginação amorosa.

Organizar as narrativas em torno do tema do amor parece, assim, uma forma atraente de trazer o leitor de outro universo cultural para um mergulho no desconhecido e no emaranhado que é a mitologia indígena. A sexualidade é um dos assuntos fundamentais de nosso tempo, uma boa porta para despertar a curiosidade para uma outra maneira de pensar e de viver.

A sexualidade e o amor serão mais livres na sociedade indígena que na nossa? Haverá mais igualdade entre homens e mulheres, mais harmonia? Esta é a imagem que se costuma ter da vida indígena, e há motivos para tal: na aldeia, a nudez e o corpo são aceitos e não reprimidos, os afetos, o parentesco, os laços comunitários são dominantes. Não há propriedade, nem a busca de acumulação, os interesses individuais são temperados pela força do grupo, por uma teia social. O tempo, a arte, o olhar para o prazer e para o sentido de viver são muito diferentes do que existe na sociedade industrial.

Se usarmos os mitos para tentar responder a essas questões, veremos que a par do lado paradisíaco, também há, na vida indígena, violência, repressão, guerra, choques, proibições e regras rígidas de comportamento, cuja legitimidade pode ser discutida.

Pensar em vários aspectos do amor indígena nos conduz a apreciar os mitos como verdadeiros contos ou material de ficção, divertimento e fruição; e ao mesmo tempo, aí está uma forma de comparar a relação entre homem e mulher em diferentes épocas e sociedades, enveredando por vários temas amorosos.

EROTISMO E REPRESSÃO

Um primeiro traço que chama a atenção, nos mitos desta antologia, por contradizer nossa imagem de uma sociedade indígena de amor livre, às soltas, desimpedido, é o caráter repressivo e moralista que surge muitas vezes, com soluções violentíssimas, e costumam seguir-se a uma descrição permissiva e prazerosa do amor, inusitada, de imaginação desenfreada. Será a liberdade para pensar e descrever os prazeres proibidos uma válvula de escape da imaginação, para depois ser estabelecida a regra social de banir esses mesmos comportamentos que trazem tanto encantamento?

O desenlace moralista ocorre, por exemplo, nas histórias sobre masturbação, ou satisfação sexual que prescinde de outro sexo.

Um mito existente em muitos povos, como nos Nivaclé e nos Kaxinawá, comum também em Rondônia, é o do prazer das mulheres com vermes ou cobras-cegas.

O mito tupari "A namorada do Cobra-Cega", por exemplo, termina mal: engravidando, ela é ameaçada por miríades de fetozinhos de cobra-cega, que acabam por matá-la.

O mito makurap "A piroca de muiratinga e o sapo *Páapap*" e o tupari "O pinguelo de barro" também são terríveis. A heroína, desesperada com a pimenta que os outros põem em seu pedaço de amante artificial, no pênis com quem ela conversa romanticamente e usa todas as noites, promete nunca mais repetir a façanha, ou morre.

Mitos semelhantes, documentados por outros antropólogos, existem no Xingu, por exemplo nos Mehinaku,[6] nos Kamaiurá.[7]

---

6 Thomas Gregor, *Anxious Pleasures*.
7 Carmen Junqueira. À busca de mitos. In Maria do Socorro Galvão Simões (org.). *Belém Insular: percursos, roteiros e propostas.*

Nos Kaxinawá,[8] no romance do tigre, uma moça engravida do verme, e o jaguar a ajuda a livrar-se dos fetos-vermes na barriga. Nos Nivaclé,[9] também há uma mulher que namora um pênis de cera, para indignação dos homens; nos Wajãpi há o namoro com um verme.[10]

Violenta também é a repressão ao adultério: no mito suruí, narrado em *Vozes da origem*, a mulher casada que namora o homem-Anta é morta, e o pênis cortado da anta é posto na vagina do cadáver.

O amor irregular, que não leva aos casais estáveis dentro do sistema de parentesco, que foge à reprodução, que é prazer puro, fourierista, é banido. Réproba é a moça enlouquecida que só pensa em namorar todos os homens, até o próprio pai, no mito tupari da rival da mulher-Urubu-rei; ela chama o monstro *Tianoá* para deitar com ela e acaba literalmente devorada por ele.

As que recusam os casamentos e noivados escolhidos para elas, que não querem homem algum, porque o eleito não apareceu, são duramente castigadas.

Impressiona a violência da história tupari de *Piripidpit*, a moça massacrada com bordunas pelo conjunto dos homens, numa espécie de linchamento. Sua carne é devorada num banquete. É a punição porque não gostava do noivo que lhe impunham. É uma história contada desde a infância às meninas dos Tupari, para que acatem as decisões dos mais velhos. Parece, pela forma como é contada, corresponder a um episódio real. As mulheres mais velhas contam como essa história as aterrorizava quando eram crianças.

Rejeitar noivos tem penas severas nos mitos de outros povos: a moça que é amarrada pelo noivo desprezado nos Suruí, embora volte atrás ao sofrer a tortura, não merece o perdão dele, e vira surucuá; ou, numa das mais importantes histórias makurap, uma moça é transformada em jiboia pelo noivo despeitado. Numa história djeoromitxí, bem como numa tupari, o noivo rejeitado corta o clitóris e a vulva da moça e dá para a mãe dela comer, como se fosse caça.

---

8 André Marcel D'Ans, *Le Dit des Vrais Hommes*.
9 Miguel Chase-Sardi. *Pequeño Decameron Nivacle*.
10 Françoise Grenand. *Et l'Homme devint jaguar*.

O amor solitário masculino não parece ser tão fortemente punido. O caçador panema makurap (o motivo do caçador sem sorte é muito frequente) se enamora do *pau-âmago* a ponto de fazer cenas de ciúme à amante de madeira, bater nela, xingar, ficar amuado, emburrar. A única punição é ser surpreendido por um companheiro e passar vergonha. Parece ser algo corriqueiro namorar árvores: é assim que nascem as primeiras mulheres dos Suruí, Kabeud e Samsam, originárias da cópula de um homem com a árvore das cabaças.

AMANTES NÃO HUMANOS

Característica comum a muitas dessas histórias é que os melhores namorados e namoradas são irreais, vêm de outro mundo; no concreto, o amor sublime é fugidio, a sintonia quase não ocorre entre humanos...

Num mito suruí, narrado em *Vozes da origem*, uma mulher grávida namora um espírito, sem saber. Deste encontro nascem filhos ratos, e desde então é tabu o namoro para as gestantes. Em muitos outros, há homens que namoram *Tarupás*, os espíritos ou fantasmas dos Tupari, como uma bela mulher peludíssima que provoca a maior coceira nos genitais masculinos.

Há um mito tupari, narrado em *Tuparis e Tarupás*, e um makurap muito parecidos, verdadeiros contos eróticos, em que uma mulher, sem o saber, tem um namoro gostoso com o pênis de um espírito. A moral mítica parece não permitir à mulher grandes prazeres, pois, na versão dos Makurap, à medida que os dias passam e ela se delicia, seu pinguelo, manuseado à noite pelo fantasma, vai tomando dimensões insustentáveis que a impedem de andar. Não há como esconder o que aconteceu; seus parentes dedicam-se a apanhar a aparição em flagrante, no momento em que vai acariciar a moça, e cortam-lhe o braço.

O problema é que durante muitos dias, enquanto os homens não devolvem o braço ao namorador do além, o mundo escurece, e não há mais lenha para sustentar o fogo. Sem claridade, os homens estão à mercê de seres malignos e acabam tendo que restituir ao dono inumano o braço arrancado. Quanto ao pinguelo avantajado da moça, também ele é cortado e vira o poraquê, o peixe elétrico (o que poderia ser uma curiosa analogia com o orgasmo...).

Esta história — talvez também outras — não dá a entender se a olhamos como unidade isolada. É preciso, por exemplo, recorrer a Lévi-Strauss, vê-la no conjunto das oposições e diálogos que os mitos estabelecem entre si, enxergá-la como parte de uma estrutura.

O namoro com um ser do outro mundo encontra muitos ecos em nossa tradição literária — basta pensar nas histórias japonesas como *Kwaidan* ou *Os contos da lua vaga*; na polonesa *O dibuk*; nos relatos de Santa Teresa e sua proximidade de Jesus; na literatura de terror, como *Vathek, O monge; O manuscrito encontrado em Saragoza* e muitas outras vertentes —, mas a escuridão no mundo porque um fantasma foi perturbado e mutilado exige alguma pista...

Com as *Mitológicas*, Lévi-Strauss põe alguma claridade nos mitos da escuridão. Um dos temas principais de sua *A origem dos modos à mesa* é o mito sobre a cabeça voadora. Buscando mitos na América do Sul e do Norte, em muitos povos indígenas diferentes, Lévi-Strauss demonstra como as mutilações estão ligadas ao aparecimento de novos astros. Há mitos que explicam a regularidade das estações, do dia e da noite, do mapa celeste, dos astros — de diferentes maneiras, com oposições distintas entre assuntos e personagens, com transformações de um lugar para outro, mas orientando-se para explicações universais.

Em "O amante *Txopokod* e a menina do pinguelo gigante", a regularidade do dia e da noite rompe-se quando uma mulher humana une-se, ainda que parcialmente, a um amante-espírito. O equilíbrio terra-além é ameaçado, algo nas forças desconhecidas de seres maléficos foi tocado. A instabilidade só cessa quando a integridade do *Txopokod* é refeita. A mutilação final da moça, cujo pinguelo cortado vira poraquê, comporta um elemento de repressão à sensualidade — o comportamento feminino habitual, contido, torna a ser a regra.

MÃE E FILHA

Os laços de parentesco, com conflitos, alianças, oposições, são o chão em que se desenrolam todos os mitos.

As mães, num grande número de enredos, vão atrapalhando os namoros das filhas. No mito suruí do Sapo Ai-ai, que existe quase igual nos Gavião

Ikolen e em vários outros povos da região, espécie de "A bela e a fera", a mãe destampa a taboca onde a filha, durante o dia, andava escondendo seu marido sapo, que à noite se transformava num belo guerreiro. Ele vira sapo para sempre, e ela perde o marido. Em "A cabeça voadora, *Akarandek*, a esposa voraz" dos Makurap, a mãe, talvez com boas intenções, enterra o corpo sem cabeça da filha, tornando definitiva a mutilação.

A competição entre mãe e filha, nessa forma indígena, atinge o cume na história makurap da velha que deseja o genro. Joga a filha num buraco-armadilha e toma o lugar da moça, sem que o rapaz se dê conta da troca. Não pode rir nem abrir a boca, porque é desdentada... mas as outras funções parecem ser bem exercidas. Seu problema é que quando masca a mandioca ou o milho para fazer a chicha, a bebida tradicional, a gengiva sangra e tinge o alimento de vermelho. Quanto à filha, em sua prisão, da qual consegue depois se livrar, aprende cantigas importantíssimas com o *Botxatô*, o Arco-Íris ou Cobra, e as ensina aos Makurap, virando uma heroína.

Há, por outro lado, a figura da mãe doadora, alimentadora, como a da belíssima história makurap da mulher que se transforma em panela de barro. Seu útero serve para cozinhar durante algumas horas, para escândalo e nojo do genro, quando descobre a matriz de onde provém sua comida. É esta mãe acalentadora, semelhante a Deméter e sua filha Perséfone, que dá à filha a cerâmica que ninguém tinha ainda.

AS FEMINISTAS AVENTUREIRAS E O SUSTO COM OS TRÊS PINGUELOS

Na sociedade indígena, não casar, não ter parceiro, é impensável. Os mitos, porém, não são muito encorajadores: a busca de um amor permanente parece sempre desastrada. A imagem do casamento não soa muito mais otimista que a da literatura escrita do século XX.

Nos mitos de vários povos de Rondônia há mulheres aventureiras, duas ou três, que partem juntas à procura de marido. Vão pela floresta, para o que der e vier, enfrentando monstros e bichos. São corajosas, andam sem guerreiro protetor, vão caindo em todo tipo de logro. Sempre há uma mais esperta e outra que se deixa enganar.

Nos Makurap, as andarilhas são duas tias ingênuas e a sobrinha esperta. A cunhada malvada põe folhas indicando um caminho errado; vão dar na região dos *Txopokods*, e a vereda por onde vieram fecha-se em floresta cerrada. Só encontram maridos que as enganam, como a cobra que oferece xixi em vez de chicha, a bebida tradicional.

A sobrinha é ousada, faz desastres, por sua causa as três incorrem em perigos, mas ela sempre sabe salvá-las. Terminam por encontrar um marido, mas oh, susto maior!, tem o que desejavam em excesso, é um homem de três pênis. A sobrinha resiste o quanto pode, ao contrário das tias — mas dessa vez não consegue ser tão esperta assim. Na casa desse homem estranho não encontra um canto sequer onde dormir, e acaba com as tias na rede dele, as três sendo suas mulheres a um só tempo.

Nos Suruí Paiter, são as duas primeiras mulheres do mundo, Kabeud e Samsam, filhas de um homem e de uma cabaça, que se aventuram pelo mundo em busca de marido. Só acham engodos: a coruja que chora e lhes dá lágrimas em vez de mel, o veado que dá carne da própria perna em vez de caça, a garça que dá ratos em vez de peixes, e assim por diante. Samsam, a mais esperta, nunca se deixa enganar, sempre percebe a armadilha; não namora de verdade, dá os dedos em forma de V; mas Kabeud sempre namora.

No final, também Samsam acaba por render-se, assim como a irmã, ao Mekopitxay, a onça mítica suruí paiter. O casamento não acaba bem e não poderia ser de outro jeito, pois são seres humanos entrando numa família de feras — a sogra mata as duas. Os filhos delas, ambos filhos da onça, vingam a mãe, matam a avó, que tem medo do fogo, e viram o trovão. Sozinho no mundo, sem filhos, sem mãe e sem mulheres, sobra o pobre marido-Onça. Não ficou em nenhum dos dois mundos irreconciliáveis, o dos seres humanos e o dos animais selvagens. Vira um espírito.

Nos Tupari, a aventureira — apenas uma — aparece no ciclo do *caburé*, uma pequena coruja. Quer se casar com o uirapuru, mas o *caburé* põe sinais de folhas no caminho errado e fica com ela. Este a vai enganando o quanto pode — dando lágrimas em vez de mel, ratos em vez de peixes etc., até um dia ela resolver fugir.

No Xingu, uma variante conhecida é a das mulheres feitas de pedaços de madeira, andando pela floresta, que acabam por se casar com um marido-Onça.[11]

PAPÉIS FEMININOS E MASCULINOS E A BIOLOGIA

Curioso como os aspectos biológicos do sexo confundem-se com os papéis sociais e são explicados como luta de poder entre os sexos. São inúmeros os povos em que, nos tempos arcaicos, segundo os mitos, os homens é que ficavam menstruados (Tupari, Makurap, Suruí Paiter, Gavião Ikolen, Arara Karo e muitos outros), até conseguirem atirar o sangue nas mulheres.

Também a gravidez não existia, ou se dava no pé (Makurap), na barriga da perna (Arara Karo), ou tinha que ser aprendida; em mitos de muitos grupos indígenas, as mulheres originariamente não tinham vagina, esta teve que ser criada. Num mito documentado por Caspar em 1948, e que publiquei em *Tuparis e Tarupás* em 1993, *Waledjat*, um dos dois demiurgos tupari, talha uma mulher de madeira, a primeira mulher, com vagina pintada dentro de urucum; mas faz uma mulher sem buraco para o irmão, deixando-o furioso.

A menstruação — talvez não a gravidez — é quase sempre vista como uma desvantagem, perda de prestígio. O sexo menstruado é o que tem menos poder. Nos mitos suruí e tupari, as mulheres caçoavam dos homens menstruados, obrigados a ficar em reclusão enquanto elas passeavam de um lado para outro. Quando eles passaram a mão ensanguentada na vagina delas (Suruí) ou atiraram um capim com sangue quando elas se aproximaram (Tupari), elas passaram a ficar menstruadas e perderam poder, prestígio e a liberdade de andar.

---

11 Pedro Agostinho, *Kwaríp*.

A SEDUÇÃO

Um bom passeio por um suposto amor indígena livre, pleno, realizado, talvez seja o mito "As mulheres do Arco-Íris, *Botxatoniã*", uma das mais belas histórias makurap, cujos temas centrais são a sedução e a paixão.

A história começa com os homens e as mulheres presumivelmente felizes na maloca, casados, com filhos. Um dia, elas experimentam a sedução por outro, por um encantado, como todo amante é, que vive no fundo das águas e lhes parece belíssimo. Numa das traduções do mito, talvez se deixem seduzir porque os homens estão sempre caçando, sempre longe, distraídos; noutra tradução, o primeiro passo para a aventura fora do casamento é delas.

Os homens, por sua vez, ao serem abandonados, tentam esquecer "a mágoa que os perfura", segundo o tradutor, e cedem ao fogo de novas paixões, igualmente por mulheres do fundo dos rios. Sedutor e sedutoras moram nas águas, como sereias de povos não indígenas. É de notar que todas as mulheres se deixam levar por um único amante, enquanto os homens encontram uma boa quantidade de novas namoradas.

Com o tempo, eles e elas querem voltar aos parceiros de antes. Sutilmente, o "conto" dá a entender que tanto homens como mulheres se apaixonaram por seres ilusórios, espíritos, fantasmas. A intensidade amorosa, mal colocada, era dirigida a objetos errados. O amante encantado deixa transparecer sua feiura; as mulheres passam a ver que é horrendo, e o matam.

Os maridos mandam às mulheres um emissário, que deve seguir a recomendação expressa masculina de resistir à sedução e ao toque de qualquer mulher, mas sucumbe a uma tentadora. Por causa de sua incontinência, numa espécie de castigo da sensualidade, a ruptura é definitiva, e as mulheres acabam sozinhas para sempre.

Castigo e sedução

O que sugere a história do arco-íris, que pode ser vista como a imagem do desencontro amoroso? O amor seria sempre não recíproco ou correspondido apenas por curtos períodos, e então ilusório, pois se trata de amantes fantasmagóricos, sem existência real? Ou o assunto desse mito é penalizar a sedução, pois os casais acabam apartados para sempre?

Entre os índios, há mitos em que, ao contrário, a sensualidade é o caminho correto. Num mito karajá, por exemplo, o herói despreza mulheres sozinhas que lhe fazem propostas amorosas ao longo de suas aventuras. Desde que as alija, tudo sai errado em sua vida. Algum ser mágico o aconselha a ceder aos desejos delas, se quer ter sorte, e ele então obedece. Não deve ter medo da sensualidade e da urgência feminina do amor — estas apenas o ajudam.[12]

Na história makurap, o amor sensual que é recusado, ou indevidamente aceito, é o núcleo do enredo, um amor sempre desequilibrado. Os maridos são rejeitados, mas depois as mulheres os querem outra vez. Os maridos afastam-se das mulheres, entretidos pela caça e andança na floresta, pelas iguarias e pela beleza das mulheres do fundo das águas. Passado um tempo, têm saudades das mulheres domésticas, por quem sofreram tanto; mas perdem-nas para sempre, por culpa de apenas um infrator, o mensageiro.

O Povo do Arco-Íris

As mulheres sedutoras da história makurap são as do Povo do Arco-Íris. Entre os Makurap, o arco-íris é uma cobra, por sua vez a ponte entre o reino dos vivos e o dos mortos. Os mortos, segundo a tradição makurap e a djeoromitxí, devem atravessar um rio de águas profundas onde mora a cobra Arco-Íris. Quando as almas a chamam, a cobra se faz de ponte e lhes dá passagem para o além (narrativas de *Terra grávida*[13]).

A totalidade amorosa no mito do *Botxatô* é fugaz como o arco-íris, ilusória, um descaminho, fazendo com que terra, águas e céu pareçam uma unidade, pois os amantes são espíritos do fundo das águas. No entanto, se é verdade que o arco-íris pode ser um elo entre o presente e o além, céu

---

12 João PERET, *Mitos e lendas Karajás*.
13 Betty Mindlin e narradores indígenas, *Terra grávida*.

e terra, estes devem permanecer distanciados, assim como é uma transgressão que os homens ou as mulheres tenham vida em comum com os encantados. A ordem cósmica liga-se às regras amorosas.

A ETERNA BATALHA ENTRE OS SEXOS

"A cantiga *Koman*" — *koman* é, na língua makurap, um sapinho das lagoas — é uma história simbólica do mais violento ódio entre os sexos. Por que tamanho confronto?

É uma velha, uma *Txopokod* ou espírito maligno, a dona dos sapinhos de uma lagoa, roubados inadvertidamente pelas meninas dos Makurap. É esta espécie de bruxa que açula as mães das meninas a matarem e devorarem os maridos, um a um. A velha, chamada *Katxuréu*, quer se vingar do roubo dos sapos; mas o que motiva as mulheres, que ofensa tão grande sofreram dos homens, a ponto de os exterminarem e comerem?

Os domínios proibidos da velha foram invadidos pelas meninas, que não sabem que ela é a dona dos sapos. Em tantas histórias nossas conhecidas, de fadas ou outras — por exemplo, a de Joãozinho e Maria —, é assim que começam as infelicidades dos heróis, ao tocarem na propriedade de bruxas ou ogros.

A velha enfeitiça, como a cobra do paraíso cristão, e separa as mulheres dos seus maridos. Estimula a hostilidade contra os homens através da sedução da arte, da música e da pintura.

Numa versão, a velha tem o jenipapo, do qual se prepara a tinta para a pintura de corpo, ligada, noutros numerosos mitos, ao incesto. Nas outras versões, mais generalizadas, o canto e a taboca, uma flauta, são os atributos da velha admirados pelas mulheres, que aprendem sua cantiga mágica.

As meninas persuadem as mulheres adultas a segui-las. Participam de uma espécie de ritual órfico, lembrando a peça de Eurípedes, *As bacantes*, ou, numa chave mais leve, a revolta das mulheres em *Lisístrata*, de Aristófanes. Que prazer de matar e devorar — em comunhão com as outras — a carne do próprio marido. Percebe-se, segundo alguns narradores, que deve haver até mesmo uma mãe que comeu o filho.

É a velha que instiga o banquete de carne humana para substituir seus peixinhos e sapinhos? Se quer comer os homens, o sentido poderia ser tanto de alimento, como de objeto sexual.

O sapo muitas vezes, nos mitos, está ligado ao sexo. Há uma história dos Djeoromitxí em que o herói é castrado dentro do rio, e um sapo é posto no lugar do órgão perdido; o japó, um pássaro, penalizado, substitui o sapo por um pênis novinho em folha — mas tão diminuto, porém, que os resultados são péssimos. Outros sapos do amor são os que se transformam em marido (em mitos dos Suruí Paiter, Gavião Ikolen, Makurap, Tupari e outros), como os sapos dos contos de fadas virando príncipes.

Que razão teriam as mulheres para acatar sem qualquer resistência uma ordem tão feroz? Separação e vingança ocorrem sem nenhum arrependimento, ou queixa contra o poder dos homens. Sem qualquer justificativa, há a manifestação de um ressentimento muito profundo contra os maridos.

O poder das mulheres e o mundo sem mulheres

Em várias dessas histórias, há aldeias só de mulheres, ou só de homens. Tão inatingível parece ser a harmonia entre os gêneros, que os mitos referem-se à possibilidade de viver dentro do masculino apenas, ou só dentro do feminino. A espécie, como sobreviveria, então?

Nesses mitos, a reprodução e o sexo parecem preocupar menos os homens que a gula. Eles querem ter uma boa chicha, docinha como só as mulheres sabem fazer. A divisão sexual das tarefas é a única divisão do trabalho nítida existente na vida de aldeia. Criam-se as regras da vida social, talvez orientadas pelos mitos.

Em "A cantiga *Koman*", as mulheres só não desaparecem, só não são todas mortas, porque há duas sobreviventes inocentes, que o irmão ousa salvar (pensando, talvez, na geração seguinte de mulheres que poderá receber, casando com as filhas das irmãs). O componente moral é forte: só sobrevivem as mulheres "puras", as duas meninas que apenas por acaso não comeram a carne dos parentes homens.

280

O mito alude, assim, a uma época tida como imperfeita em que as mulheres tinham o poder, perdido desde então; eram ameaçadoras, hoje podem ser contidas.

A perda de poder pelas mulheres em tempos arcaicos aparece em muitas mitologias.

Nos Munduruku,[14] num mito que lembra muito "A cantiga *Koman*", três mulheres descobriram e ficaram donas das flautas sagradas. Elas ouviram música numa lagoa, apanharam três peixes que se transformaram nas flautas.

Estas flautas lhes davam poder sobre os homens, que deviam cozinhar, buscar água e lenha para elas. Elas tomaram a casa dos homens, onde antes não podiam entrar, obrigaram-nos a ir para as casas de moradia das mulheres e a ter relações sexuais com elas, na forma que elas escolhessem — assim como hoje são obrigadas a obedecê-los. Os homens, no entanto, continuavam a ser os únicos a caçar e, como as flautas tinham que ser alimentadas com carne, conseguiram obrigar as mulheres a lhes entregar as flautas, que em tempos atuais são proibidas para elas.

No Xingu, de modo geral, o jacuí, a flauta sagrada, é proibida às mulheres. Se virem o jacuí, podem ser violentadas por todos os homens.

Em muitas das sociedades indígenas de Rondônia, a distância entre homens e mulheres não é tão marcada como em outros lugares. Não há rituais proibidos para as mulheres, secretos, como o do jacuí, ou rituais femininos, como o dos Kayapó (autodenominação: Mebengokre) para pintura de corpo. Enquanto os Munduruku (autodenominação: Wuyjuyu) e tantos outros povos têm casa dos homens, nesta região apenas os Nambikwara têm malocas baixinhas proibidas às mulheres, onde aprendem a tocar flautas que elas jamais devem ver.

O embate e o ódio entre homem e mulher, que tanto se necessitam mutuamente, é espantoso em "A cantiga *Koman*". Seria uma cena de filme a velha, no meio do lago, arreganhando os dentes e mostrando, aos poucos guerreiros vingativos remanescentes, a boca com que comeu os homens.

Claro que é possível fazer a associação entre as formas de comer, a oral e a sexual — e pensar na vagina dentada, que nesses mitos parece não existir,

---

14 Yolanda Murphy e Robert F. Murphy, *Women of the Forest*.

mas é comum em outras regiões. Há um mito Karajá (autodenominação: Iny) sobre as filhas do sol, noivas com vagina dentada;[15] os Tukano têm um mito sobre mulheres piranhas;[16] nos Nivaclé há mulheres das águas que comem pela vagina até que os homens as façam perder os dentes[17] e assim por diante.

De todo modo, é uma história-símbolo da guerra entre os sexos. Faz pensar se será possível escapar da oposição radical entre homens e mulheres.

A cantiga existe ainda, é cantada por homens e mulheres, foi gravada por mim, cantada por uma mulher e por um homem.

AS MULHERES SEM HOMENS, AS AMAZONAS

Uma história exemplar do marcado afastamento entre os sexos e, concomitantemente, de muita poesia no amor é a das Mulheres-pretas-sem-homens, *Kaledjaa-ipeb*, espécie de Amazonas makurap que vivem sozinhas com o pai ferocíssimo. *Kaledjaa*, como os *Txopokods*, são, para os Makurap, uma classe de espíritos.

A personagem principal é uma donzela guerreira — esta sim, figura rara nos mitos indígenas — que, aliás, mantém-se donzela por bem pouco tempo.

É uma jovem perfeita, maravilhosa, carinhosa, fortíssima, suportando cargas de peso que nenhum varão aguenta, que encontra um guerreiro no meio da floresta e o leva para sua aldeia. É a figura feminina exemplar, com as qualidades masculinas e femininas, aparentemente só ternura como suas irmãs, mas com todo o vigor e as habilidades de um homem. O único defeito é o pai ameaçador e a natureza inumana — ela e as irmãs são *Txopokods*, benévolos em seu caso, prontos a transmitir segredos aos homens.

A novidade, como conteúdo, é que ela faz melhor que ele todas as tarefas dos homens, ninguém melhor para caçar, pescar, atirar. Vai ensinando suas artes ao marido, encontrado por ela na floresta, mas, como amante,

---

15 João Peret, *Mitos e lendas Karajá*.
16 Berta Ribeiro, *Os índios das águas pretas*.
17 Miguel Chase-Sardi, *Pequeño Decameron nivacle*.

o divide com as irmãs, já que é o único homem que encontram. Todas têm que defendê-lo, armadas, contra o pai ameaçador.

Para o jovem guerreiro realiza-se a fantasia de muitos homens: tem uma aldeia inteira só de mulheres para si, um amantíssimo harém da selva e uma amada principal, provedora de todos os bens, de caça em especial. Uma Diana-Artemis companheira. Encontra um reino de paraíso — todas as mulheres à disposição de um só homem, se esse genro felizardo conseguir neutralizar o sogro violento.

O segredo

O clima é fantasmagórico, essas mulheres não são bem de verdade, são *Txopokods* benignos, mudam de lugar e desaparecem, encantadas. O jovem guerreiro passa tempos com suas mulheres e outros na aldeia onde nasceu, dividido. Deveria manter um sigilo absoluto sobre sua vida dupla, que se alterna entre as mulheres fantasmas e a aldeia nativa... mas acaba revelando o que é proibido.

O herói não guarda segredo e, ao contar na aldeia a sua vida entre as mulheres com as quais, com o tempo, tem vários filhos, expõe a família das amantes à presença perigosa dos mortais. Ele é quase o anti-herói, passivo e indiscreto ao final. Na aldeia dos espíritos *Txopokods*, parece um joguete na mão das mulheres; na aldeia dos índios, fica à mercê de um Teimoso ou desmancha-prazeres, que o espiona e tenta imitar, e que tanto pergunta que acaba por descobrir o paradeiro das mulheres.

As mulheres *Kaledjaa-ipeb* sabem muito mais que ele: caçam e pescam melhor, protegem o marido comum, encarregam-se de todas as tarefas. O amor delas tem uma dimensão maior que o dele, que ao final, quando a aldeia delas some, está disposto a viver sem elas, desde que consiga recuperar os filhos.

Qual será a lição a extrair? Um grande amor deveria ser secreto, para se esquivar do mau olhado? O outro mundo, o transcendente, a outra vida, só sobreviveria fora do alcance do social? O olhar da sociedade faz mal à convivência romântica, ao classificar as amantes como fantasmas *Txopokods*? O que é do sonho e da fantasia será sempre marginal, pois se não for, será quase impossível resistir à pressão do princípio da realidade?

Também aqui, como em muitas outras histórias, a transgressão fatal: porque o herói fala demais, a totalidade e o encontro viram sonho perdido.

Outras Amazonas

Os Tupari ainda hoje acham que existe um grupo de mulheres sem homens, não se sabe em que lugar, que fugiram da aldeia quando, segundo o mito, narrado em *Tuparis e Tarupás*, seu amante, um sedutor-anta que namorava todas elas, foi morto pelos maridos. Em represália, foram viver sozinhas — os Tupari só não acabaram porque um homem conseguiu esconder sua filha pequena, impedindo assim que os homens ficassem solteiros para sempre e a espécie desaparecesse.

Nos Suruí Paiter esta história tem outra vertente, que não leva às mulheres sem homem. Uma única mulher é seduzida pela anta-Don Juan. O marido vingativo mata a anta, corta-lhe o pinguelo e o pendura na porta da maloca, para que fique pingando na cabeça da mulher. Mata-a, num castigo exemplar, introduzindo o pênis da anta na vagina do cadáver. A sedução, que no mito tupari deu origem ao povo das mulheres, é castigada, mas não leva ao perigo de separação entre todos os homens e mulheres.

Há histórias de outros povos, já publicadas, que são transformações destas das mulheres sem homens e da anta. Nos Kayapó,[18] um homem que seduz todas as mulheres é transformado em tapir pelos maridos traídos e é morto em seguida; de tristeza ou em represália, as mulheres transformam-se em peixes

As Amazonas Taurepang (Pemon), importantes em *Macunaíma* de Mário de Andrade, são mencionadas por Koch-Grünberg como mulheres lindas de cabelo comprido, vivendo sem homens. Usa a palavra Amazonas, por analogia. Já havia referências a elas em Carvajal e Orellana.

No Xingu, o mito de Iamuricumá é a história misteriosa de um bando de mulheres de antigamente que fugiu, ressentido com a demora dos maridos

---

18 Anton Lukesch. *Mito e vida dos índios Caiapós*.

numa pescaria. Ainda no Xingu, os Mehinaku contam das mulheres que deixaram os homens, para tocar as flautas sagradas e pescar, vivendo na maloca só das mulheres — até serem vencidas e violentadas pelos homens.[19]

Bem interessante, nesta antologia, é a história djeoromitxí das mulheres que surpreendem os maridos comendo as próprias fezes. Enojadas, vão embora, viver sem homens, aprendendo a voar e a virar pajés. Sem homens, conseguem acesso ao domínio espiritual, em geral vedado às mulheres — e só se sentem com esse direito porque descobriram que eles são sujos e desprezíveis?

AS MULHERES E O EXCESSO

Ouvido pela primeira vez, enredo chocante é o do mito da cabeça voadora.

Uma mulher casada se divide todas as noites: a cabeça parte em busca de carne e alimentos de outras malocas e aldeias; o corpo mutilado fica na rede, carinhosamente abraçado ao marido. Este, todas as manhãs, acorda ensanguentado, um mistério. De madrugada, supostamente saciada, a cabeça volta e cola-se no próprio corpo.

Na versão tupari, que não consta desta antologia, mas sim de *Tuparis e Tarupás*, depois de várias peripécias, a cabeça não consegue, certa madrugada, juntar-se ao corpo, que foi queimado pelos parentes. Transforma-se no bacurau, um engole-vento, pássaro de mau agouro. Depois de uns dias, o engole-vento, em pios soturnos, explicando que é a esposa decapitada, vem buscar o marido para ir ao reino dos céus, dos bacuraus. O marido, ou, em algumas versões, a mulher-Bacurau, vira uma estrela, brilhando perto das que chamamos Três Marias.

Na versão makurap, a mãe da moça surpreende o corpo ensanguentado e enterra a filha-sem-cabeça, julgando que foi decapitada pelo marido. A cabeça, ao voltar para a rede, não tem onde colar, e gruda no ombro do marido. Vai apodrecendo, sempre insaciável, pedindo carne, passa a atormentá-lo de forma atroz. O marido fica um ser com duas cabeças, a sua própria e a da mulher, grudada em seu ombro, em putrefação.

---

19 Thomas Gregor, *Anxious pleasures*.

É preciso mergulhar nesta história para desvendá-la, seguir os detalhes, nas versões de muitos grupos indígenas.

Se não fosse a mãe da moça, na versão makurap, ou não fossem os outros parentes, na versão tupari, talvez o marido nunca tivesse se oposto a essa estranha maneira de viver. No mito makurap ele sabe que a cabeça voa — mas se conforma. São os conflitos internos às relações de parentesco, como mãe *versus* genro, que desencadeiam o drama.

O bacurau, aprendendo a subir ao céu, liga a esfera terrestre, humana, à celestial, à do além, ao mundo aterrorizante dos espíritos, dos que anunciam a morte e vêm atrás de cadáveres. Aparece uma estrela — o que, muitas vezes nesses mitos, é resultado de mutilações. Desordem nas regras sociais, com uma sanguinária devoradora; nova ordem no mapa celestial, um astro surge.

Na versão makurap, o bacurau é substituído pela cabeça grudenta. A mulher voraz é a que se agarra ao homem, colante, incômoda, outro tipo de excesso, de comportamento imoderado, outra lição sobre o que não deve ser e que horroriza, mau cheiro insuportável, a amante supérflua, antes tão desejada, agora praga e tormento do qual é preciso se livrar.

Lévi-Strauss e a cabeça voadora

Esse mito espantoso pela imagem inesperada é muitíssimo difundido na mitologia indígena, tanto sul como norte-americana. Lévi-Strauss dedicou-se muito a ele — em especial em dois livros, *Origem dos modos à mesa* e *A oleira ciumenta*.

No Brasil, o motivo da cabeça voadora tornou-se clássico com o *Macunaíma* de Mário de Andrade, que contém um mito Kaxinawá, documentado por Capistrano de Abreu, sobre a cabeça decapitada que acaba por transformar-se e originar a lua.

Se Mário de Andrade tornou familiar a assombrosa cabeça voadora, com Lévi-Strauss percebemos como um mito à primeira vista excêntrico e estrambótico é apenas uma ponta, um nó, um fragmento de um verdadeiro caudal de histórias semelhantes, transformações das primeiras, com inovações, inversões, oposições diversas de partes dos mitos, mas que inserem num todo o que parecia feérica imaginação isolada.

Uma boa parte da *Origem dos modos à mesa* e de *A oleira ciumenta* se dedica à cabeça decapitada. Como se sabe, Lévi-Strauss não está interessado em interpretar nenhum mito separadamente, o que lhe interessa é o conjunto, as transformações dos motivos de um mito para outro, a linguagem dos mitos entre si, a estrutura dos mitos composta das mesmas oposições com sentidos e posições diferentes. Mas é a cabeça cortada que, como a lua em que se metamorfoseia, ilumina estes livros.

Um exemplo interessante de cabeça voraz virando a mulher grudenta, dado por Lévi-Strauss, são as rãs que viram esposas pegajosas. Refere-se, em *A origem dos modos à mesa*, a um mito munduruku contado por Murphy, no qual uma mulher-sapo prende um homem na vagina ao se transformar em mulher e seduzi-lo. Ela pede que ele a avise antes do orgasmo; ele obedece e sai, mas o pênis fica preso, e se alonga. A mulher-sapo o solta, mas ele agora é obrigado a enrolar em torno de si o pênis compridíssimo para poder andar. São as lontras que o curam.

Aparentemente este mito nada tem a ver com a cabeça cortada, mas Lévi-Strauss arrola no mesmo livro muitos outros sobre pênis ou testículos alongados, gigantescos — como em um mito dos Inuit —, outros mutilados ou encompridando-se até atingir a lua, segundo os Tacana. Sugere que mulher grudenta e pênis longo são valores simétricos, uma cortada, o outro buscando distâncias impossíveis, ambos sinais de excesso jamais imaginado, ou ávidos demais ou pegajosos. Importante guardar esta reflexão, pois nos mitos rondonienses há belas surpresas com pênis descomunais ou desapontadoramente pequenos.

Um pênis comprido, capaz alcançar uma mulher no rio a partir da maloca, ribanceira acima, faz rir os Tupari. Em muitos outros povos há mitos semelhantes. Nos Kaxinawá, segundo D'ans, há um mito do pardal que tem colhões e um pênis tão grandes que deve guardá-los num cesto. É tão comprido seu brazão masculino, que pode copular de uma sala a outra, e como fica distante, sua mulher tem um amante com toda a tranquilidade. Nos Suruí Paiter há uma história, incluída em *Vozes da origem*, sobre um pênis que se alonga.

O sentido da cabeça voraz

Numa interpretação psicológica, a história da cabeça voadora poderia ser entendida como uma lição sobre a voracidade feminina, a gula excessiva, carnívora. É também a representação da mulher pegajosa, por ser exagerada, grudenta, desamada, abusando dos seus direitos de esposa ao obrigar o marido a um quotidiano monstruoso de duas cabeças.

Uma mulher moderna poderia ampliar as analogias, perguntando se a cabeça pensa — a voracidade poderia ser também intelectual, querer saber de tudo em toda parte, abraçar o mundo, apartar-se do papel doméstico e erótico de esposa noturna na rede? Não é o caso, provavelmente este não é um símbolo indígena. O engole-vento tem uma boca imensa, como que rasgada, a associação só pode ser com a gula ou com o sexo. A cabeça estaria no lugar da sexualidade? Ou só aventuras eróticas noturnas de uma esposa bem comportada de dia?

Outra interpretação hodierna da cabeça voadora, no capitalismo globalizado, seria o consumismo, o afluxo de informações e oportunidades, de conhecimentos e estímulos que levam ao infinito.

O MARIDO MORTO

Uma contrapartida do mito da cabeça seria o mito do marido morto que reaparece. Desta vez, no lugar da mulher grudenta, é o marido que não quer se desprender de sua mulher viva.

No mito tupari, o cadáver do marido volta, já em decomposição, para se deitar na rede da mulher, "comer o que fora dele em vida". O que fora amor passa a ser um peso (*"Mon amour si léger prend le poids d'un supplice"*,[20] como o poema de Paul Éluard) e a esposa amantíssima tem que usar mil estratagemas para se livrar dele, num digno exemplo simbólico para as mulheres viúvas ou que se separam.

---

20 "Meu amor tão leve vira o peso de um suplício" ou (sugestão de Eliane Robert Moraes) "Meu amor, tão delicado, me pesa como um suplício".

MORTOS ANTES DA MORTE

Há várias outras voltas de mortos neste conjunto de mitos, mas elas possuem sentidos diversos, não são seres indesejados que deveriam ter se afastado para sempre. São anteriores à morte.

Há um mito makurap, em *Terra grávida*, em que um morto volta à vida, antes que a morte exista instituída. Vira nenê molinho outra vez, para ir aos poucos se tornando adulto vivo, ao ser alimentado pela mãe. Vinha, como diz um grande narrador, Odete Aruá, para ensinar a nós, que "somos os futuros", a evitar a morte. Mas é desprezado por uma velha enjoada, que não para de lhe pedir batata, num momento em que a mãe fora à roça buscar comida para ele. A velha o amaldiçoa, diz para ele morrer de verdade, e desde então existe a morte. A mãe, tristíssima, o acompanha ao país dos mortos, mas só pode ficar com ele permanentemente quando morre de vez, picada por uma aranha.

PAIXÃO E TRANSGRESSÃO

Não seria exagero dizer que grande parte dos enredos dos mitos tem algo a ver com o incesto; e que o incesto é, nessas histórias, a realização da paixão e do desejo, e também o acontecimento que origina os produtos agrícolas, os astros, os rios, a arte, a criação.

O ciclo da cobra, do arco-íris e do jenipapo:

Nas regiões de muita água, rios grandes, inundações, a cobra é um tema importantíssimo. Nos Makurap, a moça, punida por recusar o noivo, é transformada por ele numa jiboia, que se refugia no fundo de um lago. Visitada pelo irmão, ensina-lhe a arte da pintura de jenipapo, desconhecida até então — mas deve engoli-lo quase até o pescoço para completar uma bela pintura em seu corpo, numa imagem mais que fálica (mas invertida, á que ela é quem constitui a imagem fálica). Quando o irmão quer sair, deve urinar dentro da irmã-cobra. O noivo desprezado, ao surpreender o

289

cunhado e tentar imitá-lo, não consegue urinar e morre dentro da cobra. O grande amor nada explícito e proibido, entre o irmão e a irmã, produz a arte da pintura de jenipapo e acaba tragicamente. (Na versão aruá, porém, a irmã-cobra leva o noivo engolido para debaixo d'água, o perdoa e finalmente se apaixona por ele. Fogem do irmão!)

Na versão tupari, relatada em *Tuparis e Tarupás*, o menino-cobra, criado pela mãe e pela tia, é quem engole, quase inteiras, primeiro a mãe, depois a tia, para pintá-las de jenipapo.

A tia insiste para que ele a engula cada vez mais, e acaba morrendo dentro da barriga dele. O menino, tristíssimo, vai embora, criando rios por onde passa; ele é o reflexo do arco-íris, anda pelo céu, pois se andasse na terra, tudo seria água.

Este filho-cobra não tem pai — sua mãe engravidara dele e de muitas outras cobrinhas ao comer um cajá que boiava na água. Solta as outras cobrinhas e fica só com ele. Como em várias outras histórias deste livro, mãe e filho têm um isolamento privilegiado.

O amor incestuoso, neste mito, é entre gerações, e a tia, não a mãe — mas quase mãe, pois é irmã desta, o que entre os Tupari tem o mesmo estatuto — , que é engolida completamente, numa imagem de sexo realizado.

A lua

Noutro grupo de mitos, jenipapo e incesto estão associados. O jenipapo como marca do incesto no rosto do irmão apaixonado é generalizado na Amazônia. No mito Suruí Paiter, uma mocinha menstruada pela primeira vez, em reclusão, recebe um namorado todas as noites sem saber quem ele é. A mãe a aconselha a pintar o rosto do visitante com jenipapo e, com isso, elas descobrem que trata-se do próprio irmão da mocinha. Este, envergonhado, foge para o céu, virando a lua, cuja face escura é a mancha de jenipapo.

Com pequenas ou maiores variações, este mito existe em toda a região — Gavião, Arara, Makurap, Tupari, Djeoromitxí, Wajuru, Aruá — e em muitos outros povos, como Kaxinawá ou Taurepang, e em outros países. Campbell menciona um mito semelhante na Áustria, em que a pintura no irmão transgressor é feita com carvão.

Curioso é que o jenipapo seja arte e nítida delimitação de proibição — como as marcas de passagem de idade, regras de comportamento ou tortura inscritas no corpo, sobre as quais escreve Clastres em *A sociedade contra o Estado*.

Com frequência, como Lévi-Strauss insiste, os astros, lua, sol ou estrelas, vão aparecendo nos mitos por causa do comportamento dos seres humanos, especialmente em virtude do incesto. O arco-íris, também cor, pintura, arte inscrita na cobra, assim como a tinta jenipapo, origina o incesto e liga a transgressão a um fenômeno visível no céu.

O ciclo das mães loucas por mel e ainda o arco-íris

O arco-íris, com a magia multicor, e a doçura do mel, são o atributo, num grupo imenso de mitos da região, da proximidade incestuosa entre mãe e filho. Impulsionam a fundação de uma nova ordem social (os Makurap ou os Djeoromitxí que falam português mencionam o "mundo novo") e o aparecimento de produtos agrícolas como o milho, amendoim, feijão, ou animais antes desconhecidos, como a anta e os animais de caça.

O arco-íris se confunde com uma cobra, nessa e noutras mitologias. Pensemos, por exemplo, em Oxumaré, o orixá africano. Dizem alguns narradores que as cores da jiboia ao sol são iguaizinhas ao arco-íris. Assim, é como se estivéssemos continuando a viagem pelo ciclo do jenipapo, com transformações em cada povo.

Um dos mais lindos mitos suruí, o primeiro de *Vozes da origem*, é o da menina ainda impúbere que engravida ao tocar no ovo do papa-formiga. Seu filho, ainda na barriga, pede a ela para colher o frutinho vermelho *lolongá*. Ela deita, abre as pernas e ele sai sob a forma de um fio ou arco-íris, derrubando da árvore alta no chão uma linda colheita. Um dia, os parentes os surpreendem, e cortam o arco-íris — o filho vai para o céu, mas um pedacinho volta para continuar a gravidez da menina. É esse pedaço do arco-íris que ensina os homens a plantarem o milho, atrás do qual, na história, as mulheres solteiras perdem-se na roça, virando uma espécie de pombinha.

Outra vez aparecem mãe sem marido e filho, aproveitando a solidão do mato; produtivos, apesar de infratores, pois colhem o lolongá, frutinho da luxúria cheio de sumo, e originam o milho e o arco-íris.

Este mito existe, diferente a cada vez, nos outros povos do tronco tupi de Rondônia, Gavião, Zoró, Arara, Campé. O lugar do arco-íris às vezes é simplesmente tomado pela cobra: assim é em muitas versões xinguanas, como a Kamaiurá ou a Mehinaku.

A versão dos Gavião Ikolen, povo tupi-mondé como os Suruí, é muito parecida com a destes seus vizinhos. A dos Arara Karo, que falam uma língua tupi de família rama-rama, é mais assustadora, menos erótica. A moça é casada com um homem velho, tem outros filhos, engravida sem saber por que, e fica apavorada ao descobrir que carrega uma cobra dentro de si, que entra e sai do seu útero a seu bel-prazer. A cobra, num de seus passeios externos, é morta pelo irmão da moça e outros parentes. No dia seguinte, descobrem que de cada pedacinho da cobra morta nasceu uma pessoa — é a origem dos *brancos*, dos não índios. Estes querem a visita e o amor da mãe, que se recusa a ir, quebra os presentes recebidos, renega os filhos e depois é morta por eles. (Nos Mehinaku, no mito contado por Gregor, os pedaços da cobra, morta pelo irmão da mãe, dão origem ao povo Suyá; nos Kamaiurá, na versão contada por Carmen Junqueira, aos Suyá e outros povos). Darcy Ribeiro, nos *Diários índios*, apresenta uma linda versão Urubu-Kaapor da menina grávida da cobra.

No mito djeoromitxí, em *Terra grávida*, semelhante nos aruá e nos makurap, uma mulher inexplicavelmente grávida de mais de oito meses, mesmo tendo um filho recém-nascido, pede mel ao marido. Este acha que ela o traiu, pois está em gravidez tão adiantada — e com um gesto mágico prende sua mão na árvore de mel. Embora presa, ela consegue parir o nenê. O menino, mágico, cresce da noite para o dia, vai buscar água para ela, tenta protegê-las dos urubus que se aproximam, mas ela morre. Mais tarde, este filho amante e protetor vai ser o demiurgo, trazer do céu para os homens o amendoim e animais de caça, e vinga a mãe matando o pai.

Na versão tupari, reproduzida em meu livro *Mitos indígenas*, o demiurgo Arekuaion tem duas mulheres. Prefere a mais nova, com quem não tem filhos, e despreza Naoretá, a mãe de seus filhos. Quando vai tirar mel para a família, por mais que Naoretá peça para as crianças, só dá mel para a mocinha. Para punir a gula de Naoretá, Arekuaion prende seu braço na cabaça de mel, e a transforma numa cachoeira. Ela é libertada pelos filhos, que descobrem a verdadeira história e passam a odiar o pai. Naoretá, porém, o perdoa.

Estas mães malucas por mel, próximas demais dos filhos pequenos, fazendo deles substitutos para os maridos — eles são nenês e crescem depressa, em dois dias viram o protetor ideal —, evocam outro tipo de excesso, o amoroso ou da gula, que aparece nos mitos da moça doida por mel, recontados por Lévi-Strauss em *Do mel às cinzas*.

A doçura do mel tem características tão especiais, lembra Lévi-Strauss, que não se sabe se é saborosa ou queima como o amor. Os índios, em todo caso, sempre associam as expedições de mel aos passeios amorosos.

As mães excessivas, como as mocinhas exageradas do ciclo do mel ou as gulosas e grudentas, querem o que a sociedade proíbe. Com seu desafio, desencadeiam processos de criação, originam entes. Como a Virgem Maria, têm um filho milagroso trazendo novidades para o mundo.

Deixo de lado outros exemplos aterrorizantes da Guerra dos Pinguelos, batalhas campais entre homens e mulheres que nada ficam a dever à violência da *Ilíada*. Menciono aqui, para os primeiros passos de quem quiser explorar a selva do morticínio entre os gêneros, no qual as mulheres sempre são as derrotadas, os mitos documentados por Anthony Seeger entre os Suyá, povo Jê[21] e os rituais secretos dos homens entre os Yamana e os Ona do Chile e da Argentina,[22] estas verdadeiras histórias de teatro épico.

Mas os ciclos temáticos e observações que pretendem guiar pelos mitos não têm fim, virando outro livro. É melhor ficar com as próprias narrativas destes seis povos de Rondônia.

---

21 Johannes Wilbert e Karin Simoneau (editors), *Folk literature of the Gê Indians*, vol II.

22 Anne Chapman, *Los Selk'nam. La vida de los onas en Tierra del Fuego*. E Lucas Bridges, *El último confín de la Tierra*. Johannes Wilbert (editor), *Folk literature of the Selknam Indians, Martin Gusinde's Collection of Selknam narratives*.

Povos indígenas dos narradores

ARIKAPÚ, ARUÁ, DJEOROMITXÍ (JABOTI), MAKURAP (MACURAP). TUPARI, WAJURU (AJURU)

Os povos dos narradores deste livro vivem nas terras indígenas do Rio Branco e do Guaporé, em Rondônia, na fronteira com a Bolívia. Em 1995, eram cerca de 350 pessoas na Terra Indígena Rio Branco e 400 na Terra Indígena Guaporé. Em 2013, seriam 750 na T.I. Guaporé, e 700 na T. I. Rio Branco.[23] O Censo do IBGE de 2010 aponta 147 Aruá, 172 Wajuru, 187 Djeoromitxí, 42 Arikapú, 411 Makurap e 472 Tupari, dados que incluem pessoas em outras terras indígenas, além das duas acima.[24] As melhores informações sobre a sua história e início de contato são as do antropólogo suíço Franz Caspar, que os visitou em 1948 e em 1955, encontrando os Tupari ainda na floresta, nas aldeias originais.

Os Makurap foram os primeiros a estabelecer relações com os invasores: na década de 1920 começaram a trabalhar nos seringais, como o de Paulo Saldanha, que tantos narradores mencionam, sob o regime de barracão, semiescravizados. À época das visitas de Caspar, os Arikapú, os Djeoromitxí, os Aruá, os Tupari e alguns Makurap viviam ainda em suas malocas, trabalhando esporadicamente nos seringais para ganhar facas,

---

23 Em 2013, a população da T. I. Guaporé era de 550 habitantes, segundo dados da SESAI de Guajará-Mirim (Secretaria Especial de Saúde Indígena do Ministério da Saúde), e a da T. I Rio Branco de cerca de 700, havendo mais 65 residentes na cidade de Alta Floresta e 128 Wajuru no distrito de Rolim de Moura do Guaporé, segundo Vicente Batista Filho, administrador da Funai de Ji-Paraná.
24 *Censo Demográfico 2010*, Rio de Janeiro, IBGE, 2012, Tabela 1.14, pp. 154 e 158.

roupas, objetos de metal. No final da década de 1940, foram atraídos pelo SPI (Serviço de Proteção aos Índios) para fora de suas terras e aldeias, para trabalhar como semiescravos no seringal São Luís, hoje uma das principais aldeias da Terra Indígena Rio Branco. Pouco depois de se mudarem, foram atingidos por uma epidemia de sarampo que em poucos dias matou de 300 a 400 pessoas. Os Arikapú e os Aruá foram praticamente dizimados, e os Djeoromitxí, Tupari e Makurap foram reduzidos a uma população bem pequena.

O SPI levou muitos dos remanescentes para o Posto de Ricardo Franco, às margens do rio Guaporé, na fronteira com a Bolívia, na área hoje demarcada e denominada Terra Indígena Guaporé. A maioria dos Makurap e Tupari continuaram no seringal São Luís e em outras colocações do rio Branco (afluente do Guaporé), como o Cajuí, o Colorado, o Laranjal, trabalhando na exploração da borracha para os seringalistas, que na verdade eram invasores de suas terras.

Na década de 1970, a FUNAI tentou levá-los todos do rio Branco para o Guaporé, para furtar-se à árdua tarefa de demarcar as terras do rio Branco. Felizmente, muitos Makurap, como Andere, ou Tupari, como Konkuat, recusaram-se a ir, ou teriam perdido as terras que eram suas e ocupavam no rio Branco, que foram demarcadas e regularizadas nos anos 1980. Em 1985, com seu território já demarcado, os Tupari e Makurap expulsaram à força, mas sem violência, o seringal que, desde a época do SPI, instalara-se como invasor da Terra Indígena Rio Branco. Foi um acontecimento marcante: reunidos, retiraram um a um os seringueiros e suas famílias. Como se tratava de gente humilde, explorada pelos seringalistas, não tinham grande motivo para resistir, sendo-lhes indiferente trabalhar num ou noutro seringal. Desde então, os índios passaram a ser senhores verdadeiros de suas terras.

O território dos Tupari, dos Djeoromitxí e dos Arikapú, de onde foram expulsos para o São Luís, ficava mais a leste, mas as terras tradicionais dos Makurap e Aruá eram justamente aquelas em que foi fundado o seringal São Luís, sítio tão trágico para todos esses povos. Quanto aos Wajuru, assim como os Kampé, são provenientes da região do rio Mequens e rio Colorado, perto de onde hoje fica a cidade de Rolim de Moura. Os Kanoé vem do rio Tanaru, também próximo ao rio Mequéns. As narrativas Kampé não aparecem neste livro, nem há mais quem as conte; alguns fragmentos foram publicados por mim em *Tuparis e Tarupás*.

É esta história, tão rapidamente resumida, que explica a mistura de povos e línguas nas terras indígenas Guaporé e Rio Branco. Um posto do SPI foi aberto na primeira, por volta de 1935, para receber os remanescentes de populações de aldeias dizimadas na região. Entre os narradores, Francisco Kanoé foi um dos primeiros a serem levados para lá. Mais tarde, chegaram muitos Arikapú, Djeoromitxí, e depois ainda, Aruá e Wajuru.

'Todos esses índios têm hoje uma estreita relação com o mundo urbano. Até 1985, quando começou a exploração ilegal de madeira (em particular o mogno) em terra indígena, os habitantes da Terra Indígena Rio Branco pouco saíam das aldeias. Apesar do contato tão antigo, seu isolamento nas colocações de seringa na floresta era muito grande. Muitos, em especial as mulheres, mal falavam o português. No final dos anos 1980 haviam ingressado na economia de mercado, viajavam com frequência para as cidades próximas, como Ji-Paraná, Alta Floresta e outras. Vendiam borracha, artesanato, farinha, compravam alimentos, roupa, munição. A alimentação nas aldeias ainda era farta. Na Terra Indígena Guaporé, a situação era semelhante. A maior diferença era a ausência de exploração da madeira, pois não havia mogno na região e o transporte às cidades mais próximas, Guajará-Mirim e Costa Marques, ambas na fronteira com a Bolívia, era apenas fluvial, bastante difícil.

As línguas dos narradores

O tupari, o makurap, o wajuru são línguas de uma mesma família do tronco tupi, a família tupari, assim como o sakirabiar e o kampé. O djeoromitxí e o arikapú são línguas de uma família isolada, o jaboti ou jabuti.[25] Quanto ao aruá, ela pertence, com as línguas gavião-ikolen, suruí-paiter, aruá, zoró e cinta-larga, à família tupi-mondé do tronco tupi. Na mesma terra indígena que os Ikolen estão os Arara-Karo, cuja língua pertence a uma família do tronco tupi denominada rama-rama. Há, assim, na região, forte concentração de línguas tupi.

Numa estimativa bastante grosseira, talvez se pudesse dizer, à época da pesquisa para *Moqueca de maridos*, que cerca de 180 pessoas falassem o tupari; umas 70 o makurap e umas 50 o djeoromitxí. As três línguas estavam muito vivas e havia muitos Makurap fora das terras indígenas. Não havia mais que cinco falantes fluentes do aruá; no máximo sete do wajuru; quatro idosos do arikapú; dois ou três do kampé, apenas um do kanoé, afora índios isolados depois descobertos no Corumbiara. A situação

---

25 "A família jabuti é constituída de duas línguas, djeoromitxí e arikapú. Há duas visões sobre a possibilidade ou não de estabelecimento de relações genéticas entre essa pequena família linguística e outros agrupamentos genéticos amazônicos. Uma delas é a de que a família jabuti é um isolado linguístico, uma vez que não foi possível, até o presente, o estabelecimento de correspondências sistemáticas entre os diferentes subsistemas linguísticos do djeoromitxí e do arikapú com outras línguas; a segunda visão considera essa família um membro do tronco macro-jê, com base em semelhanças compartilhadas por um pequeno número de itens lexicais reconstruídos para o proto-jabuti e para o proto-jê, e por um padrão morfossintático presente em línguas dos dois agrupamentos. Entretanto, por falta de provas linguísticas mais substanciosas, requeridas pelo método histórico comparativo para um diagnóstico sólido de relações genéticas, é mais prudente tratá-la presentemente como família isolada". Ana Suelly Arruda Câmara Cabral, resposta à consulta de Betty Mindlin, junho de 2013.

era bem diversa na área cultural rama-rama/tupi-mondé. Também com estimativa grosseira, o arara-karo seria falado por quase 200 pessoas; o suruí paiter, por cerca de 700; o gavião ikolen, por 450; o zoró, por 350 e o cinta-larga, por cerca de 800. A escrita em língua indígena vinha sendo desenvolvida em todas as línguas desde os anos 1990.

O Censo Demográfico 2010 do IBGE traz números diferentes, que deveriam ser verificados. Seriam falantes de mais de 5 anos de idade: 20 Wajuru, 35 Djeoromitxí, 3 Arikapú, 112 Makurap e 273 Tupari.[26]

---

26 Censo Demográfico 2010, IBGE, op. cit, Tabela 1.13, p. 144 e 154.

A linguagem e o estilo das narrativas

As narrativas deste livro, como foi dito na introdução, foram escritas com maior liberdade que as de trabalhos anteriores que fiz na região. No livro de narrativas suruí, houve um verdadeiro trabalho de tradução. Registrei as histórias na língua, tive um imenso trabalho de transcrever as gravações, criando uma escrita fonética na língua suruí, para depois traduzi-las para o português, com o auxílio de intérpretes e fazendo uso de meu próprio conhecimento desta língua. Outras traduções são possíveis através das gravações e da transcrição originais, o que espero que seja feito por muitas pessoas, com outros narradores das mesmas histórias. É claro que o estilo refletia minha própria maneira de escrever e com frequência houve uma espécie de tradução cultural, necessária para familiarizar o leitor com aspectos da vida indígena. Procurei também, dentro das minhas parcas habilidades, dar uma forma literária e não literal à tradução, porém sempre próxima e fiel ao texto original.

O livro tupari[27] foi uma experiência diferente. Baseou-se num período mais curto de pesquisa, com menos viagens de campo. Eu não falava a língua, os narradores falavam muito bem o português. Algumas narrativas não pude gravar, escrevi com base em notas. O livro foi escrito tentando preservar o estilo e o português saboroso dos narradores.

Na presente antologia, fui levada pelas circunstâncias a voar um pouco mais. Trabalhando em Rondônia com povos de dez línguas diferentes (alguns desses povos não estão representados neste livro, como os Suruí,

---

27 Betty Mindlin, *Tuparis e tarupás*.

Kampé, Gavião, Kanoé, Zoró, Arara), além de alguns em outros estados, fui solicitada a ouvir um volume transbordante de narrativas. Minha pesquisa fluiu, como águas de enchente. Gravei, talvez, três centenas de horas, quase sempre em língua indígena. As traduções, todas gravadas, foram feitas, não palavra por palavra, seguindo transcrições na língua, como no caso suruí, mas por intérpretes que ouviam as narrativas ao mesmo tempo em que eu as ouvia (também por outros, uma segunda ou terceira vez, ao ouvirem as fitas). Eram, em geral, pessoas com dons expressivos e criativos. Ao escrever as histórias, ouvi e transcrevi as gravações em português; levei em conta seu estilo e minha própria imaginação, para transmitir o clima dos mitos. Muitos mitos, assim, têm certa recriação, na forma de escrever, fiel, porém, ao conteúdo, sem invenções novas. Experimentei muitas formas de narrar por escrito. Ao recriar, tentei transmitir o encanto do que ouvi, na história em foco naquele momento, bem como noutras de povos aparentados. Procurei usar todos meus conhecimentos, em vez de ficar ao pé de uma letra que ainda não há. Isso não quer dizer que eu tenha me distanciado da substância e caráter da expressão original — meu esforço foi o de fazê-la vir à tona, visível no papel que passou a ser o seu intermediário.

A mesma narrativa tem versões diferentes por um mesmo narrador ou por vários; escolhi uma só para publicar, tendo o cuidado de não misturá-las. Detalhes aparentemente sem importância podem ser fundamentais. Só uma ou outra vez fundi as variantes, quando os conteúdos eram praticamente iguais. Quando um dos narradores, apenas, incluía um trecho muito importante, destaquei em separado o seu nome — mas creio que isso só se deu duas vezes. Tanto nesses casos quanto naqueles em que há apenas o nome de um narrador, minha compreensão da história se deve a vários narradores, todos são autores, cada qual a seu modo. Trata-se de um trabalho conjunto, feito por muitos "escritores orais". Assim, resolvi incluir o nome de todos dos quais ouvi a história, para que também fossem reconhecidos como criadores; todos receberam direitos autorais, que lhes foram repassados na íntegra. É importante que este método de nomear narradores não confunda os leitores; é preciso insistir que a escrita não mistura narrativas diversas. Não seria possível incluí-las todas no mesmo livro.

Uma pequena parte das histórias foi contada em português. É o caso das narrativas aruá, pois só o narrador Awünaru Odete Aruá sabia contar em sua língua, mas também falava um português perfeito. Preferiu falar diretamente em português. Procurei transmitir seu estilo sem interferir. Menos fluente em português que Odete, mas muito criativo, Erowé Alonso Djeoromitxí também quis contar na nova língua uma boa parte do seu repertório. A maioria dos Tupari narrou em português, que dominam bastante bem.

Espero, como no caso de meus trabalhos feitos antes e depois, que as traduções sejam refeitas, com base no registro gravado que tenho nas várias línguas ou utilizando novas gravações. Conservo as gravações nas línguas de cada narrativa e de cada narrador, bem como as das traduções de cada tradutor. Grande parte foi digitalizada. Minha documentação é uma espécie de museu ou arquivo para os índios ou outros pesquisadores e todo o livro pode ser reescrito por escritores índios ou outras pessoas. Foi um prazer, ao longo do tempo, observar professores indígenas e outros leitores índios em português que devoravam curiosos os livros de mitos que fizemos juntos, os de seus povos e os de outros, em cursos que ministrei no Projeto Açaí do Estado de Rondônia, depois do ano 2000. Muitos cursam hoje a licenciatura indígena em Rondônia, formação universitária exigida para o ensino. Reescrevem a tradição, nas línguas, publicam livros, corrigem, debatem, pesquisam, são eruditos. Constroem uma nova tradição literária, que há de contribuir para a brasileira.

Nota sobre direitos autorais

Foram pagos aos narradores e tradutores em todos os meus livros. Não é uma tarefa fácil, pois estão longe, esparsos. Costumo adiantar o pagamento de uma edição, para evitar prestações trabalhosas e de pouca monta. Nas últimas edições, falecidos muitos narradores, e complexas as regras de herança, com o intrincado parentesco, consultei as associações indígenas, que em 1997 ainda não existiam, e elas receberam os recursos, empregando-os em finalidade comunitária, como a compra de computadores, filmadoras, livros. Todas as escolas e autores recebem sempre exemplares dos livros.

Agradeço à minha companheira de trabalho Edinéia Aparecida Isidoro, que em 2013 era a coordenadora do Departamento de Educação Intercultural da Universidade Federal de Rondônia (UNIR), Campus de Ji-Paraná, e é parceira valiosa desde 1999 pelo apoio a essa intermediação, pois são difíceis à distância as explicações sobre editoras, contas, direitos e só de raro em raro tenho a oportunidade de reunir-me com os representantes indígenas ou os narradores.

Nota sobre autoria dos mitos e crédito aos narradores

Muitos mitos têm mais de um narrador principal, além de outros que narraram o mesmo tema. Um esclarecimento é imprescindível. Neste livro, cada mito escrito corresponde apenas à narrativa de uma pessoa e não há mistura de versões de diversos narradores. Optei, no entanto, por atribuir a autoria dos mitos também aos demais de quem ouvi as mesmas narrativas, por dois motivos. O primeiro é que todos contribuíram para minha compreensão dos conteúdos e minha forma de escrever. O segundo é que quis considerá-los igualmente autores do livro, parte de uma tradição que pertence a todos. Assim, quando há dois narradores principais, não explicitei qual eu segui, para que ambos fossem valorizados e aparecessem como autores. Não seria possível publicar todas as versões, em geral semelhantes entre si. Talvez isso ocorra em outra ocasião, em um livro de registro e documentação. As gravações nas línguas originais e em português (no caso da tradução) estão digitalizadas, podem ser comparadas. A tradução de todos os mitos e narradores foi transcrita. Este acervo de vozes, só por enquanto ainda comigo, pertence a cada povo. É desejável que os atuais escritores e professores indígenas façam outras versões e pesquisas e possam utilizar a minha. Decidirão como será a autoria, individual ou de um conjunto.

Glossário

As palavras deste glossário estão em itálico ao longo das narrativas. As palavras do glossário do português que já se encontram dicionarizadas não receberam destaques.

Makurap

Akaké: cofo, estojo peniano
Akaké: personagem mítico, o marido de três pinguelos, três picas
Akarandek: a Cabeça Voadora, personagem mítica
Amatxutxé: ser do fundo das águas, o amante das mulheres na história do arco-íris
Arembô: tipo de macaco
Ateab: nome do caçador panema
Awandá: jiboia
Awatô: vovô
Baratxüxá: cascavel
Boariped, Mboapiped: chefe, nome de um cacique
Botxatô: arco-íris, também cobra
Botxatoniã: Povo do Arco-Íris
Djokaid: nome do amante da mulher do *Caburé*
Dowari: espíritos dos mortos, almas
Iarekô: nome do rapaz que namorou a sogra sem saber
Kaledjaa: fantasma, visagem
Kaledjaa-ipeb: mulheres negras míticas, mulheres-espíritos sem homens
Katxuréu: Velha devoradora de homens, personagem mítica
Kawaimã: transgressão, crime

Koman: espécie de sapinho; a cantiga mítica da velha *Katxuréu*, cantiga das
mulheres
Kupipurô: coelho
Nhã: mamãe
Omeré: vocativo para marido
Páapap: espécie de sapo
Paiawi: mulher de *Iarekô*, a moça cuja mãe lhe roubou o marido
Peniom: nome do moço que casa com o passarinho *tocororô*
Pibei: nome de um caçador de sorte
Piribubid: a irmã dos ventos, personagem mítica da história de *Akaké*
Piron: um tio de nambu
Pitig, Pitigboré: o Homem-Friagem, personagem mítico
Popôa, caburé: espécie de coruja
Tocororô: um passarinho
Txadpunpurim: cobra-cipó
Txaniá: xoxota
Txopokod: espírito, fantasma, visagem, ser ameaçador
Uri: Lua, o irmão que virou lua
Wakotutxé piõ: um passarinho
Watxuri: nome de um velho que vira o Sete Estrelo ou as Três Marias

Tupari

Akiã: bisavó da narradora Etxowe, mutilada pelos *Pawatü*
Arekuainonsin: nome de um guerreiro hóspede dos Tupari
Cao-cao: tipo de pássaro
Epaitsit: espírito dos mortos, almas andarilhas, perigosas para os vivos, que
não vão para o país dos mortos, *Patopkiã*, e ficam vagando
Haüwud: nome do caçador de cabeças
Huari: nome de um pajé tupari
Kempãi: velha mítica de um peito só
Kenkat: Cobra Grande
Kiribô: um chefe *Pawatü*
Koiaküb: nome de um guerreiro hóspede dos Tupari ·
Moroiá: noivo cruel de *Piripidpit*
Pabit: almas, espíritos dos mortos
Paküa: nome de um guerreiro Tupari já morto
Patopkiã: país dos mortos

Pawatü: povo mítico ou verdadeiro inimigo dos Tupari, espíritos
Piripidpit: nome de uma mocinha que não queria casar com o noivo
Punhakam: espécie de capim
Tamará: tanguinha de palha
Tampot: o homem do pinguelo, do pênis comprido
Tarupá: espírito, fantasma, visagem, ser ameaçador; o homem *branco*, o colonizador, o invasor não índio
Tereü: mulher do guerreiro Paküa, já morta
Tianoá: monstro mítico que vira bacurau
Waledjat: um dos dois companheiros ou irmãos demiurgos, o outro sendo Wap, personagens míticos

Wajuru

Amekô: onça
Amekotxewé: o sogro-Onça da menina na história dos dois irmãos roubados por um
Dab: uma cobra
Eriá, Iguá, Iguariá: nome de um povo que era vizinho dos Wajuru, que significa "os que moram no campo"
Gáptara: cascavel
Karuê: nome de uma baía na história da moça encantada
Mekahon: pico-de-jaca
Kubiotxi: nome da mulher gulosa
Nangüeretá: a cabeça voadora, personagem mítico
Pibiro: o Dono da Cera, um ser mítico do céu
Pacuri: lua, o irmão incestuoso que vira lua
Tororõi: um sapo
Sírio: o Dono do Jenipapo, personagem mítico
Wainkô: fantasma, espírito, visagem, aparição
Waiküb: compadre

Djeoromitxĩ

Bedjabziá: o Dono dos Marimbondos, personagem mítico
Berewekoronti: nome de um marido cruel, um personagem
Bidjidji: aranha pequena mítica
Curau: bacurau

Dekëkëtã: trovão

Djikontxerô: a cabeça voadora, personagem mítico

Henon: vocativo para comadre, amiga, companheira

Heté: menstruada

Hipopsihi: espírito, fantasma, aparição, visagem

Hibonoti: o Japó-velho, personagem mítico

Kero-opeho: personagem mítico que é castrado

Kunonhonká: nome de uma árvore conhecida como pente-de-macaco

Kurawatin-ine: a Estrela da Manhã, personagem mítico, irmão de *Tiwawá*

Nekohon: pico-de-jaca

Nerutë: jiboinha

Nerutë Upahë: o menino-cobra, personagem mítico

Oné: um pássaro

Otore: muçu

Pakuredjerui aoné: as mulheres sem homens, que viraram pássaros, personagens míticos

Pfupfujunkunin, watirikunin: tipo de espinhos

Tiwawá: a Estrela da Tarde, personagem mítico masculino

Wanoti: a Onça antiga, personagem mítico

Watirinoti: a Raposa Antiga, personagem mítica

Wirá: compadre

Arikapú

Namwü hoa: as mulheres sem homens

Pakukawá: macucau, espécie de nambuzinho

Pakukawá Djepariá: a velha, personagem mítica, transformada em macucau, jaó

Aruá

Andap: cabeça

Ako-son: povo indígena mencionado pelos Aruá

Ariá: preguiça (mamífero)

Awa-sá: um peixinho conhecido regionalmente por tamboatá

Bagap-bagawa man: vagalumes

Borikáa: uma resina usada nas flechas

Djapé: bico de flecha, taquara

Ewiraingá!: vem comer!

Iñen: piranha

Membé Aiai: o Dono dos Porcos, personagem mítico

Palib-bô: personagem mítico, O Que Foi Engolido e Depois Renasceu

Poá: povo indígena mencionado pelos Aruá

Serek-á: sereia, personagem mítica, mãe da jiboias

Txapô: cupim

Wandsep-andap: piranhas, cabeças-de-mulher

Wãnzei warandé: as mulheres sem homens

Wasa: anta

Wasa, ema piwa ongoro!: anta, vem comer o fígado da sapopemba!

Zakorobkap: tipo de mosca

Português

Apuí: árvore cuja casca exsuda látex

Branco: não índio na denominação regional, o colonizador, o invasor.

Breu: árvore, cuja resina é usada como lamparina

Capemba: folha-caule das palmeiras, usada como recipiente

Chicha: bebida fermentada, feita de milho, cará, macaxeira, batata ou inhame. A fermentação se deve à mastigação de pedaços crus pelas mulheres, jogados na sopa. A bebida é tomada em grandes quantidades e vomitada, o que tem um efeito intoxicante

Cofo: pequeno cesto

Emboá: embuá, denominação regional de uma espécie de lacraia perigosa

Gongos: denominação regional para uma espécie de larva comestível

Imbaúba: árvore da família das moráceas, umbaúba

Jenipapo: fruto do qual, ainda verde, os índios extraem um sumo para produzir uma tintura para o corpo que dura vários dias

Japó: variante de japu

Jirau: estrado de varas, que pode ficar próximo ao telhado de palha da maloca

Mamuí: árvore

Mindubim: amendoim

Marajá: palmeira cespitosa (*bactris maraja*)

Marico: bolsa de palha tecida pelas mulheres

Moquecar: assar lentamente sobre um jirau, moquear

Muiratinga: árvore da família das moráceas

Munduru: montículo, ninho do cupim

Muçu: peixe, piramboia, muçum

Ouricuri: palmeira conhecida na região por este nome; não é a mesma do nordeste

Panema: quem é infeliz na pesca ou na caça

Pau-âmago: uma árvore

Pico-de-jaca: cobra venenosa

Pascana: clareira na mata, acampamento provisório, abrigo

Paxiúba-barriguda: uma palmeira

Pinguelo: pênis, clitóris, pinguela, gatilho

Provocar: vomitar

Sapopemba: sapopema, raiz tabular que cerca o tronco de muitas árvores na floresta pluvial

Sernambi: Sernambi é a bola de borracha, do látex da seingueira ou do caucho que coalha, antes de ser defumada. É considerada de qualidade inferior.

Taboca: bambu, flauta de bambu

Tacacá: mingau de goma de tapioca

Tamacoré: um sapo

Tamboatá: um peixinho

Tanajura: formiga comestível

Tapiri: abrigo temporário, cabana

Tapuru: larva comestível criada pelos Tupari, larva de carniça

Tarumã: árvore da família das verbenáceas

Taxi: uma planta

Timbó: plantas, em geral cipós, usados para intoxicar os peixes e apanhá-los

Tuxaua: chefe, cacique

Xerimbabo: animal de estimação, de criação doméstica

Referências

Moqueca de maridos em outras línguas e países

Moqueca de maridos, (coautoria de narradores indígenas). Rio de Janeiro, Rosa dos Tempos/Record, 1997, 303p. Segunda edição em 1998.

Moqueca de maridos, (coautoria de narradores indígenas). Lisboa, Editorial Caminho, 2003, 367p.

Barbecued husbands (with indigenous storytellers). Londres, Verso, 2002, 310p. Tradução de Donald Slatoff.

Fricassée de maris (avec les conteurs indiens). Paris, Métailié, 2005, 309p. Tradução de Jacques Thiériot.

Relatos eróticos (con los narradores indígenas). Barcelona, El Aleph, 2005, 267p. Tradução de Rita da Costa.

Der Gegrillte Mann, Zurich, Unionsverlag, 2006, 347p.

Der Gegrillte Mann, Zurich, Unionsverlag Taschenbuch 2008, 346p. Tradução de Nicolai von Schweder-Schreiner.

Mariti alla brace, (con i narratori indigeni). Bolonha, Edizioni La Linea, 2012. Tradução de Angela Masotti.

Alguns ensaios sobre *Moqueca de maridos*

Eliane Robert Moraes. Eros canibal (mitos eróticos indígenas). In *Perversos, amantes e outros trágicos,* São Paulo, Iluminuras, 2013, pp. 101-105.

José Paulo Paes. Pinguelos em guerra no mato e na maloca (sobre *Moqueca de maridos* de Betty Mindlin). In *O lugar do outro,* São Paulo, Topbooks, 1999, pp. 96-106.

Maurizio Gnerre. Introduzione. In *Mariti alla brace* (con i narratori indigeni). Bolonha, Edizioni La Linea, 2012. Tradução de Angela Masotti, pp. 11-18.

Claudio Morandini, pagine Iperboli, ellissi, Letture: "Mariti alla brace", di Betty Mindlin, 16 de dezembro de 2012. Disponível em: <http://ombrelarve.blogspot.it/2012/12/letture-mariti-all-brace-di-betty.html>

Uma seleção bibliográfica sobre mitos e tradição oral

ABREU, J. Capistrano de. *Rã-txa hu-ni-ku-i*. Rio de Janeiro, Livraria Briguiet, 1941.

AGOSTINHO, Pedro. *Kwaríp. Mito e ritual no Alto Xingu*. São Paulo, EDUSP, 1974.

ANDRADE, Mário de. *Macunaíma, o herói sem nenhum caráter*. Edição Crítica, Telê Ancona Lopez, coordenadora. Trindade, Florianópolis, Editora da UFSC, Coleção Arquivos, 1988.

BAPTISTA, Josely Vianna. *Roça barroca*. São Paulo, Cosac&Naify, 2011.

BRIDGES, E. Lucas. *El último confín de la Tierra*. Buenos Aires, Editorial Sudamericana, 2003.

BRINGHURST, Robert, e REID, Bill. *The raven steals the light*. Vancouver, University of Washington Press, 1988.

CABRERA, Lydia. *A mata*. São Paulo, EDUSP, 2012, tradução de Carlos Eugenio Marcondes de Moura.

CADOGAN, León e AUSTIN, A. López. *La literatura de los Guaraníes*. México, Joaquin Mortiz, 1965.

CALVINO, Italo. *Fábulas Italianas*. São Paulo, Cia. Das Letras, 2006, tradução de Nilson Moulin.

CAMPBELL, Joseph. *The masks of God. Primitive Mythology*. Nova York, Viking, 1969.

CASPAR, Franz. *Die Tupari: Ein Indianerstamm in Westbrasilien [Monographien zur Völkerkunde herausgegeben vom Hamburgischen Museum für Völkerkunde VII]*. Berlim, Walter de Gruyter, 1975.

_____. *Tupari*. Entre os índios, nas florestas brasileiras. São Paulo, Melhoramentos, 1958.

_____. *Ein Kulturareal im Hinterland der Flüsse Guaporé und Machado (Westbrasilien), dargestellt nach unveröffentlichten und anderen wenig bekannten Quellen, mit besonderer Berücksichtigung der Nahrungs — und Genussmittel*. Universidade de Hamburgo. Tese doutoral. 1953.

_____. Some sex beliefs and practices of the Tupari Indians. In *Revista do Museu Paulista*, vol. 7, pp. 204-244, São Paulo, 1953.

_____. A aculturação da tribo Tupari. In *Revista de Antropologia*, vol 5 (2), pp. 145-171, São Paulo, 1957.

_____. *Die Tupari, ihre Chicha-Braumethode und ihre Gemeinschaftsarbeit* Sonderdruck Zeitschrift für Ethnologie, Bd. 77, Heft 2, Braunschweig, 1952.

_____. Um caso de desenvolvimento anormal da personalidade observado entre os Tupari, separata dos anais do XXXI Congresso International de Americanistas. São Paulo, 1955.

_____. *A expedição de P. H. Fawcett à tribo dos Maxubi, Separata dos anais do XXXI Congresso Internacional de Americanistas*, São Paulo, 1955 (Snethlage, E. H.: Diário, ms., p. 513).

_____. Puberty Rites among the Tupari Indians. In *Revista do Museu Paulista*, vol 10, pp. 143-154. São Paulo, 1958.

CHAPMAN, Anne. *Los Selk'nam. La vida de los onas en Tierra del Fuego.* Buenos Aires, Emecé Editores, 2007.

_____. *Quand le Soleil voulait tuer la Lune.* Paris, Métailié, 2008.

CHASE-SARDI, Miguel. *Pequeño Decameron Nivacle.* Assunção, Napa, 1981.

_____. *O amor entre os Nivaclé.* Organização e tradução de Josely Vianna Baptista. Curitiba, Cadernos da Ameríndia 3, Tipografia do Fundo de Ouro Preto, 1996.

CLASTRES, Pierre. *A fala sagrada.* Campinas, Papirus, 1990.

_____. *Chronique des indiens Guayaki.* Paris, Plon, 1972.

D'ANS, André Marcel. *Le dit des vrais hommes.* Paris, Union Générale d'Editions, 1018, 1979.

FRANZ, Marie-Louise von. *Interpretation of fairytales.* Nova York, Spring Publications, 1970.

GAKAMAM SURUÍ E OUTROS AUTORES. *Gapgir ey Xagah: Amõ Gapgir ey Iway Amõ Anar Segah ayap mi Materet ey mame Ikõr Nih, As Histórias do Clã Gapgir ey e o Mito do Gavião Real. As Histórias do Clã Gapgir ey e o Mito do Gavião Real.* Brasília, Universidade de Brasília/LALI, 2011.

GALUCIO, Ana Vilacy (org.). *Narrativas tradicionais Sakurabiat Mayãp Ebõ.* Belém, Museu Paraense Emílio Goeldi, 2006.

GARIBAY K. Angel M. *La literatura de los Aztecas.* México, Joaquin Mortiz, 1964.

GREGOR, Thomas. *Anxious pleasures.* The sexual lives of an Amazonian people. Chicago, University of Chicago Press, 1985.

GRENAND, Françoise. *Et l'homme devint jaguar.* Paris, L'Harmattan, 1982.

JUNQUEIRA, Carmen. *Os Índios de Ipavu.* São Paulo, Ática, 1979.

_____. *Sexo e desigualdade.* São Paulo, Olho D'água, 2002.

_____. À busca de mitos. In Maria do Socorro Galvão Simões (org.). *Belém Insular: percursos, roteiros e propostas.* 1ª ed. Belém, Editora da Universidade Federal do Pará, 2010, v. 1, pp. 15-27.

KOCH-GRÜNBERG. *Del Roraima al Orinoco*, 3 vols. Caracas, Banco Central de Venezuela, 1979.

KUMU, Umúsin Panlõn e KENHÍRI, Tolamãn. *Antes o mundo não existia*. São Paulo, Cultura, 1980. Introdução de Berta G. Ribeiro.

LEÓN-PORTILLA, Miguel. *El reverso de la conquista*. México, Joaquin Mortiz, 1964.

LÉVI-STRAUSS, Claude. *Tristes trópicos*. São Paulo, Companhia das Letras, 1996, tradução de Rosa Freire d'Aguiar.

_____. *O cru e o cozido*. Tradução de Beatriz Perrone-Moisés. 2ª ed. São Paulo, Cosac&Naify, 2010. Coleção Mitológicas I.

_____. *Do mel às cinzas*. Tradução de Carlos Eugenio Marcondes de Moura. São Paulo, Cosac&Naify, 2004. Coleção Mitológicas II.

_____. *A origem dos modos à mesa*. Tradução de Beatriz Perrone-Moisés. São Paulo, Cosac&Naify, 2006. Coleção Mitológicas III.

_____. *O homem nu*. Tradução de Beatriz Perrone-Moisés. São Paulo, Cosac&Naify, 2011. Coleção Mitológicas IV.

_____. *A oleira ciumenta*. São Paulo, Brasiliense, 1986, Tradução de Beatriz Perrone-Moisés.

LUKESCH, Anton. *Mito e vida dos índios Caiapós*. São Paulo, Pioneira, 1976, Tradução de Trude Arneitz Von Laschan Solstein.

MERE, Gleice. Emilie Snethlage: uma mulher à frente do seu tempo. *Tópicos*, pp. 52-53, 2008.

_____. Dr. Emil Heinrich Snethlage: aspectos biográficos, expedições e acervo de uma carreira interrompida (*1897-†1939). *Boletim do Museu Paraense Emílio Goeldi*. Ciências Humanas (no prelo em 2013).

_____. Emil Snethlage um descobridor a ser descoberto. Revista *Horizonte Geográfico*, edição 148, pp. 56-62, 2013.

MÉTRAUX, Alfred. *A religião dos Tupinambás: e suas relações com a das demais tribus tupi-guaranis*. São Paulo, Companhia Editora Nacional, 1979. Coleção "Brasiliana".

MINDLIN, Betty. *Tuparis e Tarupás*. São Paulo, Brasiliense/EDUSP/IAMÁ, 1993.

_____. *Terra Grávida* (coautoria de narradores indígenas). Rio de Janeiro, Rosa dos Tempos/Record, 1999, 275p.

_____. *O primeiro homem*. São Paulo, Cosac&Naify, 2001, 70 p.

_____. *Couro dos espíritos* (coautoria de narradores indígenas). São Paulo, SENAC/Terceiro Nome, 2001. 201p.

_____. *Diários da floresta*. São Paulo, Terceiro Nome, 2006, 245p.

_____. *Mitos indígenas* (coautoria de narradores indígenas). São Paulo, Atica, 2006, 143p.

_____. *Vozes da origem.* 2ª ed. Rio de Janeiro, Record, 2007, 235p.

_____. *Carnets sauvages, chez les Suruí Du Rondônia.* Paris, Métailié, 2008, 345p.

_____. Amor e Ruptura na Aldeia Indígena. In *Carta: falas, memórias / informe de distribuição restrita do Senador Darcy Ribeiro*, 1993, pp.85-97.

_____. O aprendiz de origens e novidades: o professor indígena, uma experiência de escola diferenciada. In *Estudos Avançados 8* (20), pp. 233-253, 1994.

_____. A cabeça voraz. In *Estudos Avançados 10* (27), pp. 271-284, mai/ago, 1996. Ilustrações de Adão Pinheiro.

_____. No calor da escrita: os professores indígenas de Rondônia. In *Suplemento Literário de Minas Gerais*, Secretaria de Estado de Cultura de Minas Gerais, Belo Horizonte, n. 1283, pp. 9-10, out 2005.

_____. O amor primeiro – a vida amorosa no imaginário indígena, In *Ide: psicanálise e cultura/Sociedade Brasileira de Psicanálise de São Paulo*, São Paulo 34[52], pp. 34-42, ago 2011.

_____. Cenas do amor indígena. *Cienc. Cult.*, vol. 64, n.1, pp. 38-41, jan 2012.

MIRANDA, Marlui. *IHU: todos os sons*, São Paulo, Pau Brasil, 1995. (CD).

_____. *2 IHU Kewere: rezar.* São Paulo, Pau Brasil, 1997. (CD).

MURPHY, Yolanda; MURPHY, Robert F. *Women of the forest.* Nova York, Colúmbia, 1974.

NIMUENDAJU UNKEL, Curt. *As lendas da criação e destruição do mundo.* São Paulo, Hucitec, 1987.

NUNES PEREIRA. *Moronguêtá, Um Decameron indígena.* Vol. I e II. Rio de Janeiro, Civilização Brasileira, 1967.

PERET, João. *Mitos e lendas Karajá*, Rio de Janeiro, 1979.

PINTO, Nicole Soares. *Do poder do sangue e da chicha: os Wajuru do Guaporé* (Rondônia). Dissertação (mestrado). Universidade Federal do Paraná, Setor de Ciências Humanas, Letras e Artes. Departamento de Antropologia. Curitiba, 2009.

PROPP, Vladimir Ja. *Les racines historiques du conte merveilleux.* Paris, Gallimard, 1983.

RADIN, Paul. *The trickster.* Nova York, Schocken, 1972.

REICHEL-DOLMATOFF, Gerardo. *Amazonian Cosmos. The sexual and religious symbolism of the Tukano Indians.* Chicago, University of Chicago Press, 1971.

RIBEIRO, Berta. *Os índios das águas pretas.* São Paulo, Companhia das Letras, 1995.

RIBEIRO, Darcy. *Kadiwéu*. Petrópolis, Vozes, 1980.

_____. *Diários índios. Os Urubus-Kaapor*. São Paulo, Companhia das Letras, 1996.

_____. *Maíra*. São Paulo, Record, 2007.

RONDON, Candido Mariano da Silva. *Índios do Brasil do Centro, Noroeste e Sul de Mato-Grosso*, vol. I, Rio de Janeiro, Conselho Nacional de Proteção aos Índios, Publicação 97, Ministério da Agricultura, 1946.

_____. *Índios do Brasil, Cabeceiras do Xingu, rio Araguaia e Oiapoque*, vol II, Rio de Janeiro, Conselho Nacional de Proteção aos Índios, Publicação 98, Ministério da Agricultura, 1953.

_____. *Índios do Brasil, Norte do Rio Amazonas*, vol. II, Rio de Janeiro, Conselho Nacional de Proteção aos Índios, Publicação 99, Ministério da Agricultura, 1955.

SAGUIER, Rubén Bareiro. *Literatura Guarani del Paraguay*. Caracas, Biblioteca Ayacucho, 1980.

SEREBURÃ, HIPRU, RUPAWÊ, SEREBZADI, SEREÑIMIRÃMI. *Wamrêmé Za'ra. — Nossa palavra. Mito e história do povo Xavante*. Tradução de Paulo Supretaprã Xavante e Jurandir Siridiwê Xavante. São Paulo, SENAC, 1998.

Shenipabu Miyui. História dos antigos, de autoria coletiva da Organização dos Professores Indígenas do Acre, segunda edição revista. Belo Horizonte, Editora UFMG, 2000.

SNETHLAGE, Emil Heinrich. *Atiko Y: Meine Erlebnisse bei den Indianern des Guaporé*. Berlin, Klinkhardt & Biermann Verlag, 1937.

SNETHLAGE, Rotger Michael. Leben, Expeditionen, Sammlungen und unveröffentlichte wissenschaftliche Tagebücher von Dr. Emil Heinrich Snethlage. Current Studies on South American Languages [Indigenous Languages of Latin America (ILLA) 3]. Mily Crevels, Simon van de Kerke, Sérgio Meira & Hein van der Voort (orgs.), pp. 75-88, Leiden, CNWS Publications, 2002.

SNETHLAGE, Emil. Heinrich. *Übersicht über die Indianerstämme des Guaporégebietes. (Bericht über die 2. Tagung 1936 in Leipzig. Tagungsbericht der Gesellschaft für Völkerkunde)*, 1936, pp. 172-180.

SNETHLAGE, Emil Heinrich. *Musikinstrumente der Indianer des Guaporégebietes*. Baessler-Archiv. Heft 10, Berlin, Dietrich Reimer / Andrews & Steiner, 1939.

SODI M, Demetrio. *La literatura de los Mayas*. México, Joaquin Mortiz, 1964.

STRAND, Mark. *18 Poems from the Quechua*. Cambridge, Halty Ferguson, 1971.

VÁSQUEZ, A.B. e RENDÓN, S. (trad). *El libro de los libros de Chilam Balam*. México, Fondo de Cultura Económica, 1965.

VERGER, Pierre Fatumbi. *Lendas africanas dos orixás*. São Paulo, Corrupio, 1985.

_____. *Dieux d'Afrique*. Paris, Hartmann, 1954.

VERNANT, Jean-Pierre e NAQUET, Pierre Vidal. *Mito e tragédia na Grécia antiga*. São Paulo, Brasiliense, 1988.

VILLAS BÔAS, Orlando e Claudio. *Xingu, os índios, seus mitos*. Rio de Janeiro, Zahar, 1982.

WALLACE, Anthony F. C. *Death and rebirth of the Seneca*. Nova York, Vintage, 1972.

WILBERT, Johannes (org.), *Folk literature of the Selknam Indians, Martin Gusinde's Collection of Selknam narratives*, Los Angeles, University of California, 1975

WILBERT, Johannes (org.). *Folk literature of the Yamana Indians*. Berkeley and Los Angeles, University of California, 1977. Martin Gusinde's Collection of Yamana Narratives.

WILBERT, Johannes; SIMONEAU, Karin (orgs.). *Folk literature of the Bororo Indians*. Los Angeles, University of California, 1983.

_____. Vol. I. *Folk literature of the Gê Indians*. Los Angeles, University of California, 1978.

_____. Vol. II. *Folk literature of the Gê Indians*. Los Angeles, University of California, 1984.

_____. *Folk literature of the Caduveo Indians*. Los Angeles, University of California, 1989.

_____. *Folk literature of the Yanomani Indians*. Los Angeles, University of California, 1990.

YANOMAMI, Davi Kopenawa; ALBERT, Bruce. *La chute du ciel. Paroles d'un chaman yanomami*. Terre Humaine Plon, 2010.

_____. *A queda do céu*. São Paulo, Companhia das Letras. (No prelo em 2013.)

YAGUARÊ YAMÃ SATERÉ-MAWÉ, *Puratig, o remo sagrado*, São Paulo, Peirópolis/Ideti, 2001.

Referências e fontes sobre os povos

Censo Demográfico 2010, publicação do IBGE.

Povos indígenas do Brasil. Site do Instituto Socioambiental (ISA). Enciclopédia dos Povos Indígenas, em especial verbetes Arikapú, Aruá, Djeoromitixi, Makurap, Tupari e Wajuru. Disponível em: <www.socioambiental.org>.

RICARDO, Beto; RICARDO, Fany (orgs.). *Povos indígenas no Brasil 2006/2010*, São Paulo, Instituto Socioambiental, 2011.

RODRIGUES, Aryon Dall'Igna. *Línguas brasileiras*. São Paulo, Edições Loyola, 1986.

Algumas indicações bibliográficas sobre oralidade e escrita

CHAMOISEAU, Patrick. *Écrire en pays dominé*, Gallimard, 1997.

_____. *Une enfance créole I*, Gallimard, 1996.

_____. *Une enfance créole II*, Gallimard, 1996.

GLISSANT, Edouard. Le chaos-monde, l'oral et l'écrit. In LUDWIG, Ralph. *Écrire la parole de nuit, la nouvelle littérature antillaise*, Gallimard, 1994, pp. 112-129.

CHRISTIN, Anne-Marie. *Histoire de l'écriture*. Paris, Flammarion, 2001.

DAUZIER, Martine. Culturas de tradición oral y poderes de lo escrito. In *La palabra hablada, Versión 6*. México, Universidad Autonoma Metropolitana, out, 1996.

FINNEGAN, Ruth. *Oral poetry: its nature, significance and social context*. Cambridge, Cambridge University Press, 1991.

GLISSANT, Edouard. Le chaos-monde, l'oral et l'écrit. In LUDWIG, Ralph. *Écrire la parole de nuit, la nouvelle littérature antillaise*. Gallimard, 1994, pp. 112-129.

GOODY, Jack. *The interface between the written and the oral*. Cambridge, Cambridge University press, 1993.

KADARE, Ismail. *Dossier H*. São Paulo, Companhia das Letras, 1990.

LIENHARD, Martin. *La voz y su huella*. México, Ediciones Casa Juan Pablos, 2003.

OLSON, David R.; TORRANCE, Nancy. *Cultura escrita e oralidade*. São Paulo, Ática, 1995.

ONG, Walter J. *Orality and literacy*. Londres/Nova York, Routledge, 1993.

PACHECO, Carlos. *La comarca oral*. Caracas, La Casa de Bello, 1992.

RISÉRIO, Antonio. *Oriki orixá*. São Paulo, Perspectiva, 2013.

SEBE BOM MEHY, José Carlos. *Manual de história oral*. São Paulo, Loyola, 2005.

STEINSALTZ, Adin, *The essential Talmud*. Nova York, Basic Books, 1976.

VANSINA, Jan. *Oral tradition as history*. Madison, Wisconsin University Press, 1985.

WILBERT, JOHANNES (org.), *Folk literature of the Selknam Indians, Martin Gusinde's Collection of Selknam narratives*. Los Angeles, University of California, 1975.

ZUMTHOR, Paulo. *A letra e a voz*. São Paulo, Companhia das Letras, 1993.

Este livro foi composto na tipologia Minion Pro Regular, em corpo 11,5/15,5, e impresso em papel off-white no Sistema Cameron da Divisão Gráfica da Distribuidora Record.